Jessica Keener

# Schwimmen in der Nacht

Jessica Keener

# Schwimmen in der Nacht

Roman

*Aus dem Englischen von Maria Hummitzsch*

C.H.Beck

Dies ist ein fiktionales Werk. Namen, Personen, Orte und Ereignisse sind entweder der Einbildungskraft der Autorin entsprungen oder fiktionalisiert worden. Alle Ähnlichkeiten mit aktuellen Geschehnissen, Schauplätzen, Organisationen, noch lebenden oder bereits verstorbenen Personen sind rein zufällig und sind weder von der Autorin noch vom Verlag beabsichtigt.

Titel der amerikanischen Originalausgabe
«Night Swim», The Fiction Studio, Stamford, 2012

Umschlaggestaltung: Geviert, Grafik & Typographie,
Michaela Kneißl
Umschlagabbildung: composing: pio3/shutterstock: 107201891;
Monkey Business/Fotolia 35258731; getty 86061830;
Assmy/Fotolia 50240296
Satz: Janß GmbH, Pfungstadt
Druck und Bindung: Pustet, Regensburg
Gedruckt auf säurefreiem, alterungsbeständigem Papier
(hergestellt aus chlorfrei gebleichtem Zellstoff)
Printed in Germany
ISBN 978 3 406 65939 3

*www.beck.de*

*Constantly in the darkness*
*Where's that at?*

Joni Mitchell
«A Case of You»

*So winter froze the river*
*And winter birds don't sing*
*So winter makes you shiver*
*So time is gonna bring you spring*

Laura Nyro
«Time and Love»

Für Barr

# I

## *Präludium*

Mit der E-Mail von Mickey Fineburg ist alles wieder da.

*Hi, Sarah, musste an die guten alten Zeiten in unserer Nachbarschaft denken. Bin im Internet auf deine CDs gestoßen und habe in die Proben reingehört. Wow! Beeindruckend. Was hat dich nach Kalifornien verschlagen?*

Mickey habe ich mal unter einem ramponierten Billardtisch in unserem Keller geküsst. Wir waren acht, seine Lippen warm wie Knete, er hat sie auf meine gepresst, richtig ernst gemeint. Ich habe den Druck erwidert, glücklich und furchtlos, ohne zu merken, dass Mickeys jüngerer Bruder uns beobachtete. Abends beim Essen schaute mich Mutter ernst und ungläubig an. Sie sagte: *Mickeys Mutter hat mich angerufen. Sarah, du bist zu jung, um damit anzufangen.*

Anzufangen? Womit?, wunderte ich mich.

Ich forsche ihm kurz im Internet nach. Auf der Unternehmensseite steht im Mitarbeiterprofil, nach dreiundzwanzig Jahren in London wohne er jetzt in Greenwich, Connecticut, sei verheiratet und Vater von drei Kindern. Ich schreibe Mickey zurück – «Vielen Dank. Ich bin nach der Highschool in den Westen gegangen. Habe gerade dein Profil auf der Unternehmensseite gelesen. Wie hat es dir in Übersee gefallen?»

Mickey antwortet prompt: *London war großartig.*

*Neuengland ist ein Schock. Erinnerst du dich noch an die Feuer, die wir gemacht haben? Ist es nicht verrückt, dass unsere Eltern uns das erlaubt haben?*

Ich schreibe: «Dein Dad war nicht besonders begeistert davon.»

Im Herbst harkten Mickeys Dad und mein Vater das Laub auf dem Rasen, schaufelten und schoben die Blätter auf unserer kleinen Straße, die eine Sackgasse war, zu Haufen zusammen, und setzten die Blätterberge in Brand. Mickey und ich stocherten in der Glut, bis Funken stoben, entzündeten Stöcke und malten Rauchspiralen in die Luft.

Eine weitere E-Mail kommt: *Mein Dad ist letztes Jahr gestorben. Mom ist im Betreuten Wohnen, es geht ihr dort recht gut, aber sie ist dement. Was ist mit deinem Vater?*

Ich antworte: «Tut mir sehr leid, das zu hören. Mein Vater lebt mit seiner zweiten Frau in Florida. Er kann nicht mehr laufen – Hüftprobleme –, aber sein Gedächtnis ist intakt.»

Mickey wohnte nebenan. Ich kannte die Fineburgs genauso gut wie die Grenze aus Tannen, die beide Grundstücke voneinander trennte: Sie waren immer da, ein Teil meiner Nachbarschaft. Der Kuss war nur ein Spiel unter Kindern, so wie andere Spiele, die wir damals gespielt haben, wie Krieg oder Kickball oder Verstecken – nichts weiter; sein Dad war jemand, der mir von seinem Rasenmäher aus zuwinkte.

Dann schreibt Mickey: *Ich hoffe, das ist nicht zu persönlich, aber du bist ganz schön spät noch auf …*

Ich habe das schon hundertmal durch, die nächtlichen Streifzüge durchs Haus um drei oder vier Uhr, diese gedankenschwere Stunde, wenn sich alle mir nahen Menschen meines Lebens – Alan, mein Ehemann, und unsere drei Söhne – wie Staubkörner im Meer auflösen. Zu dieser Stunde verläuft Zeit nicht gradlinig, sondern kreisförmig, und taucht in Unterwasserhöhlen ein. Meine Kinder leben alle an der Ostküste, promovieren in Maine, Vermont und Massachusetts. Alan würde um diese Zeit schlafend in unserem Bett liegen, ist aber geschäftlich in New York.

Ich schreibe ein letztes Mal zurück: «Es ist wirklich schön, nach so vielen Jahren von dir zu hören. Danke, dass du dich gemeldet hast.» Dann fahre ich den Computer runter, knipse die Schreibtischlampe aus und laufe durch den dunklen Flur hinunter zum Schlafzimmer, reise auf der Suche nach Antworten zurück in die Vergangenheit, springe in Gedanken, was bei so vielen angesammelten Jahren leicht ist, in der Zeitenfolge zurück, an einen Ort, den es nicht mehr gibt. Ganz so, als würde ich auf ein Fürimmer zuschwimmen, nur rückwärts.

*1. Kapitel*

## *Der Esstisch*

Aufgewachsen bin ich in Soquaset, Massachusetts, in einem Haus mit sechs Schlafzimmern. Der Name unserer Stadt wurde von allen immer falsch geschrieben. Auf den Briefen, die wir bekamen, stand Soquashit oder Sacquatics oder Socket. Und Massachusetts verleitete immer zu einem «s» zu viel und einem «t» zu wenig. Unsere Stadt lag sieben Meilen vom Atlantik entfernt, mit dem Auto war man schnell am Wasser, aber bis in das nördlich gelegene Boston dauerte es eine gute Stunde. In den 50ern und 60ern boomte die Stadt und wurde für ihr hervorragendes Schulsystem und die luxuriösen Wohngegenden bekannt. Seit meinem siebten Geburtstag erlaubte mir meine Mutter – ich war die einzige Tochter und Zweitälteste von vier Geschwistern –, ohne Begleitung eines Erwachsenen zum Soquaset-Platz laufen zu dürfen.

Unser blaues Schindelhaus hatte Schrägen in den Schlafzimmern unterm Dach, wo mein ältester und mein jüngster Bruder schliefen, Fensterbänke in den Wohnzimmern, und Schränke, die vollgestopft waren mit Mutters Kleidern, hochhackigen Schuhen und Schuhanziehern aus Zedernholz. Die Nachbarn bewunderten unser Haus für die Buntglasfenster in Höhe des ersten Treppenabsatzes und auch für die im Esszimmer, die nach Westen hin wiesen. Wenn es Zeit fürs Abendessen war, und die Sonne aus dem Vorgarten verschwand, legte sich ein zarter orangefarbener Schatten auf meinen Teller.

«Ist jemand zu Hause? Hallo? Jemand zu Hause?» Unter der Woche kam Vater abends um viertel vor sechs die Einfahrt hoch gestapft, öffnete mit einem Schwung die Küchentür und brüllte zur Begrüßung durchs ganze Haus, als erwartete er, es menschenleer und völlig ausgeräumt vorzufinden. Er war ordentlicher Professor an einem kleinen Privat-College, und zwischen Vorlesungspult und Speisekammer änderte er selten den Ton. Professor Leonard Kunitz wäre nicht im Traum eingefallen, dass es da vielleicht einen Unterschied geben könnte.

«Hallo? Irene! Ich bin da!» Mit einem entschlossenen Rums fiel die Küchentür zu.

«Irene?»

«Leonard, ich komme.»

In weichem Kontrast zu ihm kam Mutter für einen gemeinsamen Drink vor dem Abendessen aus dem Schlafzimmer nach unten geschwebt. Sie bewegte sich schwerelos, eine Nebenwirkung ihrer Schmerztabletten; der, die sie dreimal täglich einnahm. Als die beiden zusammen im Herrenzimmer saßen, stürzte Vater einen doppelten Wodka die Kehle hinunter, wohingegen Mutter einen Scotch mit einem Spritzer Limette und einem Eiswürfel trank. Sie nahm mittelgroße Schlucke. Umrahmt vom Bogen der Erkerfenster, durch die man einen großartigen Blick auf den Garten hinterm Haus hatte, saßen sie in geblümten Sesseln und rauchten.

Das Abendessen dauerte normalerweise genau zwanzig Minuten – ein hektisches Hinunterschlingen von Vorspeise und Hauptgang.

«Es gibt noch mehr Hühnchen in der Küche», sagte Mutter. «Luanne? Bring doch alles, was noch da ist!» Luanne war unser schwarzes Hausmädchen aus Haiti.

Vater saß an der Stirnseite und schlang das Essen wie ein ausgehungertes Kind hinunter, während er mit raschem Blick noch das geringste Fehlverhalten jedes Einzelnen um ihn herum erfasste. Er hatte schmale Schultern, einen leichten Bauchansatz, trug die Hemden locker in die Hose gesteckt, dazu Jacketts, Schlips und zerknitterte Cordhosen, die ihn von Mutters tadellosem Erscheinungsbild und dem ihrer Country-Club-Gefolgschaft unterschieden.

«Leonard, es ist noch reichlich Reis da.»

Ihm gegenüber saß Mutter, gespannt wie ein Violinenbogen, mit dem Rücken zur Küche. Wir Kinder saßen jeweils zu zweit an den Tischseiten. Mutter trug ihre blond gefärbten Haare kurz, gelegt wie Rosenblätter, ihre Lieblingsblumen. So hübsch zurechtgemacht in ihrem Zweiteiler mit dazu passendem Tuch sah sie formvollendet aus wie eine Glasvase, immer edel, selbst dann, wenn sie mit weiten Hosen aus dem Garten kam, noch mit Dreck und Dornen an den Handschuhen.

«Du kannst jetzt den Kaffee machen», sagte Mutter, als Luanne das übrige Huhn und eine abgedeckte Schüssel Reis hereinbrachte und auf den Tisch stellte.

«Was gibt es zum Nachtisch, Irene?», fragte Vater.

«Cookies.»

Mutter hatte ihre kleinen Besonderheiten – zierliche Handgelenke und schlanke Waden, die sie bei Partys gern in Szene setzte – und die größte Schuhsammlung weit und breit. Auf ihrer Seite der Familie gab es Großvater Joe, der ein erfolgreiches Schuhunternehmen aufgebaut hatte, das von meinem Onkel übernommen worden war, der es jetzt leitete. Mutter war stille Teilhaberin und der Grund, weshalb andere Leute sagten, wir seien reich.

Unsere Straße war nicht sehr lang, und uns gegenüber wohnte Mrs Brenwald, eine ältere Dame, die nie einen Fuß vor die Tür setzte. Samstags kam immer ein Junge vom Stadtmarkt, der ihr die Einkäufe lieferte und auf die Veranda vorm Haus stellte. Wenn ich abends nichts zu tun hatte, hockte ich mich auf den Boden vorm Wohnzimmerfenster und wartete darauf, dass sie hinter einer ihrer Gardinen auftauchte. Hatte sie ein Geheimnis zu verbergen? Etwas Grauenvolles aus der Vergangenheit? Mein jüngerer Bruder Robert hielt sie für eine Hexe, aber ich war überzeugt, dass sie in einer Welt zwischen Himmel und Erde schwebte – ein harmloser Geist war, ein verirrter Engel.

Der einzige Beweis dafür, dass Mrs Brenwald einst ein Leben außerhalb des Hauses geführt haben musste, stand in ihrer Einfahrt: ein alter Ford, verhüllt von einer Plane, fest verankert auf völlig aus der Puste geratenen Reifen, ausgequetscht von den stetig vergehenden Jahreszeiten. Vater hatte mehr als einmal bei der Polizei angerufen, um das Auto abholen zu lassen. «Schrotthaufen» nannte er ihn, aber selbst gegen Vater war der Wagen immun.

Das bestätigte mir, dass Mrs Brenwald vor vielen Jahren eine Grundsatzentscheidung getroffen und ihr Leben in seine jetzige Form gezwungen hatte. Ich fand die Vorstellung rätselhaft und reizvoll zugleich. Das eigene Schicksal zu formen, erschien mir gewaltig, als würde man einen Tunnel durch einen Berg sprengen, um auf die andere Seite zu gelangen. Aber genau genommen war es das, was ich tun wollte.

Ich möchte glauben, dass auch Mutter das gewollt hatte, einen Weg zu wählen, der anders und selbst für sie unerwartet war.

~~~~~~~~~~~

«Sarah, bitte geh und hol mir *Die Gesammelten Werke*», sagte Vater. Das letzte Stück Hühnerbrust im Mund, schwang er die Gabel wie ein Schwert und stocherte damit in der Luft herum.

Ich lief durch die Zimmer über ausgelegtes Grün, das dem der abgemähten Rasenflächen im Country Club glich, zu dem wir gehörten. Im Herrenzimmer im Keller, das eine eingebaute Bar hatte, fand ich den Shakespeare in einem der Bücherregale hinter einem Kinderfoto von Vater. Seine dichten Haare fielen ihm in Ringellocken auf die Schultern, die weiße Schürze – zur damaligen Zeit ein beliebtes Kleidungsstück für Kinder – säumte seine Fußknöchel.

Meine Urgroßmutter, Sarah Davida, stand auch gerahmt da auf dem Regalbrett und starrte mich aus ihrem kleinen russischen Dorf an. Ihr Name, den ich geerbt habe, bedeutete auf Hebräisch «geliebte Prinzessin». Sie hatte ein Opernstar werden wollen, aber das war ein absurder Traum für ein armes jüdisches Bauernmädchen.
~~~~~~~~~~~

Stattdessen hatte sie Kühe gemolken und einen Lehrer aus dem alten Land geheiratet, einen stillen, gebildeten Mann, der sich tagein, tagaus über die Thora beugte. Ich starrte ihr Foto an und fragte mich, wie es sich angefühlt hatte, diesen Traum aufzugeben; vor einer Gebirgswand zu stehen, darüber der wunderschöne Himmel, und einzusehen, dass sie sich umdrehen und in ein kleines schmuddeliges Dorf zurückkehren musste. Ein solches Schicksal wollte ich mir ersparen.

Sie hatte in der *Schul* gesungen. Sie hatte bei der Hausarbeit gesungen, damit sie ihr leichter von der Hand ging, sie hatte für ihre fünf Kinder vor dem Schlafengehen gesungen; sie hatte in ihren Kindern einen musikalischen Samen gepflanzt, der jetzt auch in mir wuchs.

*Somewhere over the rainbow, way up high –*

Judy Garlands Stimme stieg mir in den Kopf, als ich den Blick über die aufgestellten Familienfotos gleiten ließ. Ein Stückchen weiter auf dem Regalbrett stand Vaters Mutter mit dem kantigen Gesicht und schaute mich müde an. Sie war gestorben, als ich noch zu klein war, um mich später an sie erinnern zu können, eine Erkältung hatte sich zu einer Lungenentzündung ausgewachsen. Vater erzählte uns, sie wäre manchmal melancholisch gewesen, hätte dunkle Phasen gehabt, in denen sie die Jalousien immer geschlossen hielt. In ihrer Wohnung in Brooklyn hatte sie den Tee auf einem Sofa «in der Farbe von Flamingos» eingenommen! An besseren Tagen hatte sich etwas in ihr verschoben, sagte er – dann war sie die Sonne, die den Frühstückstisch erwärmte –, und rasch füllte sich das Haus mit Freundinnen aus ihrer Frauenvereinigung, den Leuten aus der Synagoge und den Kuchenbasar-Damen. Der Geruch nach Zimt und Kaffee stand bei ihm zu Hause für gute Zeiten. Vielleicht war es das, was Vater in Mutter gesehen hatte, als er sie kennenlernte: eine Dunkelheit, die ihm aus seiner Kindheit vertraut war.

«Sarah? Bist du verloren gegangen? Wir warten auf dich!», rief Vater.

Ich brachte das Buch mit zum Tisch und setzte mich auf meinen Platz. In der Zwischenzeit hatte Luanne schon die Teller abgeräumt, um Platz für den Nachtisch zu schaffen. Sie war eine schüchterne, nette Frau mit walnussfarbener Haut, die in Gegenwart meiner Eltern mit gedämpfter, zurückhaltender Stimme sprach. Gingen meine Eltern aus dem Haus, war sie wie ausgewechselt.

«Bitte, sing noch mal das Lied mit der Brücke», sagte ich zu ihr, wenn ich sie beim Abstauben einer Lampe im Wohnzimmer antraf. Ich setzte mich dann aufs Sofa und zog die Knie bis unters Kinn, was heißen sollte, dass ich es ernst meinte. Bitte? Sie hatte einen Staubwedel in der Hand. Mir prickelte die Nase vom Geruch des Zitronen-Putzmittels. Davon öffneten sich die Schleusen in meinem Gehirn.

Sie schaute zum Erkerfenster hinaus und riss den Mund auf zu einem *«O – Oh, Lord, show me that bridge. I'm standing at the water, and I can't see that bridge»*. Es wunderte mich, dass ihre Stimme beim Reden nur ein Flüstern war, wenn sie aber sang, klar und durchdringend klang wie eine Oboe. An ihren freien Sonntagen trug

Luanne weiße Kreolenohrringe, lilafarbenen Lippenstift und ein um die Brust herum eng anliegendes blaues Kleid mit dazu passendem Hut. Sie ging bis zum Ende unserer Straße. Ein dunkelhäutiger Mann holte sie in einem Dodge Dart ab, und am Abend darauf, wenn ich schon schlief, brachte er sie zurück.

«Wir möchten jetzt zu Nachtisch und Kaffee übergehen», sagte Mutter zu Luanne. Wann immer Mutter mit *der Hilfe* sprach, wie sie sie nannte, straffte sie die Schultern. Luanne nickte und eilte in die Küche.

«Hamlet ist voller Mehrdeutigkeiten», erklärte Vater, als er das Buch aufschlug und sich mit der Zunge über die Lippen fuhr. «Ich übernehme die Eröffnungsszene.» Er holte tief Luft, und schon donnerte die erste Zeile über den Tisch: *«Wer da?»*

«Leonard, schrei nicht so», sagte Mutter und tippte sich auf die Ohren.

«Gut, dann lies du», sagte er höchst beleidigt. Er schob mir das Buch zu, und ich reichte es Mutter.

«Ich möchte Ophelia lesen.» Sie blätterte die dünnen Seiten um und schaute mit zusammengekniffenen Augen auf das Geschriebene. *«Könnte Schönheit wohl besseren Umgang haben als mit der Tugend?»* «Umgang» und «Tugend» betonte sie übertrieben stark, als ob sich ihr Mund vor Schmerzen verzog oder an etwas Unsichtbarem festgebunden war.

«Ophelia faucht nicht so, Irene. Lies es noch mal.»

«Ich habe nicht gefaucht. *Könnte Schönheit wohl …*»

Luanne stieß die Schwingtür auf und stellte eine Schüssel Haferflocken-Cookies in die Mitte des Tischs.

«Kaffee?», fragte Mutter und drehte sich zu ihr um.

«Sofort, Ma'am.»

«Ich dachte, wir essen zuerst den Nachtisch», sagte Elliot. Mein jüngster Bruder griff nach einer Handvoll Cookies, aber Mutter stoppte ihn.

«Liebling, nimm erst mal nur einen», sagte Mutter.

Elliot sah aus wie Onkel Max, ein weicher Bauch und ein breites Gesicht; er war das Nesthäkchen, aber vielleicht der Klügste von uns allen, der seine tiefsten Gedanken für sich behielt und Aktivitäten im Sitzen bevorzugte. Durch seine langsame Art zu sprechen, wirkte er meist absolut verträumt.

«Okay», sagte er.

«Ich lese Oh-viel-ja», sagte Robert. Er sprach mit einer Quietschstimme.

«Oh-feh-lia!», korrigierte Vater ihn. «Sprich mir nach.»

«Ich fühl ja», sagte Peter im Spaß und griff mit den langen, geschickten Fingern nach einem Cookie. Er war blass und hatte dünne Haare, genau wie ich. Mit siebzehn war er der Älteste und ließ sich auf den Stuhl sinken, schlaksig – nicht viel mehr als Arme und Beine, über der Oberlippe der Schatten eines Schnurrbarts.

Vater schlug mit der Faust auf den Tisch. «Schluss damit!» Der Sturm, der immer unter seiner Haut brodelte, brauste auf und färbte sein Gesicht rot.

Bis auf die Schwingtür herrschte völlige Stille. Luanne kam mit zwei Tassen Kaffee herein.

«Mädchen, bring den Kaffee hierher.» Vater fischte eine Zigarette aus seiner Hemdtasche und funktionierte die Untertasse zu einem Aschenbecher um.

«Sprich nicht so mit ihr», wollte ich ihn anschreien,

aber die Wörter blieben unausgesprochen in meinem Kopf hängen.

«Luanne, die Aschenbecher sind im Geschirrschrank», sagte Mutter. «Über dem Kühlschrank.» Sie sprach langsam, bewegte vorsichtig die Lippen.

Robert sprang auf, hielt sich die Ohren zu. «Diese Familie ist unerträglich!» Er rannte heulend nach oben. Ängstlich und überdreht, wie Robert war, brachen die Worte immer einfach so aus ihm heraus, seit er sich mit drei das Lesen beigebracht hatte. Wir hörten seine Schritte über unseren Köpfen, dann das Knallen der Zimmertür. Mutter presste die Lippen zusammen, bis sie weiß wurden.

«Irene, reich mir das Buch.»

Sie gehorchte.

«Sarah, sag Robert, er soll wieder runterkommen. Ich habe ihm nicht erlaubt aufzustehen.» Vater nahm sich einen Cookie und schob ihn sich in den Mund. Seine Wangen beulten aus, verformten sich zu Miniaturfäusten. Ein paar Krümel blieben ihm in den Mundwinkeln hängen.

«Und zwar gleich.»

Ich rutschte vom Stuhl. Wir alle kannten Vaters Regel. Familien, die gemeinsam aßen, standen auch gemeinsam vom Tisch auf. Wer diese Kardinalregel nicht befolgte, riskierte, bestraft zu werden. Ich hatte Angst um Robert, der oben in seinem Zimmer auf der Bettkante hockte und ein Buch las. Seine dunklen Haare standen wild in alle Richtungen, genau wie seine Gedanken.

«Du dringst in meine Privatsphäre ein», sagte er.

«Dad will, dass du nach unten kommst.»

«Ich lese.»

«Komm einfach mit runter», versuchte ich ihm als große Schwester zu raten, «oder er dreht wieder durch.» Ich war drei Jahre älter als Robert und wusste, wenn ich stehen bliebe, würde er sich zumindest so weit beruhigen, dass er meinen Ratschlag in Erwägung zog. Er knetete und lockerte die Schultern, schob dann das Buch unters Bett und folgte mir nach unten.

Mittlerweile war es stockfinster draußen, und die große kugelförmige Leuchte über dem Esstisch spiegelte sich wie ein aufgeblasener Fisch in den Fensterscheiben.

Robert stand direkt vor Vater.

«Ohne meine Erlaubnis», sagte Vater und verpasste Robert eine Ohrfeige, «stehst du nicht vom Tisch auf. *Jetzt* darfst du gehen.»

Robert brach in Tränen aus und stürzte erneut die Treppe hinauf. Vater ging in sein Arbeitszimmer und schlug die Tür zu. Elliot fing an zu summen. Wie gelähmt von meinem ungewollten Verrat an Robert, saß ich reglos da.

«Elliot, Zeit fürs Bett. Sarah, Peter, ihr habt noch Hausaufgaben zu erledigen», sagte Mutter.

«Das kann doch nicht dein Ernst sein!», sagte Peter und stieß den Stuhl zurück.

Beschämt und verschreckt von dem, was ich getan hatte, ging ich nach oben in mein Zimmer, setzte mich an den Schreibtisch und starrte zum Fenster hinaus auf die weinende Hängebirke, die im Dunkeln über der Einfahrt kauerte. Später am Abend klopfte ich an Roberts Tür, um mich zu entschuldigen, aber er ließ mich nicht herein. Er hatte den Schreibtisch vor die Tür geschoben.

«Es tut mir wirklich leid», sagte ich durchs Schlüsselloch.

Ich ging ins Bett und lag noch lange wach, mein schmerzender Bauch wollte sich nicht beruhigen. Das Flurlicht schien in mein Zimmer. Ich versuchte es mit Summen. Das Vibrieren der Noten beruhigte meine Nerven. Ahhh, ooooo, eeeee. *Oh Lord, show me the bridge.* Ich ahmte nach, wie Luanne die Lippen formte, und spürte den Tonwechsel an meiner Zunge, dann ein Vibrieren entlang der Wangenknochen.

Ich schaute raus auf die Baumkronen, auf schlanke hohe Kiefern, die wie schweigende Gestalten zurückstarrten, und auf den lang gestreckten Garten hinterm Haus, der sich bis zu den Sternen wölbte. Das helle Mondlicht fiel schimmernd auf die Dielen, ließ den Boden schmelzen, bis er zu einem See zusammengeflossen war. Ich dachte mir Lieder aus. In diesem Universum fern von Vaters Ausbrüchen und Mutters dünner Stimme, stellte ich mir vor, allein auf einer Bühne zu stehen und vor einem Publikum aus lauter verständnisvoll aussehenden Gesichtern zu singen. *Come and see what I see.*

Ich sang dem Mond vor, dem Flurlicht und dachte daran, wie sich die Sonne an warmen Tagen in mein Zimmer stahl und es in honigfarbenes Sommerlicht tauchte. Ich summte vor mich hin, wechselte von hohen zu tiefen Tönen, rollte sie auf meiner Zunge hin und her. Singen war wie Essen. Es füllte ein hungriges Loch.

*2. Kapitel*

## *Schwarze Hausmädchen*

In der Küche schnippelte Luanne grüne Bohnen für das Abendessen. Sie trug perlenförmige rosa Ohrringe und summte. Nach einem freien Tag wirkte sie immer verändert, distanzierter. Zwei Nächte pro Woche schlief sie in Roxbury, einem armen Schwarzenviertel von Boston, das die Weißen mieden.

«Was willst du, Sarah?», fragte sie mit haitianischem Akzent. Ihre Haut glänzte. Sie hatte hohe Wangenknochen und feuchte, strahlende Augen.

Ich saß am Fenster und schaute auf die Einfahrt hinaus. Das zitronengelbe Licht aus Mickey Fineburgs Zimmerfenster blitzte durch die dicht gedrängten Tannen. Ich sah ihn nicht oft. Er war zwar in meinem Alter, ging aber auf eine Privatschule. Ich kannte den Tagesablauf seiner Familie. Zu unterschiedlichen Tageszeiten machte die weiße Hausangestellte der Fineburgs unterschiedliche Geräusche. Türen gingen auf und zu. Der Kombiwagen brummte, bevor er morgens aus der Einfahrt fuhr.

«Irgendwas schwirrt dir gerade im Kopf herum. Das sehe ich doch.»

«Ist es nicht schwer, irgendwo anders zu leben und dann wieder hierher zurückzukommen?», fragte ich.

Sie nickte, sagte aber nichts. Als sie mit den Bohnen fertig war, schob sie ganze Kartoffeln in den Ofen und fragte mich, ob ich mit ihr fernsehen wollte. In ihrem kleinen Zimmer neben der Küche setzte ich mich neben einen Korb mit rosafarbenen Lockenwicklern auf den Linoleumboden. Das Fenster hatte sie mit einem blauen Tuch verhängt. Es verdunkelte das Zimmer, tauchte es in weicheres, gemütlicheres Licht. Auf der Kommode stand ein Pappbecher, in dem sie ihre Ohrringe aufbewahrte. Sie saß hinter mir auf ihrem Klappbett. Gemeinsam sahen wir einen Film über den Wilden Westen auf ihrem Schwarz-Weiß-Fernseher, der auf einem Klappstuhl stand. In der Werbepause sagte ich, «du könntest meine Mutter fragen, ob du noch einen Tag frei bekommst».

Sie schüttelte den Kopf. «Du versuchst immer, die Erwachsene zu spielen. Aber das hier ist meine Sache.»

«Luanne!», rief Mutter aus der Küche.

Luanne ging aus dem Zimmer. Vielleicht war ich noch nicht erwachsen, aber mit fünfzehn bekam man eben Dinge mit.

«Wir brauchen noch einen Salat», hörte ich Mutter sagen.

In Luannes Zimmer fühlte ich mich sicher, wie in einem wohligen Versteck. Ich wollte nicht gehen und sah mir den Film zu Ende an. Ich hörte das Klappern von Küchenutensilien. Vater kam nach Hause und knallte die Tür zu. «Jemand zu Hause?» Er ging in den Flur, um die Jacke aufzuhängen. Luanne lief immer wieder durch die Schwingtür, zwischen Küche und Esszimmer hin und her, wo sie den Tisch deckte. Dann hörten wir Mutter rufen: «Elliot, Peter, Robert, Sarah! Wascht euch die Hände. Das Essen ist fertig!»

Nur wenig später, als der Winter sich am tiefsten in die Erde grub, und es schien, als würde er für immer bleiben, kam ich nach der Schule nach Hause, knallte die Bücher auf die Küchenablage und suchte Luanne in ihrem Zimmer. Seltsamerweise stand die Tür weit offen. Das Zimmer wirkte heller, die Ablage der Kommode war von Parfümfläschchen frei geräumt. Ich ging hinein. Das Tuch vor ihrem Fenster fehlte. Wo war der Becher mit den Ohrringen?

Ich rannte die Treppe hinauf, wo ich Mutter in ihrem Zimmer antraf. Sie saß auf dem rot bezogenen Zweisitzer und las in einer Modezeitschrift.

«Wo ist Luanne?»

«Liebling, sie ist gegangen. Ich habe die Agentur angerufen. Nächste Woche schicken sie Ersatz.» Dann nahm sie die Lesebrille ab. «Sie hat gekündigt, Liebes.»

«Warum?»

Sie sagte, Luanne hätte einen Zettel geschrieben, auf dem etwas von einer anderen Arbeitsumgebung gestanden hatte. «Das soll mir recht sein. Ich habe sie immer für zu jung gehalten. Anders als du, Sarah. Du bist sehr weit für dein Alter, viel reifer als andere Gleichaltrige.»

Fassungslos wandte ich mich ab von ihr. Vom Schlafzimmer meiner Eltern aus konnte man in alle Richtungen ein Stück vom Garten sehen, und es gab ein Ankleidezimmer mit Wandschränken. Es war ein großes Zimmer, aber auf einmal empfand ich es als erdrückend. Ich rannte hinauf unters Dach, wollte nachsehen, ob Peter schon zu Hause war. Ich war reif genug, um zu wissen, dass unsere Familie eine Katastrophe war, und ich wollte mit ihm darüber reden. Stattdessen stieß ich auf Elliot, der in seinem Zimmer mit kleinen Plastiktieren spielte. Dafür, dass er so klein war, konnte er sich gut alleine beschäftigen.

Am darauffolgenden Samstagnachmittag klingelte Luanne, um ihre restlichen Sachen abzuholen. Vater öffnete die Tür.

«Willst du gleich mit durchbrennen, oder warum rennst du so?», fragte er, als ich die Treppe hinabgestürzt kam, um Luanne zu sehen.

Als ich sie rief, war sie mit dem Koffer schon wieder auf dem Weg zur Haustür.

«Leonard, bitte», sagte Mutter, die neben ihm stand. «Luanne, bist du sicher, dass du alles hast?»

Sie nickte zaghaft und ging zur Tür.

«Du wirst mir fehlen», wollte ich sagen. Stattdessen sagte ich, «Tschüss, Luanne» und schaute beschämt zu Boden.

Sie ging durch die Haustür und eilte den Plattenweg hinunter. In einem weißen Dodge Dart saß ein schwarzer Mann und wartete auf sie. In letzter Sekunde ging ein Ruck durch mich, und ich rannte zur offenen Tür und rief: «Es tut mir leid!» Aber meine Worte waren nur ein Flüstern, das bloß ich hörte. Unterdessen saß Luanne schon auf dem Beifahrersitz und schloss die Tür. Der Wagen brauste unsere Straße hinunter, hinter ihm eine aufgewirbelte Wolke aus Abgasen und Staub.

«Komm rein, Sarah. Es ist kalt draußen. Du hast keine Schuhe an», sagte Mutter.

Ich ging zurück auf mein Zimmer und knallte die Tür zu. Ein stechender Schmerz schoss mir von der Brust in den Bauch. Ich lehnte am Fensterbrett und versuchte, mir selbst ein Wiegenlied zu singen – *Kumbaya My Lord*

– drang es tief aus meiner Kehle. Wo war Luanne jetzt? Würde sie überhaupt an mich denken? Meine Vorstellungskraft ließ mich im Stich. Es fühlte sich an, als würde mir das Herz auf die Lunge drücken. Trotzdem wollten die Tränen nicht aufsteigen oder aus mir herausfließen. Auf der Suche nach Luannes stillem, freundlichen Wesen ging ich wieder nach unten zu ihrer verschlossenen Tür. Ich drehte den Türknopf und ging hinein. Das Bett war leer. Der Boden leer. Alles leer.

Mutter hörte mich. «So ist das eben manchmal», sagte sie vom Flur aus, wo sie vor Luannes altem Zimmer stehen geblieben war. «Es ist wirklich schade, aber es gibt nichts, was wir tun können.» Sie drehte sich um und ging in die Küche.

Unter der Woche füllte Mutter die Tage mit Bridge und Verabredungen zum Mittagessen. Donnerstags ging sie zum Friseur, freitags erledigte sie die Einkäufe. Gelegentlich schrieb sie sich in einen Kurs zum Blumenbinden ein oder übte zusammen mit Freundinnen aus dem Country Club Kreuzstich-Stickerei. Das ging nicht lange so. Ihre rheumageplagten Finger verweigerten derart filigrane Nadelarbeiten. Aber ich habe ein Kissen, das sie bestickt hat: ein grünweißes Schachbrettmuster auf grünem Filzuntergrund. Es ist nichts Grandioses, aber ich halte das Kissen in Ehren.

All diese Dinge ersetzten das musikalische Leben, das sie einst geführt hatte, die Geigenabende und die Konzerte am College; die in den Geigenstunden und Proben erforderliche Disziplin wurde vom Bedürfnis nach klarer Ordnung im Haus ersetzt; das Bedürfnis, vor Publikum zu spielen, von dieser Art gemeinschaftlicher

Zusammenkünfte abgelöst, eine Möglichkeit, ihre sozialen Kontakte nicht ganz aufzugeben. Etwas anderes in ihr wollte aber aufgeben. Nur wusste ich das damals nicht.

~~~~~~~~~~~

Nach Luanne kamen und gingen verschiedene andere schwarze Hausmädchen. Keine blieb länger als ein paar Monate. Ein weißes Hausmädchen aus Irland ging nach fünf Tagen. Keine ersetzte Luanne. Dann trat Dora, ein weiteres schwarzes Hausmädchen, die Stelle an. Sie war anders. Sie war übergewichtig, plump und ruppig. Sie kam aus Florida und machte sich nichts aus Ohrringen und Gesang. Sie sagte: «Mich täuschst du nicht. Ich habe fünf erwachsene Kinder.» Sie sah mich an, als würde ich etwas verbergen, und als würde sie schon herausfinden, was es war. Aber nicht, indem sie mich zu sich ins Zimmer einlud. Ihre Tür war zu. Sie war effizient, und das auf die Minute. «Wenn ich dir sage, du sollst dir die Hände waschen, dann machst du das sofort», sagte sie. «Dein Abendessen steht bereit. Ich serviere das Essen nicht heiß, damit es dann kalt gegessen wird. Hast du gehört?» Sie sprach so, als wüsste sie alles über das Leben, als könne nichts sie schockieren, als hätte sie alles schon mal erlebt.
~~~~~~~~~~~

*3. Kapitel*

## *Irgendwo ein gelobtes Land*

Ich rannte die Steintreppe zum Auto hinunter, denn wir waren auf dem Sprung zu Tante Annette und Onkel Max, um mit ihnen die Befreiung der Juden aus der ägyptischen Sklaverei zu feiern. «Moses ist auf dem Weg ins gelobte Land!», rief Vater aus der Küche. Er rang der Krawatte einen Knoten ab und lief hinaus. Die Tür knallte zu.

Der Schnee war geschmolzen, aber die Bäume hatten ihre grünen Fingerspitzen noch nicht ausgestreckt, um die Luft zu testen. Mutter nahm ihren Platz auf dem Beifahrersitz ein; in ihrem zartblauen Anzug und mit den braungrauen Schuhen sah sie schick aus. Der Wagen saugte ihr Parfüm und den wächsernen Geruch nach Lippenstift auf. Sie drehte sich prüfend zu uns um.

«Wie schön ihr ausseht», sagte sie zufrieden.

Meine Brüder, einschließlich Peter, trugen dunkelblaue Blazer und dazu passende graue Hosen. Mutter bestand darauf, dass sie sich für den Sederabend so herausputzten, aber Peter rebellierte, indem er seinen Blazer aufknöpfte, der ihm auf einer Seite über die Schulter rutschte. Mein weinrotes Samtkleid zwängte mich in eine Form, die eher zu einem elfjährigen Mädchen gepasst hätte, als zu einem, das im nächsten Jahr zur Highschool gehen würde. Ich glaube, Mutter nahm weder meine zart wachsenden Brüste noch die gegen den

Kleidsaum drückenden Hüften wahr. Und wenn sie es doch tat, so wollte sie diesen Teil meiner Entwicklung vielleicht gern etwas verlangsamen, ganz wie beim Beschneiden von Rosensträuchern, was, wie sie sagte, die Rosen voller blühen ließ. Ich schlug die Beine übereinander und wackelte in meinen offenen Lederschuhen ungeduldig mit den Zehen.

«Betet lieber, dass Onkel Max die Sache nicht in die Länge zieht», sagte Peter.

Wir waren Gelegenheitsjuden. An den Hohen Feiertagen scheuchte Mutter uns in die Synagoge, während sie zu Hause blieb und in ihrer Schürze und den edlen Lederpumps Puddingkuchen mit Süßkartoffeln backte. Neben ihr auf der Küchenablage stand dann ein halbvolles Glas Wasser griffbereit für die Einnahme ihrer Tabletten. «Geht mit eurem Vater mit», sagte sie.

Vater fuhr rückwärts aus der Einfahrt, und ich knallte nach hinten in den Sitz. Auf der kurzen Fahrt in den hügeligen Teil der Stadt, wo die Klines wohnten, kamen wir an älteren Häusern vorbei, die nicht so nah an der Straße gebaut worden waren. Das Haus der Klines, eine griechische Imitation mit riesigen weißen Säulen, tauchte am Ende eines langen hufeisenförmigen Zufahrtswegs auf.

An der Haustür wartete schon Großvater Joe auf uns. «Müssen wir immer auf Feiertage warten, um mal zusammenzukommen?», fragte er. Mit seinen fast neunzig litt er an Herzschwäche. Bekam er Herzschmerzen, entschuldigte er sich, verließ das Zimmer und schluckte eine winzige weiße Tablette.

«Es wäre selbst dann nicht genug, wenn ich dich jeden Tag sehen würde», sagte Mutter und gab ihm einen Kuss auf die Stirn.

«Wie geht es meiner anderen Prinzessin?», fragte er und berührte mich sanft am Kinn.

Sein Gesicht war schmal, und er hatte es nicht eilig, wenn er sprach. Ich roch das Rasierwasser, das er immer benutzte: eine Mischung aus Zimt und Lindenholz. Seine Begleitung, eine Frau in den Siebzigern mit dem Namen Lilly, begrüßte mich mit festem Händedruck. Dieses schnell sprechende Energiebündel wohnte in derselben Wohnanlage wie mein Großvater. Sie hatte goldbraun gefärbte Haare und war die Witwe eines seiner früheren Geschäftspartner. Ich entdeckte den Opalring meiner verstorbenen Großmutter an ihrem Finger. Großmutter war gestorben, als ich sechs Jahre alt war, aber ich kann mich noch immer an die Ringe erinnern, die sie getragen hat.

«Warum sehen wir uns eigentlich nicht öfter?», sagte Tante Annette, als wir das Haus betraten. «Es ist zu schade, dass wir nie die Zeit dafür finden.»

«Ihr seid hier die Weltenbummler», sagte Mutter mit einem Hauch von Neid in der Stimme. In Gegenwart der Klines schien ihre nach oben kletternde Stimmlage am stärksten ausgeprägt zu sein.

Wir wohnten zwar nicht weit voneinander entfernt, aber es gab keine Überschneidungen zwischen unserem Leben und dem der Klines. Ihre beiden Söhne, Kenneth und Edward, waren viel älter, längst fertig mit der Schule, gingen schon aufs College und waren schon lange aus dem Haus. Das Heim der Klines stand oft leer, weil meine Tante und mein Onkel viel verreisten.

«Hallo, du Schöne», sagte Kenneth mit seiner lauten, klangvollen Stimme. Er war ein gutaussehender Riese, der mich hoch hob und durch das Foyer im Erdgeschoss wirbelte, bis der gelbe Diwan und die vergoldeten Bilderrahmen miteinander verschwammen. Kenneth war mein Alltagsheld. Er war kräftig, hatte gewellte braune Haare und haselnussbraune Augen und ging auf einem Schiff, das um die Welt segelte, aufs College. Er hatte an Orten weit hinter dem Horizont gelebt. Er wohnte in San Francisco, wo er laut Mutter «mit Lederwaren bei diesen Hippie-Boutiquen hausieren ging». Ich fand Kenneth attraktiv und ein bisschen gefährlich.

«Selber hallo», sagte ich, als er mich absetzte.

«Da bist du ja, Großer», sagte er und legte den Arm um Peter. Die beiden spazierten ins Wohnzimmer und setzten sich auf das Sofa am Kamin.

Unser Cousin Edward, der ältere und reserviertere, arbeitete als Anwalt in Boston. Er nickte mir zu, unterhielt sich aber viel lieber mit den Erwachsenen.

~~~~~~~~~~~

Der Mahagoniesstisch der Klines, der zweimal so lang war wie unserer, hatte einen doppelten Satz Krallenfüße und dazu passende Stühle mit geschnitzten Holzlehnen. Mutter spielte mit einer Leinenserviette. «Seht euch nur diesen Tisch an. Einfach hinreißend. Und von wo hast du die hier noch mal mitgebracht? Von eurer Englandreise?» Sie nahm ein Kristallglas und hielt es ins Licht. «Erlesen, Annette.»

«Ja. Ein Händler hat das Set für uns aufgetrieben.»
~~~~~~~~~~~

Weit hinten am Ende der Sedertafel setzte Onkel Max ein gelehrtes, halbverschlafenes Gesicht auf, als Vater und er eintönig lange hebräische Passagen vorlasen. Alle paar Seiten sah Onkel Max mich an und starrte mir auf den Ausschnitt. Ich schaute angestrengt auf mein Kleid, sah nach, ob ich mich bekleckert hatte.

Als es so weit war, die Plagen zu nennen, tauchte ich den kleinen Finger in mein Saftglas und betupfte damit den sauberen weißen Porzellanteller vor mir. Die Tropfen flossen zu einem kleinen blutigen See zusammen.

*Dam* (Blut)!
*Tz'Farday'A* (Frösche)!
*Kinim* (Stechmücken)!
*Arov* (Ungeziefer)!
*Dever* (Viehpest)!
*Sh'Chin* (Schwarze Blattern)!
*Barad* (Hagel)!
*Arheh* (Heuschrecken)!
*Cho-Shech* (Finsternis)!
*Makat B'Chorot* (Tod aller Erstgeborenen)!

«Tod aller Erstgeborenen?», fragte ich. «Das verstehe ich nicht.»

Ich schmierte den Traubensaft an meiner weißen Leinenserviette ab.

«Du musst es nicht verstehen. Es ist eine Tradition», sagte Mutter. Sie ließ die linke Hand unter dem Tisch und schob ihr Weinglas zu Vater rüber. Er füllte es bis zum Rand.

«Das ist keine Tradition, das ist Mord», sagte Peter.

«Töten wir die Erstgeborenen, bringen wir Kinder um. Zetteln wir ein ‹My Lai Massaker› an. *One two three four, what are we fighting for?* Er stimmte den *Country Joe and the Fish* Song an, der in Woodstock gesungen worden war.

«Peter. Stopp. Das reicht», sagte Mutter. «Das habe ich natürlich nicht gemeint. Ich rede von – gemeinsamen Essen, davon, jedes Jahr mit der Familie zusammenzukommen.» Sie hob das Kinn an. «Ich glaube, diese Dinge sind wichtig.»

«Veränderung ist besser.»

«Das sagst du, weil du jung bist, mein Liebling.»

«Seit wann bist du alt, Irene?», fragte Vater.

«Alt? Wovon redet ihr?», sagte Opa. «Sie ist perfekt.»

«Perfektion ist ein unmögliches Unterfangen», sagte Vater. «Oder siehst du das anders, Irene?»

«Lass gut sein! Wir wollen kein Seminar daraus machen», sagte Mutter. «Genießen wir das Zusammensein.» Sie lächelte mir zu, aber ich sah ein Flimmern in ihren Augen, als wäre ein kleines Tierchen geflüchtet.

Wovor? *Wo-vor*, Mutter? Sag.

Diese Fragen rumorten in meinem Bauch, während ich Matzeknödel-Suppe aß. Ich war ein dünner Mensch mit dem Appetit eines dicken. Ich aß Gefilte Fisch, zwei Stücke Hähnchenbrust, mehrere Portionen Nudelpudding und kandierte Möhren. Die irische Hausangestellte der Klines, eine gebückte Frau Mitte sechzig, räumte im Handumdrehen unsere dreckigen Teller ab. «Hattest du genug, Liebes?» Wir ließen den Sederabend mit Unmengen traditioneller Lieder ausklingen.

*«When Israel was in Egypt Land,*
*Let my People go!*
*Oppressed so hard they could not stand,*
*Let my people go!»*

Elliot und Robert gingen danach ins Fernsehzimmer. Kenneth und Peter machten sich auf nach oben in Kenneths altes Zimmer, um Gitarre zu spielen.

«Sarah, kommst du kurz mit mir mit?», fragte Onkel Max und stand von seinem Stuhl auf.

Ich folgte meinem Onkel in den Keller, wo er einen Teil des Zimmers für seine Skulpturen abgetrennt hatte: ein Wust kleiner nackter Tonmodelle, großbusige Frauen mit kräftigen Oberschenkeln, die er auf einem Tisch aufgereiht hatte, über den ein altes Malerlaken ausgebreitet war. Ich zählte sechs Akte, manche ohne Arme und Beine, ein paar lagen. Eine Aktdarstellung von der Größe einer prallen Wassermelone stand auf dem Boden und diente als Türpfosten zum Heizungsraum.

«Sieh dir mal mein neuestes Stück an», sagte er.

Er machte eine Bodenlampe an, legte mir leicht die Hand auf die Schulter und schob mich in Richtung Tisch.

Dann stand er vor mir und stierte mich an.

«Ich habe überlegt, dich als Modell zu nehmen», sagte er und berührte meinen Hals. Er erklärte, es ginge ihm um den Akt einer jungen Frau. «Frag deine Mutter. Schau mal, was sie sagt.»

«Ich könnte das nicht.» Ich schüttelte den Kopf.

«Überleg es dir», sagte er und zog lässig eine Zigarette aus der Brusttasche, die er sich mit einem Butangasfeuerzeug anzündete. «Aber ich möchte nicht, dass du dich unwohl fühlst. Es ist Kunst.»

«Ich geh jetzt hoch.»

«Ja, gehen wir hoch.»

Ich rannte zurück nach oben ins Erdgeschoss und schloss mich im Badezimmer ein. Onkel Max kam hinterher, ging aber am Badezimmer vorbei ins Wohnzimmer, wo sich die Erwachsenen niedergelassen hatten. Er triezte Tante Annette, doch Klavier zu spielen.

Im Badezimmer beruhigte ich mich wieder, spielte mit dem Wasserhahn, bis der Zigarettengeruch meines Onkels nachließ. Es war eine verquere Bitte, und das wusste er. Kunst hin oder her. Ich würde es nicht machen. Ich hörte Kenneth und Peter über mir Bob-Dylan-Songs singen.

*Corinna, Corinna, Gal, where you been so long?*

Ich rannte nach oben, um mich zu ihnen zu setzen.

*4. Kapitel*

## *Dummes Gerede*

Im Auto auf dem Nachhauseweg erwähnte Mutter Vater gegenüber, dass Onkel Max Probleme mit dem Unternehmen hatte. Es war jetzt dunkel, die Lichter der Straßenlaternen huschten vorbei, als Vater den Hügel hinab heimwärts fuhr.

«Ich glaube, er verheimlicht uns etwas.»

«Ja, ja, ja, ich habe ihn gehört», sagte Vater gereizt. «Er hat Angst, vielleicht für sein Geld arbeiten zu müssen.»

«Er hat mich gebeten, nackt für ihn zu posieren», sagte ich.

«Ist das wahr?» Mutter drehte sich um. «Das überrascht mich.»

«Ich habe Nein gesagt.»

«Gut», sagte Vater. «Dem werd ich was erzählen.»

«Vergessen wir es einfach», sagte Mutter. «Du hast Nein gesagt und damit ist die Sache erledigt.»

«Der Kerl ist widerlich», sagte Peter. «Dad, das Auto da, pass auf.»

Vater bremste scharf, jedoch zu spät, und fuhr leicht auf einen braunen Sedan auf, der an dem Stoppschild am Ende der Straße gehalten hatte.

Vater drehte sich zu uns um. «Alles in Ordnung?»

«Er winkt dich zu sich», sagte Peter. «Er will mit dir reden.»

«Herrgott noch mal! Ich hab ihn kaum berührt.»

«Leonard, bitte, nicht so laut.»

«Überlass das mal mir.» Vater öffnete das Fenster, stieg aber nicht aus.

Der Mann kam zu uns herübergeschlendert und stellte sich vor.

«Officer Riley.» Er klappte seine Brieftasche auf und wies sich mit seiner Dienstmarke aus.

«Sehr beeindruckend. Suchen Sie nach einem Vorwand, um ihre Dienstmarke vorzeigen zu können, Mr Riley? Sehen Sie, es ist nichts beschädigt worden.»

Peter hielt sich die Hände vor die Augen.

«Wir kommen vom Sederessen», sagte Elliot und hielt einen Plastikfrosch hoch. «Kennen Sie die Plagen?»

«Schscht. Nicht jetzt.» Mutter fuchtelte mit dem Finger ihrer guten Hand herum, der rechten.

Der Officer lehnte sich zum Fenster herein. «Dafür, dass Sie Kinder im Auto haben, fahren Sie ganz schön schnell.»

«Mag sein, aber nicht schneller als erlaubt.»

«Leonard, bitte.»

«Wissen Sie was, das können Sie bei einer Anhörung vorbringen.» Officer Reilly klappte ein Strafzettelblock auf und schrieb los. Er sah ganz gewöhnlich aus. Braune Haare und Augen, eine Knollnase, schmale Lippen. «Bin gleich wieder da.»

Er ging zurück zum Auto und setzte sich hinters Steuer, um den Strafzettel zu Ende auszufüllen.

Vater trommelte auf das Lenkrad. «Mr Klugscheißer an seinem freien Tag. Man könnte meinen, er schreibt gerade den ‹Großen amerikanischen Roman›. Nur weil er sonst nichts zu tun hat.»

Mutters Gesichtszüge verhärteten sich auf die übliche, vertraute Art, aber als der Officer zurückkam, rang sie sich ein Lächeln ab. Robert ballte beide Hände zu Fäusten und öffnete sie dann wieder, immer gleichzeitig. «Ich möchte nach Hause», sagte er.

«Ich wünsche Ihnen einen angenehmeren Restabend, Sir», sagte der Officer und hielt Vater den Strafzettel hin.

«Ich bin noch nicht fertig mit Ihnen», sagte Vater. «Sie warten. Ich hole meine Kamera und dokumentiere das hier.»

«Nur zu», sagte der Officer lächelnd. «Ich bin nicht in Eile.»

Elliot summte eins der Pessach-Lieder, eine nervige, endlos wiederkehrende Melodie.

«Lass doch gut sein, Dad», sagte Peter.

«Auf keinen Fall. Ruhe im Auto!» Vater schlug auf das Armaturenbrett, sein Gesicht lief violett an. Mutter verwandelte sich in eine Gipsstatue. Robert genauso. Dann legte Vater den Gang ein, fuhr um die Ecke und in die Einfahrt hinein.

Wir konnten nicht schnell genug aussteigen. Jeder hastete die hintere Treppe zur Küche hoch. Vater ging sofort ins Wohnzimmer. Gerade im Obergeschoss angekommen, hörte ich, wie er sich mit viel Geklirr einen weiteren Drink machte. Meine Brüder lauschten ebenfalls und gesellten sich zu mir auf den Treppenabsatz. Wir legten uns flach auf den Teppich und schauten durch das Geländer nach unten.

Mutter rief Dora zu, ihr ein kaltes Glas Wasser zu

bringen. Dora lief durch den Flur zum Wohnzimmer und ging dann zurück in die Küche, das Gesicht verschlossen.

«Es geht mir gut», sagte Vater immer wieder. Er klang jämmerlich.

Wir sahen, wie er einen Schritt nach hinten machte, dann zur Seite.

«Es geht dir überhaupt nicht gut», sagte Mutter und schob ihn in sein Arbeitszimmer. Die Tür ging zu.

«Er sieht aus, als würde er gleich umkippen», sagte Robert neben mir.

Elliot lag schlaff und still da.

«Was sagt sie?» Ich wollte es wissen.

«Komm mit», sagte Peter zu mir und stand auf.

Wir gingen alle mit nach unten in den Keller. Von dort unten hatte er nach oben zu Vaters Arbeitszimmer eine Art Sprechanlage gebastelt, indem er durch ein Loch in der Kellerdecke ein Kabel gelegt und es zusätzlich an Lautsprecherboxen angeschlossen hatte. Wir hörten Mutter sagen: «Reiß dich zusammen. Ich ertrage das nicht mehr.»

«Du hättest einen reicheren Mann heiraten sollen.»

«Mit Geld hat das überhaupt nichts zu tun. Sondern mit deinem Verhalten.»

Ich riss das Kabel aus den Boxen. «Schluss damit», sagte ich.

Elliot fing an zu weinen.

«Das ist dummes Erwachsenengerede. Das meinen sie nicht so», sagte Peter, der den Arm um Elliot legte.

Robert krümmte die Schultern. «Ihr seid alle bescheuert.»

Ich stimmte Robert zu – und noch bescheuerter war,

dass wir am Treppenaufgang, als wir wieder nach oben schlichen, Dora in die Arme liefen, die schon auf uns wartete. Sie sah Peter und mich an.

«Was habt ihr mit euren Brüdern gemacht?» Sie legte den einen Arm um Elliot und den anderen um Robert, der keine Berührungen mochte, und führte sie in die Küche. «Es gibt nichts, was eine Tasse heißer Kakao nicht wieder in Ordnung bringen könnte», sagte sie zu ihnen.

Peter und ich stiegen noch zwei weitere Treppen zu seinem Zimmer hoch. Wir schlossen uns in seinem Schrank ein, wo wir auf dem Boden unter einem Wald von Hemden saßen, die auf Bügeln über uns baumelten.

«Was ist los mit den beiden?» Ich verstand das Gerede meiner Eltern nicht. Es war wirr wie verknotete Stricke.

«Lass sie doch. Hör mal das hier.» Er saß im Schneidersitz und legte die Gitarre über seine Knie, vorsichtig, damit der Gitarrenhals nicht gegen die Wand knallte. Sein Optimismus, gepaart mit leichter Entrüstung, rüttelte mich wach. Wenn er sie ausblenden konnte, konnte ich das auch.

«Ich bringe dir ein paar neue Akkorde bei.»

Ich rutschte näher an ihn heran und ließ ihn meine Finger auf den Saiten anordnen. Zusammengepfercht auf so engem Raum, roch ich den nach nasser Baumwolle und Gummi riechenden Schweiß unter seinen Achseln. Aber nichts war süßer und vertrauter. *If I had a hammer* –

Die Metallsaiten schenkten dem Weaver's-Folk-Song einen wunderschönen, runden Klang. Peter griff kräftiger in die Saiten und unsere Harmonien fügten sich zu einem *«I'd hammer out love –»* zusammen, bis unsere Stimmen und Peters Gitarrenklang weit oben in den Bäumen ein Versteck schufen, unerreichbar für alle, solange ich sang, und meine Lunge von den tiefen Atemzügen und Melodien und unsichtbaren Flügeln vibrierte. Alles, was sich in den Etagen unter mir abspielte, verlor an Bedeutung. Keiner störte uns. Keiner kam hinauf, um mir zu sagen, ich solle aufhören.

~~~~~~~~~~~

Einige Tage nach dem Vorfall mit dem Officer bekam Mutter leichte Beschwerden in der Schulter. Der Schmerz wanderte links den Hals hinauf, in den Arm hinunter und weiter, bis er ganz von ihr Besitz genommen hatte. Ihr Hausarzt erhöhte die Tablettendosis, um den Schmerz zu lindern. Dreimal täglich nahm sie grüne Kapseln: eine morgens mit ihrem Kaffee, eine vor dem Abendessen und eine vor dem Zubettgehen. Anfangs wirkten die Tabletten. Ihr schmallippiges Lächeln wurde weicher. Aber dann kam der Schmerz noch stärker zurück als vorher. Nach der Schule fand ich sie mehrmals auf dem Wohnzimmersofa vor, in der einen Hand einen Drink, die andere hing auf den Boden.

«Kann ich etwas für dich tun?»

«Nein, Liebes. Wie war's in der Schule? Hast du viele Hausaufgaben?»

Hausaufgaben waren nicht das Problem. Ich war eine Einserschülerin. Das wusste sie.

«Nicht mehr als sonst.»

Ich wartete, dass sie noch etwas anderes sagen würde,
~~~~~~~~~~~

aber sie war halb eingeschlafen. Dann versuchte sie aufzustehen. Ich gab ihr meine Hand und half ihr, sich aufzurichten.

«Ich bin in einem schrecklichen Zustand, nicht wahr?» Sie schüttelte den Kopf und sah mich an. Ich schaute zu Boden. Ihr flehender Blick ließ mir keinen Ausweg, so, als hätte ich mich in einem Spinnennetz verheddert.

Steroid-Injektionen halfen zeitweilig, den Schmerz zu mildern, aber jedes Mal kehrte er umso heftiger zurück. Sie konnte sich nicht mehr bücken, um Elliot die Schuhe zuzubinden. Dafür war jetzt ich zuständig, auch dafür, Elliot vor der Schule anzuziehen, es sei denn, Dora griff ein, was sie oft tat, wobei sie uns später dann alle mit Buttertoasts in den Händen aus der Küche jagte. «Raus mit euch. Alle zusammen. Dass mir keiner von euch zu spät zur Schule kommt. Los geht's!»

Mutter konsultierte einen Arzt nach dem anderen, nahm Tabletten und probierte verschiedene Übungen aus. Nichts half.

«Sie werden dich operieren müssen», sagte Vater.

Sie trug eine Halskrause. Es war längst normal geworden, sie oben im Schlafzimmer auf einem Stuhl mit gerader Lehne in einer Art Seil-Band-Vorrichtung anzutreffen, die Schlaufe unter dem Kinn. Das Seil führte über die Tür auf die andere Seite, wo es von einem Sandsack nach unten gezogen wurde. Theoretisch sollte diese Schlaufe die Wirbelsäule entlasten, womit der Schmerz in ihrem Nacken zusammenhing. Wenn sie in dieser Vorrichtung saß, stemmte sie sich gegen die Rückenlehne und sprach durch die Zähne.

Heute stand ich vor ihr und betrachtete das Seil und den Flaschenzug.

«Was machst du, wenn das nicht hilft? Lässt du dich dann operieren?»

«So langsam gehen mir die Alternativen aus. Sag Dora, sie soll mir einen Drink bringen», sagte sie. «Denk an den Strohhalm.»

~~~~~~~~~~~

Ich ging nach unten, um Dora zu suchen. Das Zimmer, so wie es mal Luanne gehörte hatte und ein bisschen auch mir, gab es nicht mehr. Anders als Luanne, die das Fenster mit einem Tuch verhängt hatte, ließ Dora die Fensterläden weit geöffnet, damit das Sonnenlicht hereinkam. Die Kommode war makellos sauber und roch nach Limonenwachs; der graue Linoleumboden glänzte wie poliertes Silber.

Ich klopfte an. Mit einem Ruck ging die Tür auf, und die wuchtige Dora türmte sich vor mir auf. Ihre massige Gestalt warf einen langen Schatten.

«Was gibt's, Sarah? Bis zum Abendessen sind es noch fünfzehn Minuten.»

«Mutter möchte ihren Drink oben einnehmen.»

Dora nickte, schaute mich aber missbilligend an.

«Was ist?», fragte ich.

«Mit Geld kann man nicht alles lösen», sagte sie und ging ins Wohnzimmer, um den Drink zu machen.

*Habe ich das etwa behauptet?* Die stille Stimme in meinem Kopf erzeugte Wellen. Ich ging zum Küchenfenster und schaute rüber zum Haus der Fineburgs.
~~~~~~~~~~~

Mickeys Rollo war bis zur Hälfte nach unten gezogen. Ich hörte, wie Dora die Treppe nach oben stapfte. Sie ließ die anderen gern um ihre allwissende Anwesenheit wissen. Ich hatte keine Ahnung, was ich tun sollte.

Ich sah, wie Vater, der vom Pendlerzug kam, unten die Einfahrt hochlief. Er hatte einen langen schwarzen Mantel an und trug eine Aktentasche, eine von denen, die man aufrecht auf einen Tisch stellen und wie ein Akkordeon auseinanderziehen konnte. Er war stolz darauf, dass seine Aktentasche fünfzehn Jahre alt war, als würde es irgendetwas über den Wert alter Dinge aussagen, wenn man an ihnen festhielt.

«Alle da», sagte ich, sowie er zur Tür hereinkam.

«Wie geht es deiner Mutter?»

«Ist in ihrer Schlaufe.»

Er ging zum Garderobenschrank und hängte seine Jacke auf.

«Mrs Kunitz ist oben», sagte Dora, die plötzlich im Flur auftauchte. «Sie muss sich operieren lassen. Da bin ich mir sicher.»

«Irene!», rief Vater die Treppe hinauf.

«Mrs Kunitz kann nicht sprechen. Sie ist in ihrer Schlaufe. Sie müssen nach oben gehen.»

«Gottverdammich!», sagte Vater und lief polternd die Treppe hinauf.

«Worauf starrst du denn da die ganze Zeit?», fragte Dora. «Geh dir die Hände waschen. Hol deine Brüder. Gleich gibt's Essen.»

~~~~~~~~~~~
~~~~~~~~~~~

Wir nahmen unsere Plätze ein und sahen zu, wie unsere Eltern langsam die Treppe herunter kamen. Mutter bewegte sich wie eine alte, verkrüppelte Frau, die sich anstrengte, aufrecht zu gehen, während Vater ihren Ellbogen stützte und sie nach unten geleitete.

«Ich glaube, die Schlinge macht es noch schlimmer, Mom», sagte Peter.

Vater führte Mutter zu ihrem Stuhl und half ihr, sich zu setzen.

«Deine Mutter hat ein übermäßig starkes Schmerzempfinden.» Er schaute entschuldigend, als wäre er irgendwie mitverantwortlich für die Schmerzen in ihrem Nacken.

Dann kam Dora wie aufs Stichwort hereinmarschiert und servierte das Essen. Sie legte Vater fünf Hähnchenflügel auf den Teller, Peter bekam vier und ich drei.

«Ich möchte noch einen», sagte ich.

«Iss erst mal das, was du auf dem Teller hast, dann kannst du noch mehr haben. Und denk an das Wörtchen *bitte.*»

Ich verzog das Gesicht. Ich wusste nicht, ob sie mich hasste, weil wir Geld hatten, oder ob sie mich einfach so hasste. Ich schaute hilfesuchend zu Mutter hinüber.

«Lass gut sein, Sarah», sagte sie. «Du kannst später immer noch mehr haben.»

*5. Kapitel*

## *Erwachsene*

Ich fragte mich, was Mutter dort im Krankenhaus wohl durch den Kopf ging. Morgen früh würde der Chirurg ihre Wirbelsäule wieder in Ordnung bringen. Hatte sie Angst? Freute sie sich auf ein neues Leben nach der Operation? Ich war mit den Hausaufgaben und dem Klavierüben fertig. Nach dem Duschen legte ich mich hin, konnte aber nicht einschlafen. Also ging ich in meinem Flanellnachthemd nach unten und zwängte mich in Vaters Arbeitszimmer in die Lücke zwischen Bücherregal und Fenster. Er korrigierte die Arbeiten seiner Studenten.

«Der Arzt meint, in vier Tagen ist sie wieder zu Hause. In zwölf Stunden haben wir das alles hinter uns», sagte Vater.

«Ich kann es kaum erwarten. Ich hoffe, dass es ihr hilft.»

«Ich auch, Kleines.» Er nahm die Lesebrille ab.

Ich schaute aus dem Fenster, vor dem der Kirschbaum wuchs. Nachts im Dunkeln sahen die Zweige aus, als litten sie an Arthritis.

«Woran sitzt du?»

«An einer Liebesgeschichte.» Er hielt mir eine Taschenbuchausgabe von *König Lear* hin. «Der König hat drei Töchter. Er möchte, dass jede der drei ihm ihre Liebe beweist. Stell dir das mal vor. Wie beweist man Liebe?

Indem man einen Berg besteigt? Sich in Lebensgefahr bringt?» Er war jetzt aufgestanden und lief auf und ab, erst auf mich zu, dann zurück zum Schreibtisch.

«Wenn man arbeitet, muss man den eigenen Wert unter Beweis stellen. Ach, Prinzessin, ganz egal, was du später im Leben mal machst, du musst immer etwas beweisen. Wie also macht man das?» Er wartete nicht, bis ich antwortete. «Also es kommt darauf an. Manchmal muss man bestimmte Dinge tun, um den König oder gegebenenfalls den Chef zufriedenzustellen. In meinem Fall ist derjenige, der zufriedengestellt werden muss, der Institutsleiter.»

«Ein Chef ist die Person, die dich bezahlt. Richtest du dich also nach ihm? Ich verrate dir die Antwort», sagte er und knallte das Buch hin. «Manche Leute machen es wie die zwei ältesten Töchter. Sie tun das, von dem sie glauben, dass ihr Chef es will. Ein paar tun das, von dem sie glauben, dass es moralisch richtig ist. Diese Wenigen, eine Minderheit, möchte ich hinzufügen, werden geächtet, genau wie Lears jüngste Tochter. Verstehst du, was ich sagen will?»

«Was verlangt dein Chef von dir?», fragte ich.

«Er will, dass ich *mein* Seminar auf *seine* Weise gebe, und das werde ich nicht tun!» Er wackelte mit dem Zeigefinger in Richtung Buch.

«Mr Kunitz», sagte Dora, die mit einem Geschirrtuch in der Hand hereinkam, «Sarah muss ins Bett. Morgen ist ein ganz normaler Schultag.»

«Ja, ja, ich weiß.»

~~~~~~~~~~~
~~~~~~~~~~~

Vater nahm uns am Abend nach der Operation mit zu Mutter ins Krankenhaus. Wir marschierten einen breiten Gang entlang. Eine Krankenschwester in einem blauen Schwesternkostüm und weißen Schuhen führte uns zu Mutters Zimmer, das leicht beißend nach Reinigungsalkohol und süßem Parfüm roch.

«Da seid ihr ja», sagte Mutter erschöpft. Sie hob den Arm und ließ ihn aufs Bett fallen.

Aneinandergedrängt betraten wir das Zimmer. Sie hatte ein riesiges Kissen im Nacken, ihr dünnes Haar war zerzaust. Sie sah blass und müde aus.

«Sie wird immer wieder wegdämmern», sagte die Krankenschwester. «Aber sie schlägt sich wirklich sehr tapfer.»

Mutter drehte sich zur Krankenschwester. Sie schloss die Augen. Ihre Lippen zitterten, als würde sie ein Weinen unterdrücken. «Ja, das hoffe ich.»

Elliot ging zu ihr ans Bett und schenkte ihr einen Spielzeuglöwen. «Der passt auf dich auf.»

Sie öffnete die Augen. «Elliot.» Sie versuchte, den Löwen auf das Nachtschränkchen neben sich zu stellen, verfehlte aber die Kante. Der Löwe fiel polternd auf den Boden.

«Oh, Elliot.» Sie schaute zum Nachttisch und hielt dann die Hand vor die Augen. «Bitte.» Tränen liefen ihr über die Wangen. «Ich habe ihn dort verloren. Den Klang, ich habe ihn verloren. Elliot, holst du ihn mir?» Sie drehte sich zum Nachttisch.

«Hier ist er», sagte Elliot und hob den Löwen auf.

Sie schloss die Augen wieder.

«Irene? Hast du Schmerzen?»

Sie drehte den Kopf. «Was habe ich verloren?»

«Nichts, Irene. Du träumst. Alles wird gut.» Vater stand bei ihr am Kopfende und legte die Hand auf die Matratze. «Der Arzt meinte, das müsste es jetzt gerichtet haben.»

Peter stand an der Tür. «Soll ich die Krankenschwester holen?» Er ging aus dem Zimmer.

Robert entdeckte die Fernbedienung und stellte den Fernseher an.

«Jetzt nicht», sagte Vater.

Peter kam mit der Krankenschwester zurück.

«Warum weint sie?», fragte Elliot.

«Das hat mit der Narkose zu tun. Es dauert ein paar Tage», sagte die Krankenschwester. Sie ging rüber zu Mutter und sah ihr ins Gesicht. «Bald ist sie wieder ganz da. An die Hälfte von dem, was sie jetzt sagt, wird sie sich später gar nicht erinnern. Ihr könnt sie wieder besuchen, aber für heute ist es wahrscheinlich genug.»

«Wir wollen eure Mutter nicht überanstrengen», sagte Vater und ging in Richtung Tür.

~~~~~~~~~~~

Sie kam am Ende der Woche nach Hause und sah mit den gewaschenen und gekämmten Haaren wieder aus wie sie selbst. Alles war wie vorher. Vater war erleichtert, sie auf dem Weg der Besserung zu wissen. Wir alle. Sie trug ein Korsett, aber das war nur vorübergehend. Freunde schickten Blumen und Karten, die ihr Schlafzimmer schmückten. Ihrem Nacken ging es jeden Tag ein wenig besser.
~~~~~~~~~~~

Jetzt, wo endlich all die Kraft freigesetzt wurde, die über so viele Monate in ihren Knochen gefangen gewesen war, sprühte sie vor Tatendrang. Dazu gehörte auch die Idee einer Sommerparty. Selbst ihre Rosen reagierten darauf, sie erblühten in einem Crescendo verschiedener Farben und Düfte im Garten hinterm Haus. Das riesige Blumenbeet, das den Garten dominierte, hatte die Form einer Bühne und war in vier Teile unterteilt, dazwischen verliefen Gangreihen zum Wandeln und Staunen.

Ich stand am Rand ihres Gartens und sah zu, wie sie mit einer Schaufel neue Erde unterhob. Kniend tastete sie nach Erdklumpen und schob mit lavendelfarbenen Gartenhandschuhen den feinen, lehmigen Sand zur Seite, um das Unkraut aufzudecken. Weil ich nichts zerstören wollte, trat ich nur ganz vorsichtig auf den Rand.

«Es ist die Ausgewogenheit zwischen all diesen Dingen», sagte sie. «Erde, Licht und Wärme in der richtigen Dosis.»

Ich versuchte, eine grüne Pflanze rauszurupfen und schüttelte die Erde vom Wurzelballen.

«Oh, das ist kein Unkraut. Das ist eine junge Rose. Na was soll's. Wirf sie auf den Haufen dort.» Sie zeigte auf einen Berg Grünzeug. Der Geruch von ihrem Drink, einem Glas Scotch, das sie in eine Erdkuhle gestellt hatte, wehte über das Rosenbeet. «Schau mal, das hier, das ist Unkraut.» Sie hielt eine hochgeschossene grüne Pflanze in die Luft. «Man muss es langsam rausziehen. Wenn es abreißt, bekommt man die Wurzeln nicht heraus, und dann wächst es gleich nach und überwuchert hier alles. Und das wollen wir ja nicht.»

Drinnen im Haus schrieb Mutter Listen. Sie saß am

Küchentisch, befreit von ihren Nackenschmerzen, obwohl sie vorsorglich immer noch jeden Morgen Tabletten nahm.

«Man darf den Schmerz gar nicht erst wieder aufflackern lassen», sagte sie.

Sie zählte namentlich Paare aus der Nachbarschaft auf, die sie einladen wollte, den Country Club und Lehrer von Vaters Schule, was Dora, die Silber polierte, von Minute zu Minute wichtiger werden ließ. Auf der Arbeitsplatte standen glitzernde Silbertabletts.

Vater schleppte zwei Pokertische aus dem Keller nach oben und stellt einen im Wohnzimmer neben das Klavier, den anderen vor die Erkerfenster ins Herrenzimmer. Dora hüllte beide in weiße Tischtücher, die Tischbeine unter Leinenstoff versteckt, dessen Saum den Boden berührte. Ich legte das Tafelsilber in Körbe, die mit Stoffservietten ausgelegt waren. Elliot saß auf der Küchenarbeitsplatte und malte Hunde und Katzen.

Robert hatte sich wie üblich zum Lesen auf sein Zimmer zurückgezogen. Er war kein Freund großer Menschenmengen. Sie machten ihn unruhig. Das Stimmengewirr bereitete ihm Kopfschmerzen. Peter tat so, als wäre die Veranstaltung ein Theaterstück und er der Inspizient. Er wanderte zwischen den Räumen hin und her, schloss in aller Ruhe zusätzliche Lautsprecher an und testete sie dann von Vaters Arbeitszimmer aus.

Neugierig, aber unsicher, was mich da erwartete, bereitete ich mich auf den Ansturm Erwachsener vor und bewegte mich eher am Rand des Geschehens. Das ganze Party-Essen fand ich herrlich; und so knabberte ich gesalzene Erdnüsse von einem Teller voller Naschereien, der auf dem Klavier stand. Danach schnappte ich mir ein Stück Käse aus der Küche und einen Klecks Zwiebeldip.

«Willst du was malen?», fragte mich Elliot. Er gab mir einen Buntstift, und ich zeichnete eine Gitarre spielende Katze, bis Vater mich zu sich ins Arbeitszimmer rief.

«Sarah, sieh dir das hier mal an.»

Nacheinander hielt er mir alle möglichen Musikalben vor die Nase, die er für die Party nehmen wollte. Ich stapelte sie auf dem Boden. Sein Arbeitszimmer war eine Höhle voller Papierberge und Bücher, die Regale quollen über, und dann stand da noch ein alter zerschrammter und zerkratzten Mahagonisekretär mit Rollklappe, den er auf einem Hinterhofflohmarkt erstanden hatte. «Kauf dir einen neuen», sagte Mutter immer, wenn er sich über die klemmenden Schubladen beschwerte. Seine Royal Schreibmaschine auf dem Metallständer verströmte einen metallischen und tintigen Geruch. Wenn er den Unterricht oder eine Prüfung vorbereitete, tippte er mit zwei Fingern darauf herum, dann klickten die Tasten aufgeregt. Weit oben auf einem Regal neben dem Fenster wurde auch noch eine Stereoanlage aufgebaut.

«Musik ist das A und O einer Party. Ohne sie ist alles nichts.» Er schaute zur Decke, um über seine Worte nachzudenken, und setzte noch mal an. «Musik ist für eine Party wie die Dunkelheit für die Nacht. Die Party ist die Musik. ‹Bist du das Blatt --›», zitierte er fragend seinen Lieblingslyriker Yeats.

«Okay, Dad. Ich hab's verstanden.»

Ich war nicht in der Stimmung für dogmatische Thesen.

«Wie kannst du sagen, du hättest es verstanden? Ich war noch gar nicht fertig, woher willst du wissen, was ich meine? Bist du die Tänzerin oder der Tanz?»

Ich zuckte mit den Achseln. «Keine Ahnung.»

«Gut, du weißt es also nicht. Meine besten Studenten, Prinzessin, stehen zu ihrer Ignoranz.»

Ich setzte mich neben ihn auf den Vorleger und ging seine Auswahl durch: Cole Porter, George Gershwin, Artie Shaw, Glenn Miller, Ella Fitzgerald.

«Du wirst sie lieben, diese Musiker», sagte er. «Und wenn du sie einmal in dein Herz geschlossen hast, wirst du sie nie wieder verlassen wollen, und sie, mein Liebling, werden dich auch nie verlassen.»

Ich sah ihn an.

«Wie hast du dich entschieden? Wegen deinem Chef, meine ich.»

«Ich habe gesagt, was er hören wollte.»

«Das ist aber nicht das, was Cordelia getan hat.»

«Stimmt.» Er nahm eine Platte aus ihrer Hülle und hielt sie gegen das Licht, um sie auf Kratzer zu untersuchen; meinem Blick wich er aus. «Wie auch immer, ich werde auch weiterhin auf meine Art und Weise unterrichten. Ich habe nicht aufgegeben, meine Prinzessin. Ich gehe nur zeitlebens in den Untergrund.»

«Dann hat Cordelia also das Falsche getan?»

«Ganz und gar nicht. Aber manche behaupten, es wäre dumm von ihr gewesen, und sie hätte vielleicht nicht so dreist aufbegehren sollen.» Er richtete sich auf und streckte die Brust raus. «Genau genommen habe ich den Rat deiner Mutter befolgt.»

«Was erzählst du da?» Mutter stand in der Zimmertür. «Vergiss nicht, dich umzuziehen», sagte sie lächelnd zu mir. Sie lehnte in ihrem weißen gesteppten Morgenmantel im Türrahmen. «Wie wäre es mit deinem blauen Kleid?» Peter kam rein und überprüfte an den Boxen noch mal die Kabelanschlüsse, bevor er die Kabel dann auf dem Boden zu zwei akkuraten Haufen aufrollte.

Es klingelte an der Tür. Dora trug wiegend ein gelbes Blumenbukett ins Wohnzimmer. «Hinreißend!», schrie Mutter. «Sie passen ganz wunderbar zu meinem Kleid.» Sie beugte sich über die Blumen und atmete ihren Duft ein. Ich auch.

Es klingelte an der Hintertür, und eine Dreiergruppe Damen vom Catering kam mit Platten und Auflaufformen für das Buffet am Abend herein. Auf der Arbeitsplatte in der Küche reihten sie Tabletts mit gefüllten Champignons, Crackern, Käse, Sauerrahmdip, Hähnchenflügeln und Teigtaschen mit Käsefüllung aneinander. Das Hauptgericht war eine Penne mit Lobster und Meeresfrüchten.

Im Laufe des Tages rückte die Sonne dem Haus immer mehr auf den Leib. Es heizte sich auf. Vater brüllte: «Peter! Ventilatoren! Hol die Ventilatoren von unten.»

Käse und Obstplatten zierten die Tische im Herrenzimmer, ebenso kleine Vasen mit Mutters Rosen. Einer der Spieltische im Wohnzimmer war mit all den Flaschen Wodka, Scotch, Whiskey und Eiswürfeleimern zu einer zusätzlichen Bar umfunktioniert worden. Das Bier lagerte in Kühlboxen im Keller. Auf den Beistelltischen standen schön angeordnet Weinflaschen neben frisch polierten Gläsern. Der Geruch von ausgedrückten Limetten, Oliven und dem im Ofen brutzelnden Hors d'œuvre war berauschend. Im Erdgeschoss war jeder Quadratzentimeter begutachtet und von jeglichem Staub befreit worden. Peter holte Standventilatoren und solche, die man ins Fenster stellen konnte. Es versetzte uns alle in eine lockere, wenn auch wachsame Stimmung. Ich stellte einen Briefbeschwerer auf einen Stapel Servietten, damit sie nicht davongeweht wurden.

Bevor ich in einen rosafarbenen Rock und eine passende Bluse schlüpfte, rasierte ich mir die Beine, dazu trug ich weiße Sandalen. Peter zog seine neueste Uniform an: eine Latzhose mit Schlag und ein rotes Halstuch. Mutter war nicht begeistert, wandte sich aber anderen Dingen zu.

Als sich die Sonne senkte und am Himmel farbenfrohe Streifen zeichnete, stieß Vater schwungvoll die Haustür auf und ließ sie geöffnet.

«Los geht's! Da kommen die ersten Gäste!»

Ich stand am Fuß der mit Teppich überzogenen Treppe und begrüßte die eintreffenden Erwachsenen.

«Hallo Sarah. Wie schön du aussiehst. Schon so erwachsen. Wie alt bist du jetzt?»

«Fünfzehn.»

Als wäre unser Haus die Arche Noah, strömten sie in Paaren durch die Tür. Mit der ihr eigenen Systematik flitzte Dora mit dekorativen Handtaschen und Schals davon, die sie für den Abend in ihrem Zimmer unterbrachte. Nachdem sie ihnen beteuert hatte, dass ihre Wertsachen in sicheren Händen seien, gingen die Gäste in Richtung Wohnzimmer. Die Männer machten sich aufgedreht auf den Weg an die Bar im Herrenzimmer, rissen Witze und klopften einander auf die Schulter. Vater griff nach den Hälsen ungeöffneter Weinflaschen.

«Hier entlang», sagte er zu den Neuankömmlingen.

Tante Annette und Onkel Max brachten eine Schachtel Pralinen mit. Meine Tante gab mir ein Küsschen. Onkel Max stieß Mutter leicht am Ellbogen an und zog sie zu einem Gespräch in den hinteren Flur. Als die beiden wieder im Wohnzimmer auftauchten, sah Mutter besorgt aus, irgendwie mitgenommen. Sie stürzte sich ins Getümmel, begrüßte die Gäste und erteilte Dora und den Leuten vom Catering Anweisungen für alles Mögliche. Elliot entdeckte ich in seinem Versteck unter dem Spieltisch, der neben dem Klavier im Wohnzimmer stand. Die Ventilatoren bliesen leicht durch die Öffnungen seines Schlafanzugoberteils.

«Na du», sagte ich und schlüpfte unter das Tischtuch, um bei ihm und seiner Spielzeugtiersammlung zu sitzen. Ich bot ihm eine Handvoll gesalzener Erdnüsse an. Er hatte einen Elefanten, einen Tiger und ein Nilpferd dabei. Gemeinsam sahen wir uns eine Parade spitzer Absätze und Brogues-Herrenschuhe an. Viele der Frauen trugen einfache schwarze oder grau melierte Strumpfhosen.

«Wie lange bleiben die hier?», fragte Elliot. Laut mampfend steckte er sich eine Nuss nach der anderen in den Mund.

«Wohl eine ganze Weile.»

Wir schauten zu, wie die Nacht Fahrt aufnahm. Die Räume füllten sich mit Rauchschwaden, Gesprächen und Lachen. Es war angenehm, so versteckt unter dem Tisch zu sitzen, mir war leicht schwummerig vom Geruch der Pilze, dem strengen Duft des Wodkas und der

Limetten, des Gins und Bourbons. Die Musik, die Vater ausgesucht hatte, drang durch die Räume. Mal war es ausbrechendes Gelächter, mal jemand, der sich mit einem Witz hervortat, was ganz bestimmten Ecken im Raum einen besonderen Akzent gab. Eine Gruppe Männer, zu der auch Onkel Max gehörte, hatte sich auf dem Sofa im Wohnzimmer niedergelassen.

Elliot drückte sich fester gegen meine Schulter, sein ganzer Körper schwer vor Müdigkeit.

«Komm schon, ich bring dich nach oben.»

Oben war die Luft besser. Wir tranken jeder ein großes Glas Wasser und kuschelten uns auf die Bettdecke, wo ich ihm aus Margaret Wise Browns *Gute Nacht, Mond* vorlas. Elliot konnte es auswendig.

*Im grünen Salon*
*lagen in 'nem Karton*
*ein kleiner Bonbon*
*und ein großer Ballon.*

Das Reimschema der Geschichte trug ihn davon. Er streckte sich, drehte sich auf die andere Seite und kuschelte sich mit seinen Schlappohrhasen aus Kindergartentagen im Arm in das Satinkissen.

«Dann bis morgen früh», sagte ich und küsste ihn auf die Schläfe.

Ich kam an Roberts Zimmer vorbei. Er war zu seinem Platz auf dem Bett zurückgekehrt, hatte keinerlei Interesse an Erwachsenen, die ihm die Wange tätschelten und an den Ohren zupften. Ihm war egal, wie groß er geworden war. Er hatte seine Fantasy-Romane, seine

Welt aus Raumschiffen und anderen Planeten, denen er sich zuwenden konnte. Aber ich wollte verfolgen, wie die Party weitergehen würde. Der Geräuschpegel hatte seinen fröhlichen Höchststand erreicht. Ich wollte mitbekommen, was noch so passierte. Als ich wieder nach unten kam, sah Dora mich musternd an und entschied, dass ich alt genug sei, mich nützlich zu machen. «Nimm doch dieses Tablett hier und geh damit rum», sagte sie und reichte mir ein Tablett mit heißen Champignons, die mit Käse überbacken waren.

Ich betrat das Wohnzimmer und bahnte mir meinen Weg.

«Du bist also die Tochter des Hauses», sagte ein Mann mit aschblonden Haaren, der die Hand ausstreckte und mich zurückhielt. «Shell Garrison», sagte er und stellte seinen Drink auf dem Klavier ab. Er tätschelte mir das Kinn und trötete: «Genauso eine Schönheit wie deine Mutter. Wie alt bist du?»

«Fünfzehn.»

Er steckte sich eine Zigarette an und nickte.

«Ich möchte dir einen Rat geben», sagte er und zog mich in eine Ecke des Zimmers. Ich hielt das Tablett mit beiden Händen fest umklammert und wartete. «Hast du einen Freund?», fragte er.

Ich schüttelte den Kopf.

«Heb dich für den auf, den *du* haben willst», sagte er und blies mir seinen Rauch ins Gesicht.

«Okay.»

Er war ein gut aussehender Mann, und ich war beides, fasziniert von ihm und genervt von seiner direkten Art. Ich entschuldigte mich und ging weiter mit dem Tablett herum. Vater stellte mich einer seiner Kolleginnen vor, einer Frau mit tief dekolletiertem cremefarbenem Kleid. Miss Delgarno streckte ihre langen Finger aus und nahm sich einen Champignon, der sofort in ihrem aufgerissen Mund verschwand. Ihre Brüste schauten weit aus dem V-Ausschnitt heraus und hüpften auf und ab. Ich konnte nicht aufhören, ihr auf die Brust zu starren. Sie trug eine aufsehenerregende Kette mit blauen Saphiren. Das dünne Kleid schmiegte sich so eng an ihren BH, dass man ihre Brustwarzen und die Träger hindurch sah.

«Du hast schon einen tollen Dad», sagte sie mit einem breiten Lächeln. Sie hatte einen blassrosafarbenen Lippenstift aufgelegt und einen kleinen Leberfleck über der Oberlippe. Vater nahm sich zwei Champignonköpfe und stopfte sie sich in den Mund, ganz offensichtlich zufrieden mit sich.

«Was hältst du von all den verrückten Erwachsenen?», fragte mich Miss Delgarno. Sie jonglierte einen Gin Tonic in der Hand und zog an ihrer Zigarette, bis diese rot aufglühte.

«Weiß nicht.»

Genau genommen dachte ich, dass das eine Frage war, die mehr sie selbst beschäftigte. Aber ich sagte nichts und ging weiter, vorbei an Onkel Max und der Gruppe Männer auf dem Sofa. Mutter stand ganz hinten im Herrenzimmer bei den Bücherregalen und unterhielt sich mit Shell, der sich zu ihr herüber beugte und ihr ins Ohr flüsterte. Mutter sah mich und kam auf mich zu.

«Na, mein Schatz, amüsierst du dich?»

Auf ihrem Weg in die Küche tätschelte sie mir die Wange. Miss Delgarno und ihr cremefarbenes Kleid gingen in Vaters Arbeitszimmer und kamen zu einer Aufnahme von Glenn Millers «Moonlight Serenade» wieder herausgetaumelt. Vater steuerte die Bar an und machte ihr noch einen Drink. Shell spürte mich vor den Fenstern im Wohnzimmer auf, die auf den Garten hinterm Haus gingen. Die Rosen standen in voller Blüte, kamen in allen Farben daher, beleuchtet von den Strahlern, die Mutter aufgestellt hatte. Ihr grelles Licht erzeugte wirre Schatten auf dem Rasen.

Hochgewachsen wie ein Baum und mit funkelnden blauen Augen ragte Shell über mir in die Höhe und forderte mich zum Tanzen auf, aber ich genierte mich zu sehr.

«Na dann: Wo ist deine wunderschöne Mutter?»

Er wankte in Richtung Küche, und ich sah, wie er mit ihr zurückkam. Er umfasste sie, und sie tanzten eine Rumba. Das verlieh dem Wohnzimmer noch einmal einen ganz anderen Charme. Auf einmal stand Peter neben mir.

«Manche hier sind ja ganz schön verzweifelt», sagte er und schüttelte den Kopf.

Wir standen beim Klavier und sahen zu. Vater ließ Miss Delgarno stehen und löste Shell ab, so dass Shell sich Miss Delgarno schnappte. Aber ich sah Shell zu Mutter rüberschauen, während er mit Miss Delgarno tanzte, sein Blick huschte dann die Wände entlang. Andere eiferten meinen tanzenden Eltern nach, die vor und zurück tippten, Vierteldrehungen machten, und deren Hüften sich wie bei jungen Verliebten im Einklang bewegten. Ich fand es peinlich, stand aber trotzdem da wie hypnotisiert und trank drei Gläser Ginger Ale hintereinander, bis mein Bauch ganz voll war und blubberte. Vater übernahm galant die Führung, und Mutter zeigte, dass ihr das gefiel, indem sie genießerisch das Kinn hob. Vielleicht erinnerte sie sich an den Tanzabend im College, wo sich die beiden zum ersten Mal begegnet waren. An der Seite meines Vaters, der scheinbar selbstsicher und wild war, hatte sie nicht perfekt sein müssen.

«Siehst du das? Ich weiß ganz genau, wie man führt», rief Vater mir zu.

Er lenkte Mutter an Shell vorbei, der einen erneuten Schlagabtausch versuchte, Vater aber gab Mutter einfach nicht her. Es war ein Spiel unter Männern, eine Art, meiner Mutter, der Gastgeberin, zu schmeicheln. Dann kam ein neues Lied. Mutter blieb neben mir stehen und erzählte mir lachend, dass Shell eine Restaurantkette mit dem Namen Shell Fish hätte.

«Das ist der reichste Mann in diesem Raum. Du hättest mit ihm tanzen sollen, mein Schatz.»

«Ist mir egal.»

«Irgendwann ist es das nicht mehr.» Und dann zischte sie ungeduldig: «Los, geh und hilf mit dem Abendessen!»

Die Hauptspeisen wurden auf das Buffet gestellt und dann wieder abgeräumt. Dora und die Caterer trugen eine neue Tischdecke, Dessertplatten mit Goldrand und Silberbesteck auf. Der Kaffee wurde in großen silbernen Kaffeekannen aufgebrüht. Dora bewegte sich aufmerksam von einer Gruppe Erwachsener zur nächsten und führte sie zurück an die Tische. Alle standen rings herum und bewunderten die Erdbeertorte. «Irene ist die Perle in meiner Muschel», sagte Vater und rief dann: «Irene! Wo bist du?»

Mit einem breiten Strahlen auf dem Gesicht kam Mutter aus der Küche gehuscht, ihre Wangen glühten von der Hitze und vom Wein, den sie den ganzen Abend über getrunken hatte. Sie stand neben Vater, und er legte den Arm um sie. «Ach, die Unbekümmertheit der Zeiten. Die Ewigkeit von Familie und Freunden.»

Nach der Torte drehten Tante Annette und Onkel Max ihre Abschiedsrunde. Sie waren die ersten, die gingen. Peter schmuggelte ein Bier aus der Kühlbox und brachte es heimlich auf sein Zimmer. Um Mitternacht verkündete Vater allen: «Der Garten hinterm Haus. Wir müssen uns den Vollmond ansehen.» Ein paar der Frauen sagten, er sei verrückt, lachten aber und folgten ihm nach draußen, einschließlich Miss Delgarno.

Die übrigen Erwachsenen sahen überhitzt aus, mit roten Gesichtern, benebelt. Auch andere Paare fragten nach ihren Handtaschen, und es lichtete sich im Zimmer. Dora bestand darauf, dass ich nach oben ins Bett gehen sollte. Ich schaute bei Robert vorbei. Er schlief mit weit aufgerissenem Mund, das Licht war noch an. Mehrere aufgeschlagene Bücher lagen wie ein aufmerksames Publikum aufgefächert um ihn herum. In meinem Zimmer war die Luft merklich kühler und ohrenbetäubend in ihrer Stille. Von meinem Bett aus schaute ich raus auf den runden Mond und sah Vater und Miss Delgarno, die sich allein im Garten unterhielten, rauchten und in Richtung Himmel zeigten. Miss Delgarno schüttelte immer wieder ihre schulterlangen Haare und strich sie sich hinter die Ohren, dann schlang sie die Arme um ihren Oberkörper. Mir gefiel nicht, wie sie Vater bewunderte. Er aber aalte sich darin. Ich konnte sehen, wie der aufgedunsene Zigarettenqualm, den er ausstieß, im Licht der Strahler waberte.

Mutter kam in den Garten und grüßte Miss Delgarno, schwankte merkwürdig über den Rasen und stellte sich zwischen die beiden. Vater legte den Arm um sie und gab ihr einen Kuss, dann führte er sie zurück ins Haus. Jemand schaltete die Strahler aus, und der Garten hinterm Haus lag still und weich im Mondlicht. Ich hörte, wie die Gäste ihre Autos anließen und in ihnen leise die Straße hinunter rauschten. Auf einmal tauchte Miss Delgarno als ein Schatten wieder in der Dunkelheit auf, bewegte sich auf Mutters Garten zu, vorbei an der großen Eiche und den zwei kleineren Kirschbäumen und hinein in den Wald dahinter. Jetzt trug sie eine lange, umhangähnliche Jacke. Shell, der bis auf das winzige Glühen einer Zigarette, das wie ein Glühwürmchen Zickzackbewegungen machte, fast unsichtbar war, folgte ihr. Er lief über den Rasen auf den Wald zu. Ich sah, wie er seinen langen Arm um ihre Schultern drapierte, bevor sie zwischen den Bäumen verschwanden.

*6. Kapitel*

## *Die After-Party*

In den dunklen Stunden nach der Dinnerparty meiner Eltern entdeckte ein Polizist meine Mutter zusammengesackt über dem Lenkrad am Rand des Lake Gooseneck. Das Auto war über den niedrig aufgeschütteten Uferdamm gerast und in das seichte Wasser gefahren. Beim Aufprall hatte sie sich die Nase gebrochen und die Stirn geprellt. Rettungskräfte befreiten sie aus dem Fahrersitz und brachten sie vorsorglich in das örtliche Krankenhaus.

«Wirklich großes Glück gehabt», sagte Vater und schüttelte den Kopf.

Er stand zerknittert an meinem Bett. Die frühen Sonnenstrahlen fielen auf das Fensterbrett hinter ihm. Seine Haare waren zerzaust, das Hemd falsch geknöpft.

«Ich habe das Auto gar nicht wegfahren hören», sagte ich. «Wo wollte sie hin?»

«Zum See. Sie wollte zum See. Du kennst deine Mutter. Voller Flausen. Ein wundervoller Abend. Die Party. Sie ist losgefahren, wollte frischen Wind um die Nase, diese Schmerzen, die sie bekommt, das war … Dabei wird doch alles gut. Sie hat diese Tabletten genommen. Die Ärzte erzählen einem ja nichts von den Nebenwirkungen.» Er gestikulierte wild, um zu zeigen, was er damit meinte, und drehte sich dann wieder zur Tür. Mehr als das wollte er mir nicht erzählen.

Am Lake Gooseneck bin ich an Wintertagen Schlittschuh gelaufen. An einer Seite verengte sich der See, wurde schmal und lang, und wir fuhren auf der anderen, runden Seite, wo er sich zu einem vollen und von Gebüsch und zotteligen Bäumen geschützten Weiher ausdehnte, und dort hatte Mutter nach einer Kurve völlig die Orientierung verloren. Ich schüttelte den Kopf. Fühlte Wut, konnte es nicht begreifen.

«Ich kapier das nicht.»

«Alles wird gut, ganz bestimmt, es wird gut. Ein verrückter Unfall. Verdammte Arthritis. Die Tabletten. Deine Brüder und du, ihr verbringt den Tag mit eurer Tante, bis wir alles geklärt haben. Zieh dich an und komm nach unten.»

Er schloss die Tür.

Das Wort «Unfall» führte dazu, dass er sich auf eigenartige Weise anders verhielt. Er hatte ein Zittern in der Stimme. Ich war an sein Schreien gewöhnt. Aber als ich jetzt hörte, wie er den Flur entlang eilte, an Roberts Tür klopfte und flüsternd das Wort «Unfall» wiederholte, wünschte ich, er würde wieder in einen lauten Modus umschalten.

Ich lag rücklings auf meinem Bett und starrte die Decke an, als Roberts Antwort über den Gang zu mir drang, die langgezogene quenglige Frage eines Zwölfjährigen: «Waaaarum?»

Vater sagte etwas, das man nicht verstehen konnte.

«Ich will nicht. Neeeeein.»

Mein Bruder klang, als hätte er Angst, und diese Angst machte ihn aufmüpfig.

«Steh auf.»

Vater stapfte hoch unters Dach, und ich hörte Peters und Elliots Stimmen, dann Vater, der mit schweren Schritten wieder nach unten in den ersten Stock kam und auf dem Flurabsatz stehen blieb.

«Sarah, jetzt gleich, bitte.»

Ich stand auf und zog mich an. Meine drei Brüder trudelten nacheinander unten ein und setzten sich auf die Küchenstühle. Dora, die schweigend Cornflakes in Schüsseln füllte und am Waschbecken Gemüse säuberte, stand stramm und schaute streng. Als wir noch aßen, kam Tante Annette in einem knielangen, braunen Kleid mit weißen Punkten herein. Für ihre Körperfülle, die breiten Schultern und den vollen Busen wirkten ihre Waden überraschend schlank. Ihre schwarzen Lederpumps klackerten auf dem Küchenboden. Sie roch frisch geduscht und gepudert.

«Hallo, meine Lieben», sagte sie und beugte sich zu Elliot hinunter, um ihm einen Kuss zu geben. Sie näherte sich Robert, der zusammenfuhr und einen Schritt zurück machte. Also griff sie nach Elliots Hand und beteuerte ihm, dass es unserer Mutter bald wieder gut gehen würde. Elliot kuschelte sich an ihren Oberschenkel.

«Was hat sie denn?», fragte Elliot.

«Sie hat sich die Nase verletzt. In einer Woche ist sie wieder zu Hause, kein Grund also, niedergeschlagen zu sein», sagte meine Tante.

«Wie ist das mit ihrer Nase passiert?»

«Bei dem Unfall.»

«Aber wie genau?»

Elliot blieb hartnäckig – das war der Teil von ihm, der alle Krankheiten behandeln, Tiere gesund machen und Menschen heilen musste, so als wäre sein ganzes Wesen in Habachtstellung und die Haare auf seiner Haut Miniaturfühler, die vorsichtig erkundeten, was eventuell Schlimmes passieren konnte.

«So viele Fragen, mein Liebling. Im Moment kann ich dir das alles auch nicht beantworten, aber wenn ich die Antworten weiß, sage ich sie dir, was hältst du davon?»

«Und wann ist das?»

«Später, Elliot. Aber jetzt denken wir mal an den Zoo.»

Vater kam rasiert und gekämmt herein, sein Haar angeklatscht.

«Ich gehe jetzt. Okay?» Er wandte sich an Tante Annette. «Seid ihr startklar?»

«Ich möchte mit dir mitkommen», sagte Peter. Er sprach mit einer neuen Souveränität, einer neuen Art innerer Sicherheit.

Vater machte einen Schritt zurück und stieß gegen den Herd.

«Heute nicht, Peter. Das meine ich ernst. Bitte.» Er klang verzweifelt.

Peter setzte an, etwas zu sagen, überlegte es sich dann aber anders. Stattdessen rutschte er mit seinem schlaksigen Körper vom Stuhl und ging aus dem Zimmer.

~~~~~~~~~~~

«Unfall» wurde zum Schlüsselwort, ein einfaches Wort, das durch Unachtsamkeit und vermeidbaren Hohn Pockennarben bekommen hatte. Das Wort machte mich
~~~~~~~~~~~

aggressiv. Wütend setzte ich mich auf den Rücksitz in Tante Annettes Auto. Sie drückte auf den Master-Knopf am Armaturenbrett. Wie einschlagende Geschosse schnappten sämtliche Türschlösser mit einem Klicken gleichzeitig zu, was meine Laune nicht gerade hob.

«Sind alle startklar?» Sie schaute in den Rückspiegel, dann legte sie den Rückwärtsgang ein.

«Haben wir eine Wahl?», fragte Peter.

«Nein», sagte ich.

Das Auto roch nach dem Parfum meiner Tante und strahlte eine Gleichmütigkeit aus, die vortäuschte, dem Wagen, meiner Tante und uns könne nichts auf der Welt etwas anhaben, aber ich ließ mir da nichts vormachen. Ich war schließlich die Reife, oder etwa nicht? Hatte Mutter das nicht gesagt? *Sarah, du bist sehr weit für dein Alter, viel reifer als andere Gleichaltrige.* In dem von Kratzern verschonten schwarzen Cadillac mit aprikosenfarbenen Ledersitzen und in den Türen eingelassenen Aschenbechern fuhren wir den Hügel hinunter, vorbei an Hecken, die der Sommer hatte vertrocknen lassen.

Unterwegs auf dem Highway starrte Peter durch die Frontscheibe nach draußen, sein langer, blonder Zopf war das Einzige, was ich von ihm sah. Neben mir saß Elliot, der mit zwei seiner Plastiktierchen spielte – einem Pferd und einem Schaf. Er sprach im Flüsterton mit sich selbst und schlug die Köpfe des Schafs und des Pferdes aufeinander, führte die Tierchen auf seinem Oberschenkel spazieren oder ließ sie von der Kniekante hinab in die Tiefe stürzen. Robert las sein Buch über Zeitreisen; den Kopf in einen unsichtbaren Schraubstock geklemmt, blätterte er fast peitschend die Seiten um, was mir zeigte, wie sehr er sich gegen unsere gemeinsame Bestürzung wehrte. Keiner bemühte sich, ein Gespräch in Gang zu bringen.

Im Zoo angekommen, marschierten wir durch das Drehkreuz und gingen als Erstes in Richtung Vogelanlage. Trotz Sonnenschein war nicht viel los, vielleicht der Hitze wegen. Auf einmal fanden wir uns allein im Sumpfgebietbereich wieder, einem dunklen, schwach beleuchteten Raum, der nach altem Regenwasser und Vogelkot roch. Im Wasserbecken pickte eine Stockente an einem Styroporbecher, der im Schilf trieb. Robert blieb stehen, um einen Schwarm Goldfische anzusehen. Einer der Fische stoppte hinter der Glasscheibe. Mit leerem Blick glotzte er uns durch die trübe Flüssigkeit hindurch an.

«Warum war ihr Auto im See?», fragte Elliot plötzlich. Mitten in dieser Feuchtigkeit war seine Stimme zu hören, er sprach ganz deutlich.

Peter, der gerade noch die Schlangenterrarien inspiziert hatte, stellte sich neben Robert.

«Das Auto ist über die Böschung gerast. Die Räder müssen seitlich weggerutscht sein. Wäre meine Vermutung.»

«Es war ein Unfall, mein Kleiner», sagte Tante Annette. «Vielleicht hat sie ein anderes Auto geblendet.»

Wieder dieses Wort. Je mehr ich über ihr nächtliches Fahren nachdachte, mit verschwommenem Blick und völlig neben sich stehend, umso wütender wurde ich. Der sogenannte Unfall. Warum wurde nicht einfach gesagt, dass meine Mutter verrückt war, beherrscht von etwas, das ich weder sehen noch greifen konnte. Mutter hatte sich verantwortungslos verhalten. Wir alle wussten das.

Elliot griff nach der Hand meiner Tante.

«Kommt, wir gehen zu den Affen, einverstanden?», fragte sie.

~~~~~~~~~~~

Wir gingen raus aus dem Vogelhaus und folgten einem aufgerissenen Asphaltweg zur Affenanlage, ein weiteres dunkles, heruntergekommenes Gebäude. Mit den künstlichen Felsblöcken, den Strohballen und ein paar dürren Bäumchen sah das Gorillahaus wie ein verlassenes Hollywood-Filmset aus. Durch Kuppeln fiel mattes Licht herein. Weit oben saß ein Gorilla auf einem Felsenhochsitz und sah uns gleichgültig an. Er hob einen Gummireifen auf, den er in unsere Richtung warf. Elliot ging in die Hocke und presste seine Hände gegen die Glasscheibe.

«Er will spielen.»

«Wahrscheinlich ist ihm langweilig», sagte ich.

Der junge Gorilla kam zu der Stelle gelaufen, wo Elliot auf dem Steinboden kniete. Die beiden starrten sich an. Elliot winkte ihm und lächelte ihn an. Der Gorilla sprang auf und ab, schrie und rannte die Felsblöcke hinauf, dann wieder hinunter, dann warf er sich gegen das Plexiglas, um uns zu erschrecken.

«Kommt ein Stück zurück», sagte Tante Annette.

«Er will doch nur spielen!» Elliot, der davon begeistert war, hüpfte wild herum.

«Gorillas sind hochintelligent», sagte Robert.
~~~~~~~~~~~

Der Gorilla rannte weg und kam wieder zurück, tänzelte dann einmal im Kreis.

Peter sagte: «Ja, und genau das ist der Grund, warum sie nicht da drinnen eingesperrt sein sollten.»

Ich wollte raus aus dem stickigen Gebäude. Ich dachte über die Stunden nach, die der Gorilla in diesem Käfig verbrachte, und war einfach nur deprimiert.

«Ich bekomme keine Luft hier drinnen.»

«Aber sie sind in Sicherheit», sagte Elliot.

«Vom Aussterben bedroht sind sie», sagte Robert.

«Nicht alle», sagte Elliot.

«Wollen wir langsam weitergehen?», fragte meine Tante. Wir standen unter Strom, und sie wollte nicht, dass Robert oder Peter in die Luft gingen.

Wir verließen das Gebäude und machten uns auf zu den Giraffen am anderen Ende des Zoos. Meine Tante ging langsam, blieb stehen, um Tafeln zu lesen, auf denen das Verhalten und die Ernährungsgewohnheiten der Tiere erklärt wurden. Obwohl es schwül war, hatte meine Tante eine Strumpfhose an. Ich fragte mich, ob sie die jemals auszog.

Peter fing an, ein Volkslied zu summen, die Töne rollten sanft heraus wie ein Stein, der einen kleinen Hügel hinabkullert. *Michael row your boat ashore, hallelujah.* Ich sang mit.

Vor unseren Augen stürzte Elliot, der nie besonders schnell zu Fuß gewesen war, auf zwei Giraffen zu, die auf einer weiten, offenen Fläche grasten. Stacheldraht umzäunte das Gelände. Die Giraffen, so hoch wie Palmen, drehten sich zu ihm um, als er in ihre Richtung kam, und liefen langsam auf ihn zu, die eleganten Hälse wiegten sie im Einklang, vor ihnen am Zaun ein kleines verblasstes Schild: ELEKTROZAUN. NIEDRIGE SPANNUNG.

«Nicht den Zaun anfassen, Elliot!», schrie ich zu spät.

Er berührte den Draht und fiel rücklings auf den Boden. Peter rannte zu ihm. Ich gleich hinterher. Elliot rollte sich zusammen und fing an zu weinen.

«Alles halb so schlimm!», rief ein Wärter vom Hauptweg aus. Ein Mann in einem Golfmobil kam angefahren. Er drehte sich zu Tante Annette um, die ihn erschrocken ansah. «Machen Sie sich jetzt keine Sorgen. Von dem Schlag kann ihm nichts passieren. Der Zaun dient eher als Abschreckung. Mehr nicht.»

«Wollen Sie das noch ausführen?», fragte Tante Annette.

Peter und ich legten beide den Arm um Elliot, der sich hinsetzte und seine Hände untersuchte. Robert stand da, die Arme reglos an der Seite, und fing plötzlich an, auf der Stelle zu hüpfen. Der grauhaarige Zoowärter versicherte uns, dass Elliot keine körperlichen Schäden davon tragen würde.

«Das ist Schwachstrom, der ist weder für die Tiere noch für die Besucher gefährlich.»

Tante Annette entließ den Mann mit einem ungehaltenen: «Verdammt noch mal, wie können Sie nur?» Ich hatte sie noch nie wütend erlebt. Ihr Kinn zitterte. Selbst nach Mutters Unfall war sie ruhig geblieben, beinah gelassen. «Kommt, wir gehen Mittag essen.»

Wir sahen zu, wie der Wärter langsam davon fuhr.

«Gehen wir lieber nach Hause», sagte Peter.

Elliot fing an zu wimmern: «Ich will ins Krankenhaus. Ich will zu meiner Mama.»

«Ja, warum fahren wir nicht hin?», fragte ich.

«In ein paar Tagen ist sie schon wieder zu Hause, das verspreche ich euch.»

Meine Tante legte den Arm um Elliot. Er zog den Kopf ein und drückte das Kinn auf die Brust. Mir war auch nach Weinen zumute, und ich drehte mich noch einmal zu den Giraffen um. Sie waren zum anderen Ende des Feldes geschritten; schöne, unnahbare Geschöpfe.

Wir stiegen ins Auto ein, und ich setzte mich wieder nach hinten zwischen Elliot und Robert.

«Hat es weh getan?», fragte Robert Elliot, als wir aus der Parklücke fuhren. «Wie hat es sich angefühlt? Wie Feuer? Hat es gebrannt?»

«Halt die Klappe, Robert, du klingst wie ein Mini-Hitler», sagte Peter vom Beifahrersitz.

Ich hielt Elliots Hand und rieb sie zwischen meinen Händen.

«Das mit dem Schild war schrecklich», sagte ich.

«Hast du es gesehen?», fragte mich Tante Annette im Rückspiegel. «Es war kaum lesbar.»

«Den Laden sollte man dichtmachen», sagte Peter.

«Eine Schande. Ich hatte gelesen, es hätte sich Einiges getan», sagte Tante Annette. «Eine solche Fahrlässigkeit. Schwachstrom, also wirklich.»

«Mir geht's gut», sagte Elliot. «Die Tiere können nichts dafür.»

Tante Annette fuhr aus der Parklücke. Von Verbesserung keine Spur – die Schilder waren verblasst, der Asphalt brach an den Seiten auf und wellte sich. Im Rückspiegel sah ich, wie meine Tante ihre Lippen zu einem Strich aufeinanderpresste.

«Wir essen jetzt erst mal zu Mittag. Danach fühlen wir uns alle besser. Wer will Clam Chowder? Elliot, Robert? Und als Nachtisch holen wir uns Eis bei Mr Softie.»

~~~~~~~~~~~

Abends telefonierte ich mit Mutter.

«Kümmerst du dich für mich um den Haushalt?», fragte sie.

«Das macht Dora.»

«Tust du mir einen Gefallen? Die Rosen müssen gedüngt werden. Im dritten Fach des Metallregals in der Garage findest du eine große Gießkanne mit einem Rosenbild drauf. Nimm einen Esslöffel von dem weißen Pulver und rühre es in eine Gallone Wasser, das gießt du dann auf die Wurzeln. Sie müssen richtig gut gewässert werden.»

Ich hörte ihr zu. Sie klang schwach.

«Machst du das, Liebes? Das wäre mir eine große Hilfe.»

«Wir wollten heute zu Besuch ins Krankenhaus kommen.»

«Ich weiß. Dein Vater hat es mir erzählt. Hol Elliot ans Telefon. Er muss sich heute fürchterlich erschrocken haben.»

Ich ging in die Garage, um die Mischung vorzubereiten. Das Pulver roch ekelhaft nach altem Dung. Ich schüttete die gewünschte Menge in die Gießkanne, trug sie raus in den Garten und goss die Erde unter den Rosensträuchern. Danach ging ich ins Schlafzimmer meiner Eltern und öffnete Mutters Kosmetikschränkchen. In
~~~~~~~~~~~

dem Fach drängten sich Parfumflaschen aus Glas wie Miniaturmännchen, die einem Geheimnisse zuflüsterten. Eines der Fläschchen sah aus wie eine Blumenvase. Eine andere stammte aus Paris. Ich betupfte mir die Arme mit beißend süßlichem Parfum, legte die Wange auf die Ablage und atmete die verschiedenen Düfte ein. Oben bei Peter lief eine Joni-Mitchell-Scheibe, die in Endlosschleife den Song «The Circle Game» spielte. *We can't return we can only look behind* – Mitchells lieblicher Sopran kreiste an der Schlafzimmerdecke meiner Eltern wie ein Vogel, der von weit draußen auf dem Meer zu mir rief.

Ich wühlte mich durch die Kleiderbügel in Mutters Schrank, berührte ein Kleid nach dem anderen, auch ihr blaues Taftkleid, das neben dem roten Mohairanzug hing. Auf dem Boden entdeckte ich die dazu passenden, rot gefärbten Seidenschuhe. Das gelbe Kleid, das sie auf der Party getragen hatte, fehlte. In Gedanken sah ich es zusammengeknautscht in einer Tüte, nass und dreckig vom schlammigen Wasser. Ich kniete mich in den Kleiderschrank und schloss die Tür, die Hände steckte ich in Mutters spitz zulaufende Schuhe. Ich spürte den blauen Taft über mein Gesicht rascheln. Vor allem geschützt, rollte ich mich zusammen und lauschte der Musik, die von oben kam. Als ich in der Dunkelheit die Augen schloss, sah ich Mutter vor dem über die ganze Schranktür reichenden Spiegel stehen, wie sie sich von der Seite betrachtete, höchst kritisch, unzufrieden; ein paar Schritte nach hinten machte, sich ihrem Bild dann wieder näherte, wie ein Feuerwehrmann im Kampf gegen hartnäckige Flammen.

Was brannte da?

Ich hörte die Stimme meiner Tante, zwischendurch die Stimme meines Vaters, dann fiel die Haustür ins Schloss. Ich beeilte mich, aus dem Kleiderschrank rauszukommen und huschte in mein Zimmer.

Vater kam zu jedem von uns ins Zimmer.

«Es geht ihr gut. Sie hat Schrammen und Schwellungen, aber sie erholt sich wieder.»

Er stand in der Tür zu meinem Zimmer und redete mit meinem Bettvorleger, schaute mich nicht an. «Ich bin jetzt sehr müde. Wir können dankbar sein, dass alles soweit in Ordnung ist.»

Ich hätte mir gewünscht, dass er noch mehr erzählte, mir erklärte, warum sie so war, aber ich konnte sehen, dass er mir etwas verschwieg, nicht reden wollte. Ich hörte, als er sich später am Abend wie ein Einsiedlerkrebs auf der Suche nach einer leeren Muschel auf dem Meeresboden durch die unteren Zimmer kämpfte. Seine Schritte waren schwerer als sonst, er lief hin und her, als würde er das Hab und Gut seines Lebens auf dem Rücken tragen, dabei auf ihre Rückkehr warten und nicht genau wissen, wohin mit sich ohne sie.

~~~~~~~~~~~

Am nächsten Morgen wurde ich früh munter und ging nach unten. Vater lag schlafend auf dem Sofa, zu seinen Füßen eine leere Wodkaflasche.

«Dad», flüsterte ich. «Steh auf.»

Er öffnete die Augen, blinzelte, sein Gehirn kam in Gang. Langsam richtete er sich auf.

«Bin eingeschlafen», sagte er ganz benommen, bevor
~~~~~~~~~~~

er aufstand und zur Treppe hinüber humpelte. Als er in Richtung Schlafzimmer verschwunden war, setzte ich mich in die noch warme Vertiefung und zog mir den Morgenrock um die Beine. Ich wartete, dass meine Brüder aufstanden. Dora war schon wach. Ich hörte das Klirren von Gläsern, als sie den Geschirrspüler ausräumte. Dann kam Elliot von oben herunter, um Trickfilme zu sehen. Robert war der nächste, dann schließlich Peter. Ich hörte, wie Dora den Geschirrschrank öffnete, das Geräusch von dem Tranchiermesser auf dem Holzbrett, als sie Orangen für den Saft zerkleinerte. Ich nahm die leere Wodkaflasche mit in die Küche, um sie zu entsorgen. Dora drehte sich mit einem prüfenden Blick zu mir um, die Muskeln an ihren Armen traten vom Auspressen der Orangen hervor.

«Wo hast du die gefunden?»

«Im Wohnzimmer?»

Dora schüttelte den Kopf.

«Hallelujah. Mensch; und ich habe schon viel gesehen.»

Ich nahm mir eine Schüssel aus dem Hängeschrank und schüttete Cornflakes und Milch hinein, setzte mich dann auf einen Stuhl. Dora reichte mir ein Glas Saft.

«Trink das», sagte sie und kam zu mir herüber.

Sie stand dicht vor mir. Ich atmete Hautcreme ein und den Geruch von Orangen an ihren Händen. Sie goss drei weitere Gläser ein und stellte sie auf den Tisch, eins vor jeden leeren Stuhl.

«Ich kann das Fruchtfleisch nicht ausstehen», sagte ich und nahm einen kleinen Schluck.

«Aber genau das ist gut für dich. Trink es trotzdem.»

Sie sah mich streng an, aber ich lächelte, beruhigt von

ihrem stabilen, grimmigen Auftreten, ihrer durchdringenden Art zu reden; ihrer nach Schweiß riechenden, dunklen Haut.

«Wie hältst du es bloß mit uns aus?»

Sie wollte etwas sagen, überlegte es sich aber anders.

«Sarah, trink deinen Saft.»

Sie ging zurück zum Spülbecken, wo sie den Geschirrspüler zu Ende ausräumte.

Auch nach wiederholtem Bitten weigerte sich Vater, uns mit ins Krankenhaus zu nehmen. Die Ärzte hatten Mutter zur Beobachtung in eine besondere Art Gewahrsam genommen.

«Ich respektiere den Wunsch deiner Mutter.»

Sie wollte uns erst sehen, wenn ihr Gesicht abgeschwollen war, was laut Ärzten eine Woche dauern sollte. Ich hörte meine Tante zu meinem Vater sagen, dass meine Mutter eine andere Art von Hilfe bräuchte.

Ein paar Leute, die bei der Dinnerparty gewesen waren, kamen vorbei und brachten uns einen Auflauf und Pralinen. Shell kreuzte in einem roten Cardigan und grünen Hosen auf, einen Obstkorb auf dem Arm. Er strubbelte mir mit den Fingerknöcheln über den Kopf.

«Kein Grund zur Sorge», versicherte er mir. «Das ist der Wetterumschwung. Davon wird man ganz irre.»

«Was für ein Umschwung?», fragte ich.

«Sommerhitze.»

Ihre Überdosis Alkohol und Tabletten erwähnte er nicht. Das tat keiner.

Meine Tante band mir die Haare hoch. Ihre langen Finger brachten mich zum Lächeln.

«Was?», fragte ich vorwurfsvoll.

«Sie ist bald wieder zu Hause.»

«Wäre sie nicht mitten in der Nacht durch die Gegend gefahren, dann wäre das alles nicht passiert.»

~~~~~~~~~~~

Als ich in dieser Nacht im Bett lag, schwebte ich über den Dächern der benachbarten Häuser. Ich versuchte, im Dunkeln die Sterne zu zählen, aber sie wichen zurück wie Sand, der mit dem Strom an ein anderes Ufer zieht. Ich ließ mich beim Anblick des zunehmenden Mondes rückwärts auf mein Bett fallen. Das Licht der Mondsichel ließ die Fensterscheibe wie zersplittert erscheinen. Mutter tauchte in der kaputten Glasscheibe auf und lächelte; sie trug einen roten Wollrock und einen Kaschmirpullover, um ihren Hals hing eine lange Perlenkette. Ihr Diamantring fehlte.

*Mutter?*

*Liebes.*

*Wann kommst du nach Hause?*

*Bald, Liebling.*

Ich stand vor ihr und starrte sie an; sie sagte aber nichts weiter.

Mutter kam nach einer Woche nach Hause, genau wie alle gesagt hatten. Am ersten Abend kam sie in mein Zimmer.

«Bist du noch wach?», fragte sie vom Türrahmen aus.

«Mehr oder weniger.»

Sie kam näher und setzte sich auf die Bettkante, die Matratze war so dick, dass ihr Gewicht kaum einen Unterschied machte.
~~~~~~~~~~~

«Hausaufgaben schon erledigt?», fragte sie und nahm mein Ohrläppchen zwischen ihre Finger.

«Klar.»

«Gut.»

Sie stand vom Bett auf und ging zu meinem Schreibtisch, wo sie mit einem Bleistift herumfuchtelte, dann die Vorhänge auseinander hielt und nach draußen schaute. Im Straßenlicht, das auf ihre Wange traf, sah ihr oval geschnittenes Gesicht leer aus, wie eine schöne Kristallschale. Um die Ringe unter ihren Augen lagen grünliche Schatten.

«Der Herbst kommt», sagte sie. «Als ich ein Kind war, wollte ich –»

Sie lehnte sich an den Schreibtisch und schlug die Ärmel ihrer Bluse um, was ihre dünnen Handgelenke enthüllte.

«Wolltest du was?», fragte ich und stützte mich auf den Ellbogen.

«Liebes», sagte sie, kam wieder zu mir und setzte sich auf das Bettende. «Meine Mutter hat mich immer Liebes genannt, schön, nicht wahr?» Sie deckte mich zu. «Sie hat immer geglaubt, aus mir würde etwas Besonderes werden, ein Star. Deinen Vater konnte sie von Anfang an nicht leiden. Ich glaube, sie hatte Angst vor ihm.»

«Mutter», sagte ich, drehte mich zur Seite und zog mir die Decke fest bis unters Kinn. «Hör auf damit. Du klingst so seltsam.»

Sie sah mich blinzelnd an. Der Lippenstift war abgeleckt, man sah nur noch die Umrandung.

«Schlaf tief und fest, mein Liebling.» Sie berührte kurz meine Schulter und ging über den Flur zu ihrem Schlafzimmer.

~~~~~~~~~~~

In den folgenden Wochen entschuldigte sie sich immer wieder für den Unfall, war aber kühl, und kaum war der Verband an ihrer Nase entfernt, wurde sie wieder sehr dürr, weil sie sich mit ihren Rosen beschäftigt hielt und neue Tabletten einnahm, um schlafen zu können.

Sie bestellte einen speziell angefertigten Cadillac, der dem von Tante Annette glich, und als sie ihn nach Hause fuhr und in der Einfahrt parkte, stellte sich heraus, dass er zu lang und zu breit für die Garage war. Sie sah klein aus hinterm Steuer, verletzlich, fand ich.

«Der ist so groß wie ein Panzer», sagte Vater zu ihr.

«Ja. Genau das will ich. Schutz.»

Als das neue Auto da war, erwähnte keiner mehr den Unfall, so als hätten wir alle ein unausgesprochenes Schweigeabkommen getroffen; und ich wusste nicht, was ich sonst zu ihr hätte sagen sollen. Sie hatte mich schon verlassen. Was sagt man zu einem Menschen, den man verloren hat?

Die Antwort darauf wurde von einer anderen dringenden Angelegenheit überlagert: einem historischen Hafenarbeiterstreik in Boston, der dem Familienunternehmen das Genick brach. Großvater erlitt nach nur wenigen Tagen einen schweren Herzinfarkt. Er sackte im obersten Stockwerk seines Wohnhauses am Küchentisch zusammen, von wo aus er einen Blick auf den Hafen von Bosten gehabt hatte. Mit seinen einundneunzig Jahren war an Wiederbelebung nicht zu denken.

Aber ich weiß noch, wie er mich einmal fest im Arm gehalten hat. Er hat nie hastig gesprochen. In seiner
~~~~~~~~~~~

Stimme schwang dieses Fürimmer mit. *Licht, Sarah. Schau nur.* Er zeigte auf das Flurlicht vor meiner Zimmertür, die Laute aus seinem Mund platzten wie Seifenblasen in meinen Ohren. Die Deckenlampe, die wie eine Untertasse aussah, leuchtete. Er trug mich in meinem Zimmer ans Fenster und zeigte auf den Mond. *Licht,* sagte er noch einmal, damit ich verstand, dass der Mond auch in mein Haus kam.

Ein so plötzlicher Tod in diesem Alter erschien mir wie ein Segen.

2

## *Interludium*

Als ich schon im Bett liege und halb eingeschlafen bin, piept das Handy auf dem Nachttisch von einer SMS. Alan schreibt: *Flug gestrichen. Schwere Schneefälle. Fahr ins Hotel. Ruf dich an, wenn ich eingecheckt habe. Ich liebe dich.*

Ich liebe dich noch mehr, schreibe ich zurück, erleichtert, dass es meinem Mann gut geht, aber auch besorgt, dass er so schnell zurückkommen will, damit er morgen Abend bei meinem Auftritt dabei sein kann. Das braucht er nicht, also rufe ich ihn an.

«Wie viel Schnee liegt denn?»

«Zehn Zentimeter. Es soll bald aufhören.» Von zu viel Kaffee und langen Sitzungen, denn genau daraus bestehen diese Geschäftsreisen, zu denen er fährt, klingt seine Stimme tiefer als sonst

«Versprich mir, dass du wartest, bis das Wetter sich gebessert hat. Es ist nicht schlimm, wenn du nicht dabei bist.»

«Ich weiß. Mach dir keine Sorgen. Ich versprech es dir. Und jetzt versuch zu schlafen. Ich muss los. Der Bus ist da. Ich rufe dich an, sobald ich was Neues weiß.»

Ein kurzer Blick aus meinem Schlafzimmerfenster, ein rosafarbener Klecks blutet in den östlichen Himmel. Das Tageslicht hilft mir, gedanklich zur Ruhe zu kommen. Alan geht es gut.

Ich komme langsam wieder zu mir. Ein neuer Morgen bricht an. Der dritte Tag des Lichterfestes. Ich mag dieses spezielle jüdische Fest, diesen Beweis für Wunder. Unsere Menora steht in der Küche, auf dem Fuß des Leuchters kleben Wachstropfen, hart geworden wie Tortenglasur. Ich spüre keine Aufregung vor dem Auftritt morgen Abend. Es wird ein angenehmes Publikum sein: Tierliebhaber, die Spendengelder für ein Elefantenreservat in Afrika sammeln. Meine direkte Nachbarin Becca hat die Veranstaltung im nahen West Hollywood organisiert, und anscheinend haben fünfhundert Leute Tickets gekauft. Für eine Indie-Folk-Sängerin wie mich ist das ein guter Zuhörerkreis.

In meinem Schlafzimmer herrschen angenehme zwanzig Grad, und das im Dezember, was für mich noch immer seltsam ist. Selbst nach über dreißig Jahren, die ich jetzt hier lebe, habe ich mich noch nicht an die milden Winter in L.A. gewöhnt, als ob ich immer noch auf Schneefälle und eisige Winterkälte warten würde. Meine beiden Söhne – der älteste nach Opa Joe benannt, mein jüngster nach Alans Vater Steven – sind dieses Jahr mit ihren Freundinnen an der Ostküste. Seltsam ist auch, wie alle, bis auf Peter und mich, wieder zurück in Neuengland sind – Elliot auf seinem Bauernhof in Vermont und Robert, der Yale nach seinem Abschluss nie verlassen hat, arbeitet dort jetzt als ordentlicher Professor. Ich bin hier, und Peter unterrichtet an der Universität von Kalifornien Musik. Ich mag die Unwägbarkeit von Winterwetter einfach nicht, und trotzdem zerrt die kalte Seite der Welt in dieser Jahreszeit am stärksten an mir.

*7. Kapitel*

## *Nylonstrümpfe*

Einen Monat nach Mutters Unfall kam ich auf die Highschool, die Soquaset High. In dem Klassenzimmer, in das ich jeden Morgen zur Anwesenheitskontrolle musste, saß rechts neben mir Margaret Lucci. Ihr Nachname folgte auf meinen.

«Ich habe das Baby auf der Toilette verloren», sagte Margaret in der dritten Woche des ersten Halbjahres.

«Was hast du?»

«Ich habe es auf der Mädchentoilette verloren. Ich hatte eine Fehlgeburt.»

Wir saßen zusammen an einem Tisch, einem langen, der in der Mitte von zwei Regalfächern geteilt wurde. Mir gehörte das untere Fach, dort lagen mein Notizbuch und meine Schreibsachen. Margaret legte ihre Unterlagen in das obere Fach.

«Bist du sicher?» Ich beugte mich kopfüber und tat so, als würde ich etwas in meinem Fach suchen. Ich wollte ihr glauben, aber ich konnte an ihrem Körper nichts entdecken, was darauf hindeutete. Sie hatte einen gerade geschnittenen, engen schwarzen Rock und eine weiße Bluse an, die so durchsichtig war, dass ihr schwarzer BH sich deutlich unter dem Baumwollstoff abhob. Jedes Mal, wenn sie die Arme bewegte, wippten ihre Brüste. Ich kramte in meinem Fach und zog einen Stapel linierter Blätter heraus. Bis auf Mutter, als sie mit meinen jüngeren Brüdern schwanger war, hatte ich nie eine Schwangerschaft miterlebt. Und die Erinnerungen, die ich an meine Mutter hatte, waren die an eine Frau mit kartoffelsackähnlicher Kleidung.

Margaret nickte. «Ich bin ganz sicher. Sechs Wochen und vier Tage. Komm mit auf die Mädchentoilette, wenn es klingelt.»

Ich nickte und schaute nach vorn zu Mr Giles, der auch mein Englischlehrer war.

«Kunitz?», fragte er sanft. Er sah nicht so aus, als hätte er gehört, was ich gerade gehört hatte.

«Hier.» Ich hob die Hand.

Mr Giles saß an seinem Schreibtisch vor der wandgroßen Tafel und kritzelte mit einem Bleistift meinen Namen in sein Anwesenheitsbuch. Seine Hände zitterten. Die Radiergummikappe oben auf dem Bleistift wackelte merklich. Sein Blick, immer freundlich, schwenkte von meinem Gesicht rüber zu Margaret Luccis.

«Lucci?»

Margaret nickte.

Ich drehte mich wieder zu ihr. Sie hatte glatte schwarze Haare, kinnlang geschnitten. Der Nacken war von winzigen Härchen ganz dunkel. Der Pony fiel ihr bis auf die Wimpern.

«Ich hatte furchtbare Krämpfe.» Das flüsterte sie mir zu, nachdem Giles den nächsten Namen aufgerufen hatte.

«Monihan? Patterson?» Mr Giles klang leidend, irgendwie angeschlagen.

«Meinst du nicht, du solltest nach Hause gehen und dich ausruhen?» Ich machte mir Sorgen um sie. Gleichzeitig fühlte ich mich von ihrem Geständnis geehrt und aufgemuntert. Soweit ich wusste, hatte sie mich erwählt, niemand anderen.

«Nein. Meine Mutter darf keinen Verdacht schöpfen.»

«Meine Mutter würde das gar nicht mitkriegen», sagte ich und versuchte noch zu verhindern, dass meine Lippen diese Worte formten. Mr Giles würde es nicht merken.

«Du hast Glück», sagte sie.

«Robertson, Schwartz?» Mr Giles rief alle Namen bis zum Ende der Liste auf. Sogar sein Kopf wackelte leicht. Sein ganzer Körper vibrierte wie eine Stimmgabel, als ob sich unter seiner Haut der zu ihm gehörende Geist in einer anderen Geschwindigkeit bewegen würde. Seine linke Hand zitterte stärker als die rechte.

Es klingelte zur Pause und ich folgte Margaret die ausgetretene Steintreppe nach unten zur Mädchentoilette neben der Turnhalle. Die Toilette sah mit den münzgroßen, schwarz-weißen Bodenfliesen, die Risse hatten und altersramponiert waren, wie ein altes Tanzstudio aus.

«Hier runter kommt nie einer», sagte sie und trat an ein Waschbecken, an eins von vielen an einer Wand voller Spiegel. Sie ließ ihre schwarze Tasche ins Waschbecken plumpsen. «Siehst ja, warum. Das Ding ist ein Drecksloch. Schau mal nach, ob jemand in den Kabinen ist. Man weiß ja nie.»

Ich beugte mich runter und konnte nirgendwo Füße sehen. «Keiner da», sagte ich.

«Gestern hatte ich hier morgens auf der Toilette ganz schlimme Bauchkrämpfe.» Sie wühlte in ihrer Tasche und fischte einen schwarzen Kajalstift heraus. «Ich konnte nicht laufen.» Das Becken gegen das Porzellanwaschbecken gedrückt und so weit nach vorn gebeugt, dass ihre Nasenspitze fast den Spiegel berührte, zog sie einen schwarzen Strich am oberen und unteren Lidrand. «Hast du schon deine Tage?», fragte sie. Sie riss die Augen auf und inspizierte jede Wimper einzeln.

Ich nickte.

«Ich habe sie mit neun bekommen», sagte sie.

Ich sagte ihr nicht, dass ich sie erst im vergangenen Sommer zum ersten Mal gehabt hatte. Stattdessen stellte ich mich an das Waschbecken neben ihrem und drehte den Heißwasserhahn auf, aber es kam nichts heraus.

«Die gehen alle nicht», sagte sic.

Sie trug ganz gleichmäßig Lippenstift auf, weiß wie Puderzucker sah der aus. Ich fuhr mir mit der Zunge über die Lippen und rückte meinen Zopfmuster-Pullover so zurecht, dass er direkt über dem Hosenbund meines grünen Faltenrocks saß. Dafür, dass ich so farbig gekleidet war – grüne Socken und grüner Rock –, sah ich im Spiegel verdächtig blass aus. Margaret hatte transparente Strümpfe an, in denen ihre Wadenmuskeln zart schimmerten. Sie hatte lange schlanke Beine. Ihre schwarzen Schuhe, wenn auch abgenutzt und matt, schmiegten sich an ihre Füße. Durch die Absätze wurden ihre Muskeln noch betont. Sie hatte sich auf ein essenzielles Etwas reduziert, das ich wollte.

Ich drehte mich weg vom Spiegel und zählte acht Waschbecken. Jedes einzelne hatte einen Riss, entweder am Ausguss oder am Wasserhahn.

«Dieser Ort ist nutzlos», sagte sie und sprach im

Spiegel mit mir. «Rauchst du? Ich habe gemerkt, dass jüdische Mädchen nicht rauchen. Wahrscheinlich zu beschäftigt damit zu lernen.» Sie zeigte mit der Hand auf ihre Tasche. «Du kannst dir eine nehmen.»

«Meine Eltern rauchen.»

Es klingelte wieder, und ich wusste, dass ich zum Unterricht gehen musste.

«Ich geh dann mal», sagte ich. «Geht es dir wirklich gut? Sicher?»

«Ja. Wir sehen uns beim Mittagessen.»

Sie lächelte, und ich ging, während sie sich die unteren Wimpern tuschte.

Die Gänge hatten sich schon geleert. Ich schlich durch die hintere Tür ins Klassenzimmer und rutschte auf meinen Stuhl in der mittleren Bankreihe. Mr Bing, der Biologielehrer, musterte mich kurz, sagte aber nichts. Er stand schwerfällig vor der Tafel, ein großer Mann mit einer Baritonstimme und einem schwarzen, dreieckigen Bart, der bis zu einem Punkt unterhalb seines Kinns gestutzt war. Seine braunen Haare sahen fettig aus.

«Hab ich was verpasst?» Ich saß neben meiner Laborpartnerin Sophie Cohen.

«Bisher noch nichts.»

Sophie saß makellos gerade und hielt ihren langen, blassen Hals gestreckt. Ihre Haare waren so dünn und leicht, dass einzelne Strähnen ihr so flauschig über die Schulter fielen wie die Härchen einer Seidenpflanze. Sie trug gelbe Kniestrümpfe, die farblich auf ihren karierten Rock und ihren Pulli abgestimmt waren.

Mr Bingham sprach von stabilen und instabilen Molekülzuständen. Er sagte, Wassermoleküle erhielten mit viel Kraft den flüssigen Zustand aufrecht. Aber Margarets Schwangerschaft ging mir nicht aus dem Kopf. Ich errechnete, dass sie vor Highschoolbeginn Sex gehabt haben musste, an einem warmen Sommerabend, unter Bäumen, womöglich dem Abend, an dem meine Eltern ihre Party gefeiert hatten, gar nicht so unähnlich.

Mr Bingham schaltete mit einem Klicken den Tageslichtprojektor an. Die Wassermoleküle sahen aus wie Sportgeräte: runde Bälle, aus denen Stöcke ragten. Er erzählte uns, dass Moleküle, wenn sie erhitzt wurden, aufeinander schlugen und in einen Erregungszustand gerieten, was die Temperatur nur noch weiter steigen ließ und was wiederum erklärte, wie Flüssigkeit zu Gas wurde. Sophie zog einen Kamm aus ihrem Notizbuch, fuhr sich einmal damit durch die Haare und legte ihn dann wieder zurück. In der trockenen Oktoberluft stellten sich einzelne dünne Strähnen wieder auf.

Das Klingeln läutete die Pause ein. Sophie und ich gingen zusammen zu Mr Giles Englischstunde, in der sich die Moleküle bis zum Gefrierzustand verlangsamten. Keiner der Schüler bewegte sich auf seinem Stuhl.

«Gibt es unter euch jemanden, der den Geist von Hamlets Vater für echt hält?»

Sophie schob mir einen Zettel zu.

*Ich glaube, Mr Gs Frau ist gestorben,* stand mit Bleistift darauf. *Er hat am zweiten Tag von ihr gesprochen. Er hat gesagt, Hamlet vermisst seine Mutter und er seine Frau.*

*Traurig*, schrieb ich zurück.

Mr Giles forderte mich auf, eine Passage vorzulesen, die der Geist sprach, was mir leicht fiel und anscheinend sehr einfühlsam wirkte. Aber genau genommen war ich durch Vater einfach nur sehr vertraut mit Shakespeares gehobener Sprache.

*«Schon naht sich meine Stunde,*
*Wo ich den schweflichten, qualvollen Flammen*
*Mich übergeben muss.»*

«Gut, Sarah. Und jetzt möchte ich gern von dir hören, ob du den Geist für echt hältst?»

«Ja. Ich glaube Hamlet. Ich glaube nicht, dass er ihn sich nur einbildet. Aber ich kann verstehen, dass manche Leute glauben, er hätte ihn sich ausgedacht.»

«Dann glaubst du also an Geister?»

«Mag sein.» Ich dachte an die nachts durchs Haus streunende Mrs Brenwald. Als ich Mr Giles so bebend vor der Klasse stehen sah, fragte ich mich erneut, ob ein Geist ihn bewohnte, oder ob sein Zittern Teil einer imaginierten Nervenerkrankung war. Genau wie Mrs Brenwald schien er ein Mensch zu sein, der keine E-Mails oder Anrufe bekam. Kinder hatte er ganz sicher auch keine.

Als es zur Mittagspause klingelte, blieb ich an seinem Schreibtisch stehen.

«Darf ich Sie etwas Persönliches fragen?»

«Nicht, wenn es zu persönlich ist», sagte er freundlich. «Was möchtest du wissen?»

«Haben Sie Kinder?»

Er lächelte und stand langsam auf. «Drei Jungs, sie sind alle schon erwachsen und leben in anderen Bundesstaaten.»

«Oh», sagte ich.

«Auch Lehrer haben Kinder», sagte er schelmisch.

«Ich weiß. Mein Vater ist College-Professor. Er unterrichtet Englische Literatur.»

«Dann ist das die Erklärung. Für dein Alter scheinst du einen guten Zugang zu Shakespeare zu haben.»

Die schwirrende Aufregung wegen der Mittagspause auf dem Gang reinigte die Luft. Der lange Gang füllte sich mit Massen von Schülern, die durcheinander rannten. Einzelne Stimmen aus der Menge waren ohrenbetäubend laut. Sophie und ich machten uns auf den Weg zur Cafeteria im Keller, vorbei an der Mädchentoilette, wo ich ein paar Stunden vorher gewesen war. Ich hielt nach Margaret Ausschau, konnte sie aber im Gedränge nicht sehen. Eine Clique jüdischer Mädchen ging an uns vorbei und winkte uns zu. Sie waren angezogen wie Sophie und ich, in aufeinander abgestimmten Röcken und Pullovern und weißen Blusen mit runden Ansteckern. Von den älteren Mädchen kannten mich einige wegen Peters Rockband. Er spielte auf Schulpartys. Allerdings sah ich ihn in der Schule kaum. Seine Unterrichtsstunden fanden in einem anderen Gebäudeflügel statt. Seine Mittagspause war zu einer anderen Zeit als meine.

Das Schulgebäude hatte unzählige Anbauten, nicht gekennzeichnete Eingänge und Treppenhäuser. Ich hatte Geschichten über ein Unteruntergeschoss mit diversen Tunneln gehört, wo die Hausmeister rauchten und Sex hatten. Ich würde Margaret fragen. Sie kannte sich aus.

Als wir uns der Cafeteria näherten, schlug uns auf dem Gang in heißen Dunstschwaden der feuchte Geruch von verkochtem Essen und schwitzendem Plastik entgegen. Ich entdeckte Margaret, die sich in der dunkelsten Ecke der Cafeteria mit einem blonden Jungen unterhielt. Ich winkte ihr zu, und sie winkte mit einem Finger zurück, mit dem sie mich zu sich lockte.

«Bin gleich wieder da», sagte ich zu Sophie.

Ich ging rüber zu Margaret.

«Wollt ihr den Tisch haben?», fragte sie. «Wir gehen raus, eine rauchen.»

Der Junge drehte sich um und sah mich an. Er hatte wunderschöne, violettblaue Augen, sehr hell und konzentriert.

«Das ist Anthony Parelli», sagte Margaret. «Mein Cousin.»

Anthony nickte. Die dunkelblonden Haare fielen ihm ins Gesicht.

«Sarah sitzt bei Mr Giles neben mir, Anwesenheitskontrolle, weißt schon», erklärte sie ihm.

«Du hast schöne Beine», sagte er.

Ich trat einen Schritt zurück.

«Lass dich nicht von ihm ärgern», sagte Margaret.

«Er hat mich nicht geärgert.»

«Sarah, wie heißt du mit Nachnamen?», fragte er.

«Kunitz.»

«Bist du Jüdin?»

«Halt die Klappe, Tony», sagte Margaret.

«Ja, ich bin Jüdin. Warum?»

«Ich mag jüdische Mädchen», sagte er lächelnd.

Ich schüttelte den Kopf und schaute Margaret an.

«Lass dich nicht von ihm ärgern», sagte sie noch einmal und zog den Reißverschluss ihrer Tasche zu.

«Mach ich nicht», sagte ich und schaute ihn an.

Anthony lächelte, und ich ging zurück zu Sophie und

stellte mich zu ihr in die Essensschlange. Lange, mit rosafarbenen Wachsdecken überzogene Tische wurden von merklich unterschiedlichen Gruppen besetzt. Es war leicht, Cliquen anhand ihres Dresscodes zu identifizieren. Juden trugen Pullover und Anstecker. Irische Katholiken und Italiener trugen schwarz. Jede der Gruppen blieb unter sich. Margaret war eine Ausnahme. Ihr schien es egal zu sein. Ich zahlte mein Mittagessen und ging zurück zu Margarets Ecktisch, obwohl sie nicht mehr da war. Anthony und sie hatten die Folie von einer Zigarettenschachtel auf dem Tisch liegen lassen. Sophie setzte sich mir gegenüber. Wir probierten beide eine Gabel voll Spaghetti.

«Nicht besonders gut, oder?», sagte Sophie kauend.

Am anderen Ende des Saals brach zwischen zwei italienischen Mädchen ein Kampf aus. Mehrere Jungen sprangen von ihren Sitzen auf und rannten hin, um sich im Kreis um die Kämpfenden zu stellen. Fast genauso schnell tauchte Mr Bingham auf, der zwei Jungen an ihren Hemdkragen wegzerrte. Eine Lehrerin führte die beiden Mädchen nach draußen. Die Mädchen hatten wie Margaret dunkle Röcke und transparente Strümpfe an.

«Abgefahren», sagte Sophie. «Wer sind die beiden?»

«Keine Ahnung. Komm, wir gehen raus», sagte ich.

Der Schulhof war ein eingezäunter Parkplatz mit den verblichenen Bodenmarkierungen eines Basketballplatzes. Wir gingen zu einer ruhigen Stelle bei den Lehrerautos. Sophie hielt sich am Türgriff eines roten Saabs fest und stellte ihre Füße mit den Fersen aneinander, die Fußspitzen nach außen. Sie nahm zweimal pro Woche Tanzunterricht.

«Das ist die erste Position, die Grundhaltung für ein *Plié*.» Dann streckte sie das rechte Bein seitlich aus und tippte immer wieder kontrolliert und gezielt mit der Fußspitze auf den Boden, anschließend machte sie einen Knicks. Dieselbe Bewegung wiederholte sie mit dem anderen Bein. «Ich muss auf jeder Seite fünfundzwanzig machen.»

Der Wind wehte leicht und einzelne Haarsträhnen schienen sich wieder schwebend aufzustellen. Ich hatte dickere Haare, die sich höchstens verfilzten, wenn der Wind sehr stark blies. Am anderen Ende des Platzes spielte eine Gruppe italienischer Jungen Basketball. Einer von ihnen war Anthony. Der Basketball flog in hohem Bogen in den hellen, blauen Himmel. Jemand rief, «Tony, schieß zu mir!»

Anthony nahm einem anderen Jungen den Ball ab und lief gekonnt auf den Korb zu. Die glatten Haare flatterten ihm vor den Augen herum, als er dribbelte. Zwei weitere Jungen versuchten, ihm den Weg zu versperren, aber er sprang hoch und versenkte den Ball. Laute Rufe folgten. Er applaudierte sich selbst und überschaute den ganzen Schulhof, als er zu seinem Team zurückrannte. Er sah mich und nickte mir zu. Ich schaute weg.

«*Plié*», sagte Sophie, machte einen Knicks und tippte wiederholt mit dem Fuß auf den Boden.

Es klingelte zweimal, und alle machten sich zurück auf den Weg nach drinnen. Sophie ging neben mir die Steintreppen hoch. Nach dem hellen Licht im Hof blendete mich jetzt der dunkle Gang. Ich setzte jeden Schritt an ihrer Seite bloß nach Gefühl.

Nach dem Unterricht gingen Sophie und ich zusammen zur Chorprobe ins Auditorium. Wir standen auf einer Bühne mit unterschiedlich hohen Podeststufen. Der Musiklehrer, Mr Edward, hatte für einen Mann zarte Hände und einen sehr hellen Teint. Selbst die kahle Stelle auf seinem Kopf erstrahlte im Licht kerzenweiß.

«Hört bitte her.» Er schlug mit dem Dirigentenstab gegen einen Notenständer aus Metall. Der Stab war ein langer, weißer Plastikstock.

«Ich möchte das ganze Stück einmal durchsingen. Wenn ihr Fehler macht, singt einfach weiter.» Er wedelte mit den knorrigen Armen in der Luft.

«Eins, zwei, drei und –»

Ich sang zweiten Sopran, die Reihe unter mir ersten Sopran. Sophie stand in der Reihe über mir. Sie sang ersten Sopran, und ihre Stimme, das war so wie mit ihren Haaren, hatte einen feinen, leichten Klang.

Wenn Mr Edward uns ermutigen wollte, lauter zu singen, tat er so, als würde er Konfetti in die Luft schmeißen, oder er tätschelte sanft die Luft, wenn wir leiser werden sollten.

«Weiter, weiter!», sagte er und schaufelte noch mehr Luft. «Jetzt nicht nachlassen», rief er.

Anders als Mr Giles, dessen Stimme oft gar keinen Klang hatte, oder Mr Bingham, der übertrieben sprach und scheppernde Töne in jede Silbe und jedes Wort blies, hatte Mr Edwards Stimme einen reinen Klang, wie eine einzige klingende Gitarrensaite.

Heute verteilte er neue Noten für das Thanksgiving-Programm im November. «To Dream the Impossible Dream» von Man of La Mancha war ein Stück aus dem Programm, außerdem ein Lied mit dem Titel «Everything's Coming Up Roses» von Gypsy. Um halb vier ertönte die Glocke und verkündete das Ende des Schultags.

Draußen sauste der Wind zwischen meinen Knien hindurch und roch nach überreifen Äpfeln. Sophies Mutter wartete am Straßenrand in einem dunkelgrünen Cadillac auf sie, um sie zum Ballettunterricht zu fahren.

«Bis morgen», sagte Sophie und rannte zum Auto.

Mit meinen Büchern auf dem Arm, einem schweren Stapel, machte ich mich auf den Heimweg. Ich trug mein Mathe- und Biologielehrbuch, drei Spiralblöcke, mein Französischbuch; ganz oben auf lag eine kleine Taschenbuchausgabe von *Hamlet.* Als ich einen Maschendrahtzaun außerhalb des offiziellen Schulgeländes entlanglief, kam ich an einer Gruppe selbstbewusster italienischer Jungen und Mädchen vorbei, die rauchten. Die Jungen trugen alle enge schwarze Hosen und spitze schwarze Schuhe. Zwei der Mädchen trugen weinrote Leichtathletikjacken mit Reißverschluss und großen Seitentaschen. Eine von ihnen erkannte ich vom Kampf in der Cafeteria wieder. Sie schnippte eine brennende Zigarette in meine Richtung, als ich an ihr vorbeiging. Sie traf meinen Schuh.

«Judensau.»

Fassungslos beschleunigte ich meinen Schritt. Ich wagte es nicht, mich umzudrehen, geschockt, verängstigt, wütend überquerte ich die Straße, beeilte mich, von ihnen wegzukommen und behielt das Tempo bei, bis ich am Anfang des Soquaset-Platzes ankam. Ich hatte noch nie hautnah Antisemitismus erfahren. Ich konnte nicht fassen, dass es das gab. Meine Nachbarn waren Juden. Sophie war Jüdin.

Die vertrauten Häuserfassaden beruhigten mich, und ich ging langsamer. Ich kannte die Läden wie alte Freunde: die Eisenwarenhandlung, den Musikladen mit den Reihen der 40-Hit-Singles, der einem kahl werdenden Mann gehörte. Die Trockner rochen nach Mottenkugeln und spieen heiße Dunstwolken auf den Bürgersteig.

Ich schaute hinter mich. Auch weiterhin keiner vom Maschendrahtzaun in Sicht. Vorn an der Ecke lag schon die nach Kaugummi duftende Apotheke, die Mutter mit den Tabletten für ihren Rücken versorgte, die dann einmal im Monat ein Highschool-Junge vorbeibrachte. Die Tabletten wurden in einer weißen Papiertüte geliefert, die wie feines Leinentuch gefaltet war. Der Rest des Häuserblocks neben der Apotheke wurde von einem Five & Dime eingenommen. Ich schaute wieder hinter mich, sah aber niemanden, der mir folgte. Ich schlüpfte in den großen Discounter. War in Sicherheit.

Wie gut ich doch die Gänge dieses Discountladens kannte, die sich in einer chaotischen Anordnung ausbreiteten. Der grün gesprenkelte Linoleumboden war trüb und voller Flecken. Die Reihen waren voller Kleidung. Schuhe. Schminkutensilien. Papageien kreischten hinten neben staubigen Umkleidekabinen. Vorn im Laden, gleich bei der Kasse, ritt ein kleiner Junge auf einem elektrischen Pferd. Das Pferd machte beim Auf und Ab ein nerviges hämmerndes Geräusch. Ich ging in den Gang mit Kosmetikartikeln.

In einer Pappschachtel im Regal lagen bergeweise Lippenstifte. Ich wühlte mich durch den Haufen, bis ich die Farbe fand, die Margaret trug, und schmuggelte das gute Stück in meine Jackentasche. Das elektrische Pferd stoppte, und es wurde recht still, nur aus dem hinteren Teil des Ladens drang ab und zu ein Krächzen. Ich hörte, wie das Kind seine Mutter um noch eine Fahrt anbettelte. Dann setzte das Hämmern wieder ein.

Im nächsten Gang verbrachte ich viel Zeit damit, die Verpackungen mit Nylonstrümpfen zu begutachten. Ich nahm eine Plastikverpackung nach der anderen heraus, bis ich ein Paar in meiner Größe fand, ein Meter und sechsundfünfzig, zweiundvierzig Kilo. Die Hautfarbenen hatten einen bräunlichen Ton. Ich nahm die Nylonstrümpfe mit an die Kasse und bezahlte sie, dann versteckte ich die Packung zwischen meinen Büchern. Das Pferd erstarrte wieder. Das Kind jammerte und hielt sich am Hals des Pferdes fest. Ich verließ den Laden. Eine Mutter kam mit ihrem kleinen Kind vorbeispaziert. Auf der anderen Straßenseite, vor der Bibliothek, sprangen zwei Jungen vom Bürgersteig und schleuderten beim Aufkommen Steine in die Luft.

Ich ging heimwärts und kam am Ortsschild vorbei: STADT SOQUASET, EINGEMEINDUNG 1689. Autos beschleunigten und rasten vorbei, machten gurgelnde Geräusche. Die Sonne senkte sich auf die Dächer. Ich spürte den Lippenstift wieder, tief in meiner Jackentasche.

«Starting here!» Ich sang – erst nur im Flüsterton, dann mit mehr Kraft – das Lied aus der Chorprobe. Ich öffnete meine Hand, wie ich es bei professionellen Sängern im Fernsehen gesehen hatte, die einem Lied mit ihren Händen Dramatik verleihen wollten. «Starting now!» Ich wirbelte herum, als ich am Soquaset Junior-College vorbei kam, einer kleinen Ansammlung roter

Backsteingebäude im viktorianischen Stil mit Fenstern, die so alt waren, dass das Glas sich wellte. Aus Mr Binghams Unterricht wusste ich, dass Glas, anders als die meisten Menschen glauben, nicht in einem festen, sondern in einem flüssigen Zustand ist, weshalb es dann im Laufe der Zeit riffelt. Von der Schwerkraft nach unten gezogen. Hinter einer Hecke saßen ein Junge und ein Mädchen knutschend auf einer Bank. Ich ging schneller, konnte es nicht erwarten, nach Hause in mein Zimmer zu kommen.

Als ich die Küche betrat, war es ausgesprochen ruhig im Haus. Ich hängte die Jacke in den Flur und steuerte auf die Treppe zu. Mutter lag in einem türkisfarbenen Mohairanzug schlafend auf dem Wohnzimmersofa. Auf dem grünen Teppich neben ihr ein leeres Glas.

«Mutter?» Ich stand über ihr. Das Glas hatte denselben süßlich-scharfen Geruch wie ihr Atem. «Mutter?»

Sie bewegte sich und öffnete die Augen.

«Wie spät ist es?» Sie richtete sich auf und strich sich das Haar glatt. Auf einer Seite hatte sich ihr Strumpf in Kniehöhe verdreht.

«Geht es dir nicht gut?», fragte ich.

Sie stand auf und richtete den Strumpf.

«Mein Rücken spielt wieder verrückt. Ich geh nach oben.»

Sie ging in Richtung Schlafzimmer, immer weiter weg von mir. Das herbe Parfum hüllte mich ein wie ein Schleier. Ich wartete, bis sie auf dem oberen Absatz angekommen war und die Schlafzimmertür sich schloss, dann ging ich hinauf in mein Zimmer. Als es dämmerte, stellte ich den Schreibtischstuhl vor meine Zimmertür, damit keiner plötzlich hereinkam, und hielt meine neuen Strümpfe hoch, die silbern schimmernden Beine baumelten wie Marionetten in der Luft. Ich probierte sie an und schritt in großen Bögen in meinem Zimmer auf und ab. Die Strümpfe fühlten sich kühl und fein und gewagt an. Ich fragte mich, wie ich Anthony darin gefallen würde.

Die Sonne glitt unter den Rand der Erde und hinterließ hinter der Fensterscheibe einen violett und braun verwobenen Himmel. Die Hängebirke in unserer Einfahrt hatte ihre Blätter frühzeitig verloren. Ranken hingen gerade wie Bindfäden bis auf den Asphalt. Ich stellte mir Anthony in der Einfahrt vor, wie er zu mir hochrief. Wie ich in den hauchdünnen Strümpfen zu ihm hinunterging, mich leicht und wunderschön fühlte und wir zusammen in die Dunkelheit liefen, so wie Badegäste ins warme Meer.

*8. Kapitel*

# *Der Kleiderschrank*

Ich zog die Strümpfe aus, versteckte sie in der Schublade zwischen meiner Unterwäsche und öffnete mein Schmuckkästchen. In einem Nest aus silbernen Armreifen vergraben fand ich eine Kette mit einem Davidsternanhänger, die Tante Annette mir zu meinem achten Geburtstag geschenkt hatte. Der Stern war so groß wie mein Daumennagel. Ich legte die Kette um und ging nach unten, wollte sehen, wer außer mir noch zu Hause war.

Roberts Tür war zu. Er saß auf seinem Bett und las in einem Science-Fiction-Buch. Das gelbe Licht im Aquarium flimmerte an der Wasseroberfläche. Blasenströme platzten rhythmisch.

«Strömt der Sauerstoff nicht zu schnell raus?» Ich zeigte auf das Aquarium.

«Nein.»

«Was liest du?»

«Die Zeitplaneten.» Er hielt mir das Buchcover entgegen. «Es ist eine Reihe. Es gibt zweiundzwanzig Bücher. Zweiundzwanzig ist eine Superzahl.»

«Wie wirkt sich das aus?»

«Ich bin bei Band eins», sagte er und ignorierte meine Frage. «Ich will zwei pro Woche lesen. In elf Wochen – elf ist übrigens eine weitere Superzahl – weiß ich alles über klassische Zahlensymbolik. Zahlen haben Energiestufen. Ich habe ein Diagramm erstellt, siehst du?» Er schob ein Blatt Papier zu mir ans Bettende. Darauf hatte er ERSTES BUCH geschrieben und daneben war ein Feld mit Kästchen, in das er Häkchen machen konnte.

«Wenn du mich also entschuldigen möchtest, ich bin beschäftigt», sagte er und schaute auf seine Uhr. «Ich muss meinen Plan einhalten.»

Ich ging nach oben unters Dach.

Elliot sah so verquollen aus wie noch nie. Er lag auf dem Boden, abgestützt auf den Ellbogen, und säuberte seine Tierfiguren mit dem Rand seines T-Shirts und stellte sie dann wieder auf das Fensterbrett, von wo aus man den Garten hinterm Haus überblicken konnte.

«Ist Peter schon zu Hause?»

Er schüttelte den Kopf und ging wieder dazu über, das Bein eines der Elefanten mit seinem T-Shirt abzuputzen.

Peter hatte eine Rockband mit dem Namen The Symbols gegründet. Zur Band gehörten noch ein Schlagzeuger und ein Bassist. Peter spielte Leadgitarre und sang. Bei einer Bandprobe im Keller seines Freundes war Peter bei einem Lied der Rolling Stones singend von einem Stuhl gesprungen und auf den Knöchel gefallen, was ihm einen Haarriss einbrockte. In den letzten Wochen hatten ihn immer Freunde mit dem Auto nach Hause gebracht, und jeden Tag war er etwas später gekommen.

Ich ging wieder nach unten in mein Zimmer und setzte mich an meine Hausaufgaben: fünfundzwanzig Matheaufgaben, einen Englischaufsatz, französische Sätze zum Futur I. Unten setzte das Geklapper von Töpfen und Geschirr ein, aber nicht etwa von Dora. Dora hatte zwei Wochen frei, um sich um eine kranke Tante zu kümmern. Mutter hatte eine Agentur für Hausmädchen angerufen und eine Vertretung für den kurzen Zeitraum angefordert. Clarisse aus Jamaika hatte graue Haare, eine ruhige Stimme und freundliche Augen. Sie bewegte sich mit äußerster Sorgfalt, und es tat mir schnell leid, dass sie solch ein Pech hatte, für uns arbeiten zu müssen. Hatte die Agentur sie vor meiner Familie gewarnt? Würde Dora zurückkommen? In ihrer Abwesenheit merkte ich erst, dass sie mir fehlte. Was, wenn sie nicht zurückkam, genau wie alle anderen Hausmädchen? Über die Monate hatte ich mich an ihre derben Kommentare gewöhnt, ihren scharfer Blick, mit dem sie uns beobachtete. Sie gab auf mich acht.

Die Küchentür schlug zu.

«Ich bin da!», rief Vater.

Ich hörte ihn zum Flurschrank gehen und seine Jacke aufhängen. Mutter kam an meiner Tür vorbei und ging zu ihm nach unten, dann rief sie uns zum Abendessen. Der Esstisch erstrahlte. Clarisse hatte den Tisch mit einem weißen Leinentuch gedeckt. Mutter sah noch schläfrig aus. Sie hielt ein Glas Rotwein in der Hand und nahm einen kräftigen Schluck, bevor sie sich an ihren Platz setzte. Vater stellte die Weinflasche zu sich ans Tischende und setzte sich ebenfalls.

«Wo ist Peter?», fragte Vater in die Runde. Er schaute in Richtung Küche. Elliot und Robert zuckten mit den Schultern.

Clarisse kam mit einer Kasserolle mit Nudeln und Fisch zurück ins Zimmer.

«Stell das genau hier hin», sagte Mutter und zeigte

auf eine Stelle in der Mitte vom Tisch. «Und bring doch den Kindern ihre Milch.»

Clarisse nickte und ging durch die Schwingtür zurück in die Küche.

«Monsieur Robert», sagte Vater lächelnd. «Erzähl uns von dieser neuen Buchreihe, die du liest. Deine Mutter hat mir davon berichtet.» Vater tat sich einen Löffel Nudeln auf den Teller und wartete die Antwort ab.

«Es geht um Zeit.»

«Und worum ganz genau?» Er lächelte und schaute zu Elliot, dann zu mir und dann zu Mutter.

«Sie existiert auf einundzwanzig Ebenen.»

Clarisse kam mit zwei Gläsern Milch herein und stellte sie vor Elliot und Robert ab.

«Das nächste Mal bringst du die Gläser und gießt am Tisch ein», wies Mutter sie an.

Clarisse nickte und ging aus dem Zimmer.

«Wie oft hast du ihr das schon gesagt?», fragte Vater.

Ich schaute auf meinen glänzenden Porzellanteller und sah ein Abbild des hässlichen runden Leuchters an der Decke. Ich war wieder einmal entsetzt von der Unhöflichkeit meines Vaters unseren Hausangestellten gegenüber, und in meinem Kopf hämmerte es: *Hol die blöde Milch doch selbst!*

«Wo ist Peter?», fragte er wieder und klatschte mir Auflauf auf meinen Teller. «Er ist zu spät.»

«Worum genau geht es, wenn du von Zeit sprichst?», fragte Mutter Robert und wiederholte damit, was Vater gerade gefragt hatte. Sie nahm einen kleinen Schluck Wein; sie ahnte einen Ausbruch, von dem ich wusste, dass er kommen würde.

«Wir leben in der dritten Zeitebene», sagte Robert. «Unser Haus existiert in der dritten Zeitebene.»

«Der dritten?», fragte Vater. «Warum nicht der vierten?»

«Weil es so ist», sagte Robert genervt. «Die erste ist vor unserer Geburt. Die zweite ist im Mutterleib. Die dritte nach unserem Tod.»

Die Küchentür ging auf, und Peter kam herein. Es ging seinem Fuß schon besser, aber er humpelte noch.

«Du bist zu spät», rief Vater ihm zu.

«Auf meiner Uhr ist es drei nach sechs», sagte Peter und zog sich im Flur die Jacke aus. Er hatte ein Jeanshemd an und ein rotes Tuch um den Hals. Seine Haare fielen ihm bis auf die Schultern.

«Es ist achtzehn Uhr dreiundzwanzig. Du warst dieses Woche jeden Abend zu spät.»

«Ich habe viel zu tun.» Mein Bruder setzte sich auf seinen Stuhl und griff nach der Kasserolle.

«Werd nicht frech», sagte Vater.

«Liebling, du hast dir die Hände nicht gewaschen», sagte Mutter.

«Ich habe meinen ersten bezahlten Auftritt bekommen. Darum bin ich zu spät.»

«Darum hättest du dich früher am Tag kümmern können. Morgen hast du wieder eine andere Ausrede.»

«Das ist keine Ausrede. Ich rede mich nicht raus. Du interessierst dich doch nicht mal für meine Musik. Du solltest mir gratulieren. Aber dir ist das scheißegal. Dir ist nur wichtig, dass die Zeit eingehalten wird!» Er schob den Stuhl vom Tisch weg und stand auf.

«Was weißt du über Zeit?», fragte Robert.

«Du setzt dich sofort hin», sagte Vater im Kommandoton.

Peter lachte bitter, als hätte er es sich aus irgendeinem Grund anders überlegt.

«Was sind schon fünfzehn oder zwanzig Minuten?», sagte Peter und wurde laut. «Kein Mensch lebt in so strengen Zeitzonen. Das ist Irrsinn.»

«Ich habe gesagt, du sollst nicht frech werden, junger Mann», sagte Vater und stand auf. Er wurde rot im Gesicht. Seine Augen sahen so groß aus wie Bowlingkugeln. Jetzt würde ihn nichts mehr aufhalten können.

Peter trat einen Schritt zurück, weg vom Tisch. «Ich geh auf mein Zimmer. Ich esse später.» Er sah Mutter an.

Ich starrte auf den Mischmasch aus Nudeln und Fisch, um den Molekülen aus dem Weg zu gehen, von denen ich wusste, dass sie fliegen würden. Mr Binghams Theorie konnte nicht ganz richtig sein. Bei mir zu Hause nahm das Raumvolumen bei zunehmender Hitze ab. Es fühlte sich klaustrophobisch an. Ich bekam keine Luft mehr.

«Du setzt dich jetzt hin und isst!» Vater schlug mit der Faust auf den Tisch. «Und du bleibst das ganze Wochenende zu Hause.»

«Leonard, bitte.»

Mutter zuckte zusammen und griff nach ihrem Weinglas.

Peter riss die Augen auf und schaut hoch zum Leuchter. «Das ist nicht dein Ernst», sagte er und fuchtelte mit der Hand herum.

«Setz dich hin!», brüllte Vater ihn an. «Wir sind hier noch nicht fertig.»

«Du vielleicht nicht, aber ich.» Peter ging hinter Mutters Platz vorbei zur Treppe und setzte den Fuß auf die erste Stufe.

«Zurück!» Vater schnellte vom Stuhl hoch, stürmte Peter hinterher und packte ihn am Ellbogen. Peter riss sich los. Vater verlor fast das Gleichgewicht und stolperte rückwärts.

«Fass mich nicht an», sagte Peter. Er startete einen erneuten Versuch, die Treppe hochzugehen, aber Vater stürzte los und zog an Peters Hemdzipfel.

«Du hörst mir jetzt mal gut zu, junger Mann.»

«Jetzt hörst du mir mal zu», schrie Peter. Er stieß Vater gegen den Brustkorb und Vater fiel auf den Teppich. Robert heulte und sauste vorbei an den Fäusten und Körpern nach oben. Er knallte die Tür hinter sich zu. Mutter schloss die Augen.

«Lass mich in Ruhe, verdammt noch mal!», sagte Peter, der auf der Treppe stand. «Ich bin kein kleiner Junge mehr, hast du verstanden? Ich bin fast achtzehn.»

«Geh. Geh schon», sagte Vater und wedelte schwach mit der Hand.

Peters Brust hob sich. «Und ich muss auch nicht für deine Fehler geradestehen», fügte er noch hinzu. Dann drehte er sich um und ging die Treppe nach oben.

Vater nickte mitleiderregend, sagte aber kein Wort. Langsam bewegte er sich zurück zu seinem Stuhl. Mutter schwieg. Elliot zupfte sich an den Händen. Ich sagte nichts, aber ich wusste, dass es von jetzt an anders werden würde. Peter hatte gewonnen. Ich fühlte mich seltsam vergnügt, jubelte Peter innerlich zu, von dem ich wusste, dass er sich jetzt schon die Ohrstöpsel eingesteckt hatte und Musik aufsaugte, schon ganz weit oben und weg war.

Am Tisch saß Vater, der schwach und verloren aussah. Ich starrte auf meinen Schoß, bis Vater die Gabel aufnahm und das Essen fortsetzte. Er nahm einen Bissen nach dem anderen und kaute endlos lange. Mutter leerte ihr Weinglas. Das Abendessen war dann zu Ende, wenn Vater den letzten Bissen hinuntergeschluckt, sich den Mund abgewischt, die Serviette zusammengeknüllt und sie auf den Tisch neben sein Messer gelegt hatte.

«Ich bin fertig.»

«Clarisse», rief Mutter.

Clarisse kam herein und räumte die Teller ab.

«Darf ich aufstehen?», fragte ich Mutter.

Sie nickte.

«Elliot, komm mit mir mit.» Ich sah meinen Bruder an. Er rutschte von seinem Stuhl und lief neben mir die Treppe rauf.

Ich klopfte an Roberts Tür.

«Lass mich in Ruhe.»

«Wir bleiben nur eine Minute.»

Ich machte die Tür auf. Er lag im Bett mit seinem Buch im Arm. Im Aquarium stiegen Blasen auf, die Münder der Fische gingen auf und zu, Flossen glitten hinter der Glasscheibe vorbei und tauchten hinter die Wasserpflanzen.

«Kommst du mit hoch?» Ich schaute zur Decke und meinte Peters Zimmer.

«Nein.» Er zerrte an seinem Kopfkissen. «Ich muss das Buch zu Ende lesen.»

Elliot stellte sich nah vor das Aquarium. Er fuhr mit dem Finger langsam am Glas entlang.

«Nimm deine Hände da weg!», blaffte Robert ihn an. «Das ist die Regel, falls du's vergessen hast!»

«Elliot tut den Fischen doch nichts.»

«Du sollst das Glas nicht anfassen. Das macht den Fischen Angst. Geh da weg.»

Er hielt sich die Ohren zu und fing laut an zu summen.

«Okay, schscht!», sagte ich und berührte seinen Fuß.

Mutter rief nach mir, ihre hohe Stimme drang durch die Tür. «Sarah! Was ist mit dem Klavier?»

Ich holte tief Luft.

«Ich komme.»

«Robbie, ich habe dein Abendessen aufgehoben», rief Mutter. «Willst du es nicht?» «Nein. Ich habe keinen Hunger!»

«Elliot!», rief Mutter zum dritten Mal. «Zeit für dich zu baden. Clarisse kommt gleich hoch und hilft dir.»

Ich ging wieder nach unten. Der Esstisch war leer geräumt, und die Tischdecke, auf einer Seite zurückgeschlagen, sah wie unfreiwillig entblößt aus. Der Leuchter schien grell wie ein Suchscheinwerfer. Ich wandte den Kopf ab und ging ins Wohnzimmer. Dort wartete das Klavier, geduldig und ruhig. Ich ließ mich auf die Bank sinken und inspizierte das Muster der schwarzen und weißen Tasten. Das Rosenholz glänzte von der Möbelpolitur. Ich schlug das rote Thompson-Notenbuch auf und begann mit Fingerübungen. Die kleine Leselampe warf ein warmes, intensives gelbes Licht auf die Seiten.

Meine Finger bewegten sich die Tasten rauf und

runter, und ich traf streichelnd und zielsicher die Moll- und Dur-Töne. Als ich die Fingerübungen beendet hatte, wandte ich mich vereinfachten Versionen der Beethoven-Sonaten zu. Aber während ich daran arbeitete, dass meine rechte und linke Hand Notenkombinationen und Akkorde so zusammenführten, dass sich ein Klangpuzzle ergab, hörte ich sie wieder, wie sie sich in Vaters Arbeitszimmer stritten.

Ich versuchte, lauter zu spielen, trat das Pedal nach unten und hielt es gedrückt. Trotzdem hörte ich ... *«Verstehst du denn nicht?»* Vater jammerte. Nach einem kurzen Schweigen hörte ich sein schrilles Kontern. «Herrgott noch mal, Irene.»

Ich versuchte, lauter und schneller zu spielen, aber die Stimmen der beiden übertönten alles. Ich konnte die Finger nicht schnell genug bewegen, also fing ich an zu singen: *«To dream, the impossible dream!»* Ich begann, die Wörter herauszuschreien, und wie ein Drachen, der im Wind eine scharfe Kurve schlägt, wechselte ich in ein höheres Register. Meine Finger verharrten. *«To dream!»* Ich sang heiser und hielt den Ton bei «dream», solange mein Atem es zuließ. Mutter öffnete die Tür.

«Sarah, bitte. Geh nach oben. Hast du deine Hausaufgaben gemacht?»

Ich rutschte von der Bank.

«Dieses Haus treibt mich in den Wahnsinn!» Ich stampfte laut jede einzelne Stufe der mit Teppich ausgelegten Treppe nach oben, ging direkt ins Bad und schloss die Tür zu. Ich drehte den Wasserhahn auf, und während das Wasser einlief, zog ich mich aus. In der Badewanne hielt ich die Luft an und tauchte mit dem

Kopf unter Wasser, um die Geräusche zu dämpfen. Aber ich hörte trotzdem, wie die Schlafzimmertür meiner Eltern zuknallte. Vater ging mit schweren Schritten die Treppe hinunter und dann noch weiter hinunter in den Keller.

In meinem Zimmer zog ich das Flanellnachthemd an, eins mit kleinen grünen Blumen. Der heiße Dampf staute sich zwischen meinen Beinen. Kältere, trockene Luft schlug mir ins Gesicht.

Vater kam die Kellertreppe wieder nach oben marschiert. Er stoppte in der Küche. Ich hörte ein Krachen, dann wieder Gepolter. Das Gepolter klang anders, ausgelassen, wie eine übermütige Forderung nach Aufmerksamkeit. Ich schlich nach unten, um zu sehen, was er da tat.

Ich spähte genau in dem Augenblick in die Küche, als er von der Werkzeugkiste abließ. Die Kiste war ein langer, rechteckiger Metallkasten voller mechanischer Objekte, die für Leute wie Vater, denen jedes handwerkliche Geschick fehlt, ein Mysterium sind. Ein Kästchen mit Nägeln öffnete sich dabei, und alles fiel auf den weißen Küchenboden.

«Verflucht!» Er grunzte, schaute um sich und sah mich.

Ich trat zurück.

«Oh, du willst mir also helfen?», sagte er verärgert. Er kniete sich hin und kippte die Werkzeugkiste aus. Ein ganzer Eisenwarenladen mit Hämmern, Nägeln, Zangen und Schraubenziehern fiel heraus.

«Was machst du?»

«Siehst du das da?», sagte er und zeigte auf den schmalen Besenschrank. «Ich baue ihn um. Völlig verkorkste Raumausnutzung. Reine Verschwendung.»

«Jetzt?»

Ich schaute mich um. Clarisse hatte die Küche sauber und ordentlich hinterlassen, bis auf das Chaos, das Vater jetzt anrichtete. Jedes einzelne Glas hatte sie sorgfältig abgespült und in die Spülmaschine gestellt; die Lichter bis auf die Strahler über dem Waschbecken gedämpft. Der Geschirrspüler hatte schon mit seinem Ritual aus Klicken, gefolgt von einer Reihe kleiner Explosionen, begonnen. Ich roch den Geschirrreiniger, als wäre es paradiesische Luft, die in das Zimmer strömte. Der Boden war frisch gebohnert. Die Ablagen abgewischt, jeder kleinste Krümel, Fleck und Klecks mit dem Schwamm beseitigt. Das Aluminiumspülbecken und der Wasserhahn waren mit dem Geschirrtuch abgerieben worden und so blank wie polierter Zinn.

«Wenn du helfen willst, geh doch nach unten und hol die kleinen Bretter.» Er kniete sich hin und sammelte die Hämmer vom Boden auf.

Ich ging runter in die Garage. Ich konnte mich an keinen einzigen Tag erinnern, an dem Vater erfolgreich einen Hammer benutzt hätte. Dann hörte ich oben wieder ein Poltern. Ich schnappte mir zwei Bretter, klemmte eins unter jeden Arm und ging wieder hoch. Ich hörte es noch mal knallen. Er hämmerte drauf los, immer schneller, ein hektisches Klopfen und Poltern.

Vater holte weit mit dem Hammer aus und ließ ihn dann wieder auf die dünnen Wände des Besenschranks krachen. Während meiner kurzen Abwesenheit war schon der halbe Schrank eingebrochen. Beim Anblick des zerstörten Besenschranks brannte mir die Sicherung durch, und ich fing hemmungslos an zu lachen. Der Abend war zu einer Schlangengrube schlechten Benehmens geworden. Das alles brach in diesem Lachanfall aus mir heraus, bis mir die Tränen kamen.

Er wartete und trat ein Stück zurück, um durchzuatmen.

«Pillepalle», sagte er, den Blick auf mich gerichtet.

Auch Robert und Elliot kamen nach unten, um zu schauen, was es mit dem Lärm auf sich hatte.

«Tretet einen Schritt zurück.»

Er stürzte los und hämmerte auf die andere Wand ein, bis er den Durchbruch geschafft hatte.

«Vorsicht. Vorsicht.»

Wir gingen alle drei aus der Küche. Vater stand inmitten von zersplitterten Schrankwänden und einem wüsten Haufen alter Nägel, die kreuz und quer um ihn herum lagen. Er nutzte die Kralle hinten am Hammer und zog noch mehr Nägel und Bröckchen von Putz damit heraus.

«Tretet nicht in die Nägel. Geht zurück.»

«Nie baust du mal was», sagte Robert.

Vater schnaufte und stützte sich auf Hände und Knie.

«Das dürfte ziemlich leicht sein.» Er stand auf und wischte sich den Schweiß von der Stirn. Er ließ den Hammer zwischen den Fingern baumeln. Der Geschirrspüler machte wieder Klick und schaltete in den Spülgang, zischend und pochend, und das Gebläse lief die ganze Zeit.

«Verschwindet. Los. Lasst mich das hier zu Ende machen.»

Er scheuchte uns gut gelaunt weg und sah höchst zufrieden aus, fast schon ruhig, nach dem er all das Holz zertrümmert hatte.

Ich ging auf mein Zimmer und schlüpfte wieder in die Strümpfe, danach legte ich sie zurück zwischen die Unterwäsche. Über mir hörte ich Peter auf seiner Gitarre klimpern, er brach ab, spielte dann weiter, was er so machte, wenn er ein neues Lied schrieb. Der Klang der Gitarre drang wie ein schwaches Summen zu mir durch. Ich war stolz auf ihn. Er hatte sich getraut zu widersprechen, es anders zu machen. Mutter war im Gegensatz dazu bei geschlossener Schlafzimmertür zu ihren gewöhnlichen Abendaktivitäten übergegangen und telefonierte mit einer Freundin aus dem Country Club.

«So ein Mist. Verdammt noch mal!»

Unten hatte Vater mit dem Hämmern aufgehört. Es wurde sehr still im Haus. Ich ging ins Bad, um mir die Zähne zu putzen. Der Dampf von meinem Badewasser war zu Tröpfchen abgekühlt, und alle Flächen waren jetzt mit dieser Feuchtigkeit überzogen.

Vater kam die Treppe hoch und ging in sein Schlafzimmer. Die Wasserleitung quietschte, als er die Dusche anstellte. Mutter kam aus ihrem Zimmer, scheuchte Robert ins Bett und rief Peter zu, dass er auch Elliot ins Bett bringen sollte.

Als Elliot zu schlafen schien, ging ich hoch unters Dach. Peter lag mit Kopfhörern auf dem Boden und hörte im Dunkeln Musik. Ich teilte den Perlenvorhang in seinem Türrahmen und tippte ihm aufs Knie. Sein Teppich fühlte sich warm und kuschelig zwischen meinen Zehen an.

«Alles okay mit dir?», fragte ich.

«Der hat sie nicht mehr alle», sagte er und setzte sich auf. Eine Melodie drang aus den Kopfhörern leise wie Verkehrsgeräusche in der Ferne. Er drehte noch leiser. «Und er hält sich für normal. Das ist unglaublich.»

Ich seufzte.

«Weißt du, wie schwer es ist, als Musiker einen Auftrag zu bekommen? Für die Schulparty haben sechs Bands vorgespielt. Wir haben die Jungs ausgestochen, die letztes Jahr gespielt haben.»

«Das ist großartig.»

«Was ist sein Problem? Was hat er gegen mich?»

«Vielleicht beneidet er dich.»

«Stimmt. Er ist ein Fiesling, ein zertifizierter. Ich mach die Schule zu Ende, und dann bin ich hier weg», sagte Peter und schaute sich prüfend in seinem Zimmer um.

Ich ging ans Fenster und blickte hinaus. Es war zu dunkel, um den ausgedehnten Garten hinterm Haus zu sehen, aber wäre ich eine unter dem Dachvorsprung versteckte Fledermaus, würde ich hinabstoßen und davonfliegen, weg von allem.

«Was willst du hören?» Peter kroch rüber zu seiner Plattensammlung. Über zweihundert Platten standen aufgereiht auf dem Fußboden.

«Such dir eine aus.»

«Worüber redet ihr zwei?», fragte Mutter, die in der Tür stand. Sie hatte sich umgezogen und trug jetzt eine weiße Bluse und schwarze Hosen; sie hatte sich die Haare gekämmt, sah aber dennoch alles andere als erfrischt aus.

«Nichts», sagte Peter.

«Weck Elliot nicht auf. Stell die Musik leise. Morgen ist Schule.»

Dann ging sie nach unten.

«Sie tut so, als wäre nichts passiert», sagte Peter ungläubig. Er zog eine Jimi-Hendrix-Platte raus. «Hör dir das Lied mal an. Ich möchte es auf der Party spielen.»

Er legte «Crosstown Traffic» auf, hob die Nadel und spielte immer wieder verschiedene Stellen des Liedes an. Er summte eine Begleitung zu jedem der Instrumente – Gitarre, Klavier, Bass. Er trommelte den Rhythmus auf den Knien und hielt das Lied an, wenn er einen Schlag verpasste, so lange, bis er den Rhythmus draufhatte. Ich fühlte mich geehrt, dabei sein zu dürfen.

~~~~~~~~~~~

Morgens hörte ich, wie Clarisse Töpfe auf den Herd stellte. Der Geruch nach Kaffee und der Klang von Vaters schroffer Stimme drangen mit voller Wucht zu mir durch.

«Auf, auf, alle miteinander!», rief er aus dem vorderen Flur. «Die Zeit läuft, auch für euch. Sarah! Elliot! Robert! Aufstehen! Macht's gut!»

Die Tür schlug krachend ins Schloss. Vater ließ den Motor an und fuhr zur Arbeit, statt zum Zug zu laufen. Manchmal tat er das. Ich stand auf und inspizierte die Sachen in meinem Schrank. Ich hatte überhaupt nichts Schwarzes, also zog ich einen roten Faltenrock und einen dazu passenden roten Pullover an. Mein Davidstern glänzte auf der roten Wolle. Ich rief mir in Erinnerung,
~~~~~~~~~~~

dass ich etwas entgegnen würde, wenn noch mal jemand «Judensau» zu mir sagte, und wenn es ganz schlimm wurde, würde ich zum Direktor oder zu Mr Edwards gehen. Ich würde es diesen Leuten am Zaun schon zeigen. Ich steckte die Strümpfe in mein Französischlehrbuch.

Unten in der Küche stand Mutter in einem blauen Morgenrock am Herd und kochte Haferflocken.

«Ich bin spät dran», sagte ich und ging mit einer Hand in der Jackentasche durch die Küche.

«Was ist mit deinem Frühstück?»

«Kann nicht.»

Ich schlich um den Holzhaufen mitten in der Küche herum, dessen Spitze mir bis zu den Schultern reichte.

«Elliot, setzt dich hin und iss», sagte Mutter.

Ich öffnete die Hintertür. Ein kühler Wind schlug mir entgegen, als ich die Stufen zur Einfahrt hinunterrannte. Als ich in der Stadtbibliothek ankam, ging ich auf die Mädchentoilette, einen großen, engen Raum mit grünen und weißen Fliesen. Der Dampfheizkörper rasselte bei aufsteigender Wärme. Ich zog mir die Strümpfe an und trug Lippenstift auf. Ich fühlte mich glamourös, als ich wieder nach draußen trat, und die kühle Luft strich an meinen glatten, fast nackten Beinen schimmernd hinauf wie Metallfedern. Ich beeilte mich, in die Schule zu kommen, ohne allerdings zu rennen. Ich wollte Margaret und Sophie sehen – und Anthony. Ich wollte so schnell wie möglich wieder in den dämmrigen und überhitzten Gängen sein.

*9. Kapitel*

## Solo

Auf der Suche nach Mutter streiften Peter und ich durch die Gänge des New England Conservatory. Wir waren nicht unbedingt in der besten Gegend des Bostoner Zentrums. Das Konservatorium grenzte an die Stadtteile Roxbury und South End; es war ein Juwel zwischen heruntergekommenen Häusern und Horden Heroinabhängiger. Mutter hatte uns abgesetzt, um nach einem Parkplatz zu suchen.

Es war Jahre her, dass Mutter Mrs Janson zuletzt gesehen hatte, deren erstaunliche Tochter Justine als herausragende Opernsängerin brillierte. Die Aussicht auf das Wiedersehen mit einer alten Highschool-Freundin und ihrer reizenden Tochter zauberte beim Abendessen einen glücklicheren Ausdruck auf Mutters Gesicht und auch später noch, als sie in mein Zimmer kam, um mir einen Gutenachtkuss zu geben. Sie saß dort, wo das Laken über die Decke gefaltet war, und beim Reden klang sie wie vor einer Party oder einem Ausflug mit dem Country Club.

«Justine singt seit ihrem zweiten Lebensjahr», sagte sie und stand jetzt mitten in meinem Zimmer. «Sie ist einfach einer von diesen Menschen, die von Anfang an wissen, was sie wollen.» Mutter reckte ihr zartes Kinn vor, um das Gesagte zu bekräftigen.

«Ist sie nett?», fragte ich. «Ist Justine freundlich?»

«Freundlich?» Sie schaute mich an, wie ich rücklings da auf dem Bett lag. «Das nehme ich an. Ihre Mutter ist auf jeden Fall sehr freundlich.»

Für Justines Konzert zog Mutter einen Hosenanzug aus aquamarinfarbener Mohairwolle an, der zu ihren kurzen blonden Haaren umwerfend aussah. Das Jackett roch nach Plastikfolie und bittersüß nach Trockenreinigung. Peter warf sich zu den Schlaghosen – dem Paar, das er nie wusch, weshalb Mutter wie üblich das Gesicht verzog – die Armeejacke über, anders wäre er aber auch nicht mitgekommen. Ich trug eine Tweedhose und einen dunkelblauen Blazer mit Silberknöpfen so groß wie Radioknöpfe. Mutter sah mich zustimmend an, was für mich eine wichtige Rolle spielte.

Dora war wieder da, aber sonntags hatte sie frei, also blieb Vater bei Elliot und Robert. Eigentlich wäre Peter gefahren, aber er hatte seinen Fuß, der mit elastischen Bandagen umwickelt war, erneut verletzt, als bei seinem Gitarrensolo, das von einer Rolling-Stones-Nummer inspiriert war, von der Schulbühne gesprungen war. Ich saß hinten im Cadillac und beobachtete ganz genau, wie Mutter fuhr. Peter saß auf dem Beifahrersitz.

Seit sie ihren Thunderbird fast komplett im Lake Goosenack versenkt hatte, vermied sie es gänzlich, im Dunkeln zu fahren. Aber heute machte sie eine Ausnahme. Sie wollte diese Gelegenheit auf keinen Fall verpassen, so als könnte Justines Genialität auf uns alle überspringen.

«Justine ist ein wahres Ausnahmetalent», sagte Mutter und packte das Lenkrad fest mit beiden Händen. «Sie hat genau gewusst, was sie wollte, und dann ihr Ziel verfolgt. Und genau das braucht man. Beverly hat mir erzählt, dass Justine in der ersten Klasse die Nationalhymne gesungen hat, vor der ganzen Schule. Ist das nicht beeindruckend?» Mutter schaltete in ein höheres, emotionaleres Stimmregister. Als wir nicht darauf reagierten, sagte sie noch einmal, «ist das nicht beeindruckend?», als wären Peter und ich längst auf dem besten Weg in die Anonymität.

Ich malte Kreise auf die Fensterscheibe, überzeugt, der Welt auch etwas Wichtiges bieten zu können, genau wie Justine, nur dass ich noch nicht genau wusste, was. Peter und ich sangen, aber keine Opern. Ich wollte mich in gefühlvolle Folk-Harmonien hüllen, nicht in Satinroben. Laura Nyro. Joni Mitchell – diese Art von Sängerinnen. Peter spielte E-Gitarre. Aber für Mutter zählte das alles nicht. Für sie, die von ihrem sechsten Lebensjahr an eine klassische Violinenausbildung durchlaufen hatte, waren unsere moderneren Musikformen minderwertig.

Als sie vom Highway ab und in die Stadt hineinfuhr, bremste oder beschleunigte sie beim geringsten Anlass – mal war es ein Auto, das uns rechts überholte, mal ein Mensch, der am Fußgängerüberweg stand. Außerdem engte der vom letzten Sturm liegengebliebene Schnee die Fahrspur ein. Der Februarhimmel bescherte uns eine frühe Dunkelheit. Dann fing es leicht an zu schneien.

«Du bremst zu scharf», sagte Peter. Er sah elend aus da vorn. Hellbraune Strähnen hingen ihm in die Augen, als wollten sie ihm den illusionslosen Blick auf das künftige Leben ersparen. Die fremden Menschen auf den Bürgersteigen sahen gehetzt aus und waren bemüht, vor Ladenschluss noch schnell ihre Einkäufe zu erledigen.

«Ich kann nicht anders.» Sie nahm einen langen, tiefen Zug von ihrer Zigarette und hinterließ einen pinkfarbenen Abdruck am Filter. Wir sagten nichts mehr. Zu oft hatte ich diesen Satz schon aus ihrem Mund gehört, trotzdem breitete er sich im Wagen aus wie ihr Zigarettenqualm, der an das Autodach stieß und uns niederdrückte.

Schließlich sagte Mutter: «Beverly hat mir außerdem erzählt, dass sie täglich vier Stunden übt, aber das ist die Voraussetzung, wenn man Großes erreichen will.» Sie beugte sich zur Windschutzscheibe vor. «Auf dem Weg dorthin gibt es keine Abkürzungen.»

«Hast du früher auch so viel geübt?» Ich fragte, weil ich es ganz einfach nicht wusste. Sie sprach selten über ihre musikalische Vergangenheit, über die Zeit, als sie Violine gespielt hatte.

«Ja, vor einer halben Ewigkeit», sagte sie seufzend.

~~~~~~~~~~~

Wir saßen noch immer im Auto, und sie griff wieder nach ihrer Zigarette, Mittelfinger und Daumen waren so verkrüppelt, dass man beim Anblick zusammenzuckte. Vor diesem Ausflug hatte sie zusätzlich Tabletten genommen, weil ihre Fingergelenke puckerten wie ein Herz, dem die Sauerstoffzufuhr abgeschnitten wurde, vor allem bei feuchtkaltem Wetter. Nahmen alle Mütter Tabletten?

Endlich im Zentrum angekommen, fuhren wir einmal um den Block, vorbei an mehreren belegten Parkplätzen.

«Ich lasse euch raus», sagte sie.
~~~~~~~~~~~

«Und was machst du?», fragte Peter.

«Ich suche einen Parkplatz. Los, steigt aus.»

«Wir bleiben bei dir», sagte ich und beugte mich vor. Ich legte die Arme auf den Sitz vor mir.

«Beeilt euch, los, geht. Ich möchte nicht, dass ihr den Anfang verpasst. Er ist tonangebend.»

Sie setzte uns am Haupteingang ab, und wir sahen sie in Richtung der nahe gelegenen Symphony Hall davon fahren, wo Mutter während ihrer Zeit am College gespielt hatte. Ihre roten Bremslichter flackerten, als sie sich zwischen den anderen Autos einfädelte.

Ihre Geige lag mittlerweile wie ein veraltetes Geschichtsbuch in einer kühlen Ecke ihres Schlafzimmerschranks. Einmal im Jahr nahm sie sie zur Hand und zupfte die Saiten, strich mit dem Finger über den Steg. Sie legte mir dann den Kinnhalter an, und einen Augenblick lang sah ich, wie sich ihre Gesichtszüge veränderten, wie sie weicher wurden, sich auf eine Welt öffneten, die jenseits ihrer jetzigen Welt lag, zu der auch ich gehörte. Sie half mir, den Bogen zu halten, und strich ihn mit meinem Arm vor und zurück über den Steg, und wir lauschten gemeinsam dem gehauchten, verträumten Klang der Saiten.

«Sie sind ganz ausgetrocknet. Der Klang ist schrecklich.»

Sie hörte auf zu streichen, und ihre Laune kippte wieder.

«Du könntest neue kaufen.»

«Wozu?»

Wenn sie gefragt wurde, warum sie nicht mehr Geige spielte, sagte sie «Arthritis und Kinder» und lächelte kurz und angestrengt, als wären Kinder eine Art Gebrechen. Ich weiß, dass sie mir nicht weh tun wollte, wenn sie das sagte, aber es tat mir weh.

~~~~~~~~~~~

Im Konservatorium bestaunte ich den Stuck an den Decken, Formen, die so groß waren, dass man sich hätte hineinlegen können, Kronleuchter, die so ausgeklügelt waren wie Bienenstöcke. Das Gebäude hatte sich einen Kern an Schönheit und Hoffnung bewahrt, es schien ein Ort zu sein, an dem man Hässlichkeit und Verzweiflung immer wieder entkommen konnte. Letztlich war es vielleicht sogar gut, dass Mutter uns hierher gebracht hatte.

Als Peter und ich den kurvigen Gang zu einem kleinen Saal im hinteren Teil des Gebäudes entlangliefen, freute ich mich auch auf das Konzert. Peter humpelte, und sein Schritt klang im Flur wie der eines Einbeinigen – die gepolsterte Sohle seines Spezialschuhs war geräuschlos, während meine Absätze im Zweierrhythmus über den Boden klackten. Auf einem Poster an der Wand war Justine Janson abgebildet, die Haare nach hinten gebunden. Sie sah viel älter aus als einundzwanzig.

Wir betraten den Konzertsaal, und sofort kam Mrs Janson auf uns zu, um sich uns vorzustellen. Ich schüttelte ihr die Hand. Sie war eine kleine Frau mit wuscheligen Haaren und breiten Hola-Hoop-Hüften.

«Wie lieb von euch, dass ihr bei dem Wetter gekommen seid. Wo ist eure Mutter?»

«Einen Parkplatz suchen.»

Mrs Janson verzog das Gesicht, um Verständnis für
~~~~~~~~~~~

die katastrophale Parkplatzsituation in Boston zu zeigen. Dann lächelte sie wieder. Wir nahmen unsere Plätze in einer der hintersten Reihen ein. Peter legte seine Armeejacke über Mutters leeren Sitz, um ihn für sie frei zu halten.

Kurz darauf wurde das Licht gedämpft. Ein Mann in einem Smoking lief über die Bühne und setzte sich ans Klavier. Die Eingangstür zum Konzertsaal wurde geschlossen. Ich blickte mich unwillkürlich suchend nach Mutter um, die für einen heiß begehrten Parkplatz wahrscheinlich noch immer mit dem Wagen um das Gebäude kreiste. Ein Scheinwerfer erstrahlte, und Mrs Jansons Tochter Justine schwebte in lilafarbenem Chiffon auf die Bühne. Der Pianist fing mit einer Vokalimprovisation in mehreren Tonleitern an. Justine öffnete den Mund und begann auf Italienisch zu singen.

Im Programmheft stand eine englische Übersetzung jeder Arie, also konnte ich mitlesen, als sie von Einsamkeit und Sehnsucht sang, von der Schönheit der Wälder und des Pfads, auf dem sie ging. Sie rundete ihre Lippen bei den hohen Tönen; sie trällerte von den Qualen in ihrer Brust und von verlorener Liebe.

«*Was nützt mir die wunderschöne Blume, die meinen Weg ziert, wenn ich sie mit keinem anderen teilen kann?*», hieß es in der Übersetzung. «*Was nützt mir die liebliche Luft, wenn nur ich allein sie atmen kann?*»

Während Justines Gesang in dieser Fraglichkeit verharrte, sie trällerte und vibrierte und die Stimme noch einmal höher kletterte, zählte ich vierzehn Sitzreihen aus Holz.

«Wo bleibt sie?», flüsterte ich Peter zu.

Er erhob sich von seinem Platz und schlüpfte zur Tür hinaus. Ich folgte ihm.

Der große marmorne Flur war bis auf zwei Kartenabreißerinnen vor dem Haupteingang der Jordan Hall leer. Dort traten gerade die Wiener Sängerknaben auf.

«Haben Sie eine Frau in einem Mohairmantel gesehen?», fragte Peter eine junge Frau mit dünnen Haaren und Sommersprossen.

«Sie ist unsere Mutter», sagte ich.

Die Frau zuckte mit den Schultern. «Hier kommen viele Leute vorbei. Wo sollte sie euch denn treffen?»

«Sie parkt gerade das Auto», sagte ich.

Peter deutete nach links zum kleinen Konzertsaal. «Wenn Sie sie sehen, sagen Sie ihr bitte, sie soll da reingehen.»

Die Frau nickte.

«Sie ist sehr hübsch. Sie hat blonde Haare», fügte ich noch hinzu.

Wir liefen die Foyertreppe hinunter und schauten draußen nach. Die Schneeflocken überzogen die Straße mit einer Kruste, der tief hängende Himmel senkte sich auf uns herab.

«Hat sie sich verfahren?» Die Glastür beschlug von meinem Atem.

«Könnte sein.»

Wir warteten zusammen und starrten auf die schneebedeckte Straße, wo sich die am Rand geparkten Autos in weiße Kapseln verwandelten.

Peter schaute auf seine Uhr. «Die Straßen sind glatt», sagte er mit einer Stimme, so leise wie Schnee.

Wir gingen die Treppen wieder hinauf und stellten

uns in die Nähe der Kartenabreißerinnen, unsicher, was wir jetzt tun sollten.

«Isaac Stern spielt in der Symphony Hall. Heute ist viel los», bot uns die junge Frau als Erklärung für das Parkplatzproblem an.

«Komm, wir gehen wieder rein», sagte ich. Vielleicht war Mutter durch einen der Seiteneingänge gekommen.

Zurück im Konzertsaal klatschte das Publikum gerade Beifall. Justine verließ die Bühne. Das Pausenlicht ging an. Ich wollte mit Mrs Janson sprechen. Vielleicht fiel ihr etwas ein. Sobald sich Mrs Janson umdrehte, ging ich zu ihr hin.

«Immer noch nicht da?», fragte sie und sah selbst ein wenig besorgt aus. «Man sagt, es soll heute unmöglich sein, einen Parkplatz zu finden.»

«Es schneit», sagte ich. Ich blickte zu Peter hinüber, der an der Tür stand. Er gab mir ein Zeichen.

«Komm, wir gehen noch mal zum Haupteingang», sagte er.

Wir liefen erneut den marmornen Korridor entlang, an Türen vorüber, die ich diesmal auch wahrnahm. Auf manchen prangten vergoldete Ziffern, auf anderen nicht. Als wir wieder das Foyer erreichten, stießen wir auf Besucher des Konzerts der Wiener Sängerknaben, die den Saal in der Pause verlassen hatten. Sie rauchten wie besessen. Als die Türen zum Hauptkonzertsaal geöffnet wurden, gaben sie den Blick auf Orgelpfeifen über der Bühne von der Größe einer Kathedrale und auf ein in Gold gefasstes Gitter frei. Der Saal war wunderschön, mit seinen Holzschnitzereien und plüschigen grünen Stuhlreihen.

Da drinnen ging es fröhlich zu, das Gegenteil dessen, was ich fühlte; in meinem Bauch braute sich ein Sturm zusammen.

«Ich rufe Dad an», sagte Peter unwirsch.

Im Foyer entdeckte er eine Telefonkabine. Ich lehnte mich an die Glastür, als er unsere Telefonnummer eingab.

«Es nimmt keiner ab», sagte er und knallte den Hörer auf die Metallgabel. «Gehen wir raus.»

Wir liefen ohne unsere Jacken einen Häuserblock in Richtung Boylston Street runter. Die Lichter der Stadt blinkten rot, weiß und grün, gleichmütig gegenüber meinen vor Kälte steif werdenden Fingern. Peter überraschte mich, als er sich eine Zigarette anzündete.

«Ich überlege, ob ich die Polizei anrufe.» Er nahm kurze, hastige Züge.

«Was glaubst du, wo Dad ist?»

«Keine Ahnung», sagte er und trat die Zigarette aus.

«Wo kann sie nur sein?» Mir war eiskalt, ich hatte Angst, auf meinem Kopf lag ein Zierdeckchen aus Eis. Ich schaute rüber zur Symphony Hall, die von einer Girlande zwiebelgroßer Lichter beleuchtet wurde. Das Gebäude strahlte Sicherheit aus, unbeirrt von den wüsten Straßen ringsherum.

Als wir ins Foyer zurückkamen, flackerten die Deckenleuchten. Die Menge drängte zum zweiten Teil des Wiener Sängerknaben-Konzerts in die Jordan Hall, der marmorne Treppenaufgang war wieder leer.

«Das ist irrsinnig», sagte Peter.

Es war eine Stunde vergangen, seit Mutter uns am Straßenrand rausgelassen hatte. Hinter den gepolsterten Türen der Jordan Hall schwoll der Chorgesang an und ebbte wieder ab, wie Unterwasserströmungen. Peter ging noch einmal zur Telefonkabine und rief wieder zu Hause an. Es nahm keiner ab.

«Irgendwas stimmt nicht», sagte er und schob die Falttür auf, den Telefonhörer noch immer in der Hand. Sein Gesicht war schweißbedeckt, die Haare klebten ihm in nassen Strähnen an der Stirn.

«Ich ruf jetzt die Polizei an.»

Er schob die Tür zu. Ich hörte, wie die Münze durch den Schlitz gedrückt wurde und einfiel. Jemand nahm ab. Peter nickte und gab mir ein Handzeichen. Er schaute zu mir, während er sprach, aber der Blick seiner scharfen blauen Augen ging durch mich hindurch. Seine Stimme war ausdruckslos. Er nickte wieder und legte den Hörer auf.

«Was haben sie gesagt?»

«Sie haben gemeint, eine Stunde wäre lang. Sie wollen das mal überprüfen.»

Er kam aus der Kabine und ging rüber zum Haupteingang, wo wir beide es gleichzeitig entdeckten: das Gesicht meines Vaters, so mitgenommen wie eine zertretene Einkaufstüte.

«Dad!»

Er änderte abrupt die Richtung, und seine Schultern schienen eine unsichtbare Last die Stufen hinaufzutragen.

«Eure Mutter ist im Krankenhaus. Holt eure Jacken.»

Die Schneekristalle hinterließen einen glitzernden Heiligenschein auf seiner hohen Stirn. Ich kämpfte mich zum Konzertsaal zurück und war diesmal achtlos beim Öffnen der Türen. Mrs Janson drehte sich nach dem Licht um. Sie muss einen Blick auf mein Gesicht erhascht haben, denn sie hielt sich die Hand vor den Mund, aber das ist alles, was ich von diesem Tag noch von der Highschool-Freundin meiner Mutter in Erinnerung habe. Wir rannten wieder nach draußen.

Elliot und Robert saßen wie zermalmt auf einer Seite der Rückbank. Ich stieg ein und setzte mich neben sie. Peter setzte sich nach vorne.

«Was ist passiert?», fragte Peter.

«Ihr ist ein Möbeltransporter ins Auto gefahren. Verflucht noch mal! Sie wissen es nicht.» Vater hämmerte auf das Armaturenbrett. Als die Ampel auf Rot schaltete, schaute er in beide Richtungen und fuhr drüber.

«Herrgott noch mal, Dad!», sagte Peter. «Du bringst uns noch alle um!»

«Wir müssen jetzt dringend zu eurer Mutter.» Vater riss das Lenkrad rum, sein Blick irrte einmal über die ganze Straße.

Ich erstarrte, aber nicht vor Kälte. Vater raste an der Symphony Hall vorbei. Ein streunender Hund, der in einem umgeschmissenen Mülleimer wühlte, trug einen schimmernden Schneeüberzug auf dem Rücken. Elliot wackelte unablässig mit seinen pummeligen Fingern, wie Insekten, die unter einem Stein in die Falle geraten sind. Robert hielt sein Buch ganz fest und las, angespannt und steif.

Ich betete, während wir zum Krankenhaus rasten. Vater hupte jedes Auto aus dem Weg. Ich betete, dass alles so bleiben sollte, wie es gewesen war, bis das haltlose Schimpfen meines Vaters nur noch gedämpft zu mir drang, und die grellen Lichter der Stadt zu Schatten wurden. Ich stellte mir vor, wie Justine allein im tiefen Wald sang, als ob nur Gott ihr zuhörte. Ich wollte, dass Gott jetzt mir zuhörte. *Bitte, bitte mach, dass alles mit ihr in Ordnung ist.*

Vater nahm die Auffahrt zum Boston City Hospital und parkte vor dem Notausgang.

«Bleibt im Auto», sagte er.

Er stieß die Tür auf und rannte hinein. Der Motor lief weiter und wärmte das Auto mit einem feuchten, ledrigen Geruch. Die Scheibenwischer gingen im Fünfsekundentakt und formten japanische Fächer.

«Ich geh rein», sagte Peter und öffnete die Tür.

Da stiegen wir alle aus.

Drinnen stießen wir auf Vater, der mit einer Krankenschwester hinter der Aufnahme stritt. Die Frau hatte eine Haarspange, die sie sich ins Haar steckte, als sie um den Tresen herumgelaufen kam. Sie war groß und dünn.

«Ich rufe die Polizei, wenn Sie mir nicht sagen, wo meine Frau ist.»

«Der Doktor wird gleich mit Ihnen reden – bitte warten Sie. Ich hole ihn.»

«Warten, worauf?», sagte er und lief ihr nach. «Wo ist meine Frau? Herrgott, verdammich, was für eine Scheiße!», schrie er.

Ein Arzt kam den Flur entlang geeilt, und sein weißer Kittel flatterte. Er trug graue Socken und schwarze Schuhe mit Schnürsenkeln.

«Mr Kunitz? Ich bin Dr. Greer. Gehen wir doch ins Wartezimmer. Das ist im Augenblick leer.»

Der Arzt zeigte auf ein kleines Zimmer, das vom Flur abging.

«Wie geht es ihr?», fragte Vater und packte den Arzt am Ellenbogen.

Der Arzt schwieg einen Augenblick lang und schien abzuwägen. Langsam wandte er den Kopf. Sein Gesicht war lang und flach wie ein Klemmbrett.

«Es tut mir leid – »

«Was?»

Er blickte Vater und den Rest von uns im Wartezimmer an. Ich hörte etwas von einem Schädel-Hirn-Trauma. Von einem gebrochenen Rückgrat. Tabletten. Der Pieper des Mannes pulsierte, und er stellte ihn aus. Eine andere Krankenschwester kam herein.

«Sie ist im Aufwachraum», sagte sie.

«Aufwachraum? Sie haben gesagt, sie ist – zum Teufel noch mal! Welcher ist es?» Vater näherte sich mit dem Gesicht dem des Arztes.

«Es ist ein Raum, um Abschied zu nehmen, für Sie und Ihre Familie, wenn Sie sich dafür entscheiden sollten», sagte der Arzt und blickte kurz zu meinen Brüdern und mir hinüber. Aber es wurde gar keine Entscheidung getroffen. Vater raste hinaus, wir hasteten ihm hinterher zu der Tür, auf die der Arzt gezeigt hatte. Wir bewegten uns fort wie eine einzige menschliche Masse, schlängelten uns in einen Raum am anderen Ende des Flurs. Es roch nach Wundbenzin.

Das Gesicht der Frau, die in einem Helm aus Verbänden steckte, der doppelt so groß war wie ihr Kopf, war geschwollen. Es hätte sie entsetzt, wie hässlich sie aussah. Das war nicht sie. Sie bewegte sich nicht. Still wie ein Zweig, den man von einem Baum gerissen hatte, lag sie da. Ich schwebte hinauf unter die Decke des Raumes und mir war schwindlig von der Höhe.

Vater sackte über ihr zusammen, wimmerte und

klagte und schrie. Elliot, mehr Fleisch als Knochen, sackte in einer Ecke zusammen. Ich hörte ihn aufstöhnen. Robert versteinerte. Peter stand zitternd am Fußende des Bettes. Der Raum zuckte, ein von Wehen ausgelöster Krampf, als würde Mutter uns wieder gebären, noch mal und noch mal presste sie uns wieder hinaus.

«Seid still. Seid still. Sie kriegt das doch mit», hörte ich mich sagen. «Seid alle still.»

In dem Augenblick kam Tante Annette herein. In ihren marineblauen Pumps war sie fast einen Meter zweiundachtzig groß und sah in ihrem blauen Kostüm aus wie vom Militär, dazu trug sie weiße Perlenohrringe, die Haare hatte sie am Hinterkopf streng zu einem Seemannsknoten zusammengebunden. «O Gott, Leonard. Die Kinder.» Meine Tante versuchte uns aufzulesen wie auf dem Boden verstreute Äpfel. Aber das war unmöglich. Die Bitterkeit des Lebens hatte alles zerstört, oder würde alles zerstören, wenn ich es zuließ. Mutter hatte gesagt, es gäbe keine Abkürzungen. Es war meine Aufgabe, mir das klarzumachen. Ganz gleich, welches Leben ich führen würde, zu welcher Größe ich es einmal schaffen wollte, es würde stundenlanges Üben erfordern, hatte sie gesagt. Jahrelanges. Ich drehte mich um. Meine Tante nahm mich am Arm und führte mich weg.

*10. Kapitel*

## *Bleib*

Mutter wurde fünf Tage nach dem Zusammenprall beerdigt. Die Erwachsenen bezeichneten ihren Tod als tragischen Unfall – wieder dieses Wort –, als ob sie nicht versucht hätte, uns zu verlassen. Aber sie hatte es endlich geschafft; die ganze Stadt wusste Bescheid. Tante Annette kam nicht darüber hinweg, dass ein Foto des Unfalls in einer Zeitung mit einer Auflage von einer halben Million abgedruckt worden war. Auf der Titelseite des Boston-Teils von *The Boston Globe* hieß es: Ein fünfundzwanzigjähriger Fahrer aus Kalifornien sei mit Frau und Kleinkind im Umzugswagen in die Stadt gefahren. Er habe noch nie Schnee gesehen und ganz sicher nicht gewusst, wie man bei Schnee fuhr. Sein U-Haul-Möbeltransporter sei ihr mit voller Wucht in die Seite gerammt.

«Der Cadillac hat mitten auf der Straße gehalten», wurde eine Augenzeugin in dem Artikel zitiert. «Aber die Ampel zeigte grün.» Der Möbelwagen war über die Kreuzung gerast, hatte nicht rechtzeitig bremsen können und war in sie hineingeschlittert. Bewusstlos, innere Verletzungen, Schädel-Hirn-Trauma, gebrochene Rippen; der Fahrer lag im selben Krankenhaus, in dem Mutter gestorben war. Onkel Max hatte Angst, dass wir verklagt werden könnten. Ich hasste ihn noch mehr als an dem Tag, an dem er mich als Aktmodell gewollt hatte.

«Soll er doch klagen», sagte Vater niedergedrückt. «Von mir kriegt er nichts.»

Am Morgen der Beerdigung, einem Tag voller elefantengrauer Wolken, stand ich in einem kleinen Empfangszimmer des Beerdigungsinstituts Reuben, einem schummrigen Abschiedsraum, und hockte in dem kalten nebligen Loch, auf das das Leben zusammenschrumpft, wenn die eigene Mutter stirbt. Tante Annette fand, Elliot und Robert seien zu jung, um dabei zu sein. Vater war anderer Meinung, und zum ersten Mal war ich ihm dankbar. Es war unsere Mutter, nicht ihre.

«Ich glaube, das überfordert die Kinder», sagte sie.

«Sie ist nicht dein Eigentum», herrschte ich sie an.

Die Orgelmusik in dem anderen Raum schwoll an, ein wehleidiger, aber kühler, anhaltender Sirenenton erfüllte die Luft, als hätte man den Finger des Orgelspielers auf der Taste festgeklebt. Es klang hässlich und rau. Ein Mitarbeiter des Bestattungsinstituts in einem schwarzen Anzug kam zu mir und sagte, die Trauerzeremonie werde gleich beginnen.

«Sarah. Es ist soweit. Du sitzt vorn neben deinem Vater. Geh hinter Peter her.»

Der kühle Luftzug aus dem größeren Raum zog mich zum Eingang. Gerade verließ Vater den Raum, das Gesicht nass von Tränen. Er war an der Seite von Hamlet und Lear in seiner eigenen Welt des Leidens verschwunden, und er verteidigte seine Trauer, als verfüge Gott nur über einen begrenzten Vorrat davon, den er verteilen könnte. Aber Vater irrte sich. Er konnte nicht sehen, dass Gott eine unversiegbare Quelle besaß, und die Trauer aus dieser Quelle strömte nun durch Peter und mich und durch meine jüngeren Brüder.

Die Orgeltöne kletterten höher, wurden noch aufdringlicher und unfreundlicher. Als ich den Raum betrat, hörte ich das *Pst!* von Fremden und blickte auf meine Füße. Nichts ist schlimmer als das Mitleid anderer. Es war, als ob dieser Konsens unter Erwachsenen, mich zu bemitleiden, ein Weg war, sich selbst darüber zu erheben, indem sie mich an die Anzeigetafel nagelten. Jeder Versuch, normal zu wirken, wurde davon zunichte gemacht. Ich zog mir den Hutschleier vors Gesicht, drehte mich zum Altar und sah Mutters Sarg, bedeckt mit weißen Rosen. Ich schaute weg. Mein Magen zog sich zusammen, und ich kämpfte gegen den Impuls, mich zu übergeben.

Als ich in der Bank saß, drückte mir einer der Männer vom Bestattungsunternehmen ein Blatt mit dem Ablauf in die Hand. Vater gab wieder einen Klagelaut von sich, und ich fühlte, wie die anderen daraufhin erschauderten. Die Leute meinen, Kinder könnten mit Augenblicken wie diesem nicht umgehen, aber genau die Kinder – nicht die Erwachsenen – sind es, die auf die Gegenwart des Todes angemessen reagieren. Als die Übelkeit nachließ, saß ich still wie eine in der Erde vergrabene Tulpenzwiebel. Wie ich da in meiner dunklen Grube saß, bat ich Mutter, einfach nur bei mir zu bleiben, betete dafür. *Bleib hier bei mir, ganz nah. Noch näher.*

Ich strengte mich sehr an, ihre schwache, kluge Stimme zu hören. Hörte sie aber nicht. Vielleicht versuchte sie noch immer, wieder Luft holen zu können. Jeder, der von einem Möbelwagen überfahren und getötet wird, braucht

Zeit, um sich wieder zu erholen. Ausgelöscht schwamm sie mit kräftigen Zügen durch ein anderes Universum und kämpfte sich an die Oberfläche. Das war das genaue Gegenteil von ihrem Leben auf der Erde, wo sie im Country Club nie geschwommen, sondern nur bis zu den Oberschenkeln ins Wasser gewatet war, um sich die Haare nicht nass zu machen. Vielleicht würde sie wieder anfangen, Geige zu spielen. Ihre Finger wären nicht länger verkrüppelt; ihr Rücken würde nicht mehr schmerzen.

~~~~~~~~~~~

Auf der Bühne nahm Rabbi Meyers seinen Platz am Podium ein und begann zu beten. Wieder ertönte die Orgel und drängte die Gäste, leise mit einzustimmen. Ich ließ mein Gebetbuch unangetastet. Der Rabbi bat alle aufzustehen. Von hinten hörte ich wieder unterdrücktes Schluchzen. Ich rettete mich in einen Traum, *ließ mich den Korridor in der Schule entlangtreiben. Ich ging allein zum Kunstraum im Untergeschoss. Das Licht war dort gedämpft, der Boden aus einem härteren Material, Beton. Treppen an den Seiten wanden sich spiralförmig einen schmalen Gang hinauf. Ich war auf die Mädchentoilette gegangen, um den Lippenstift neu aufzutragen, nun fast schon wieder zu spät, so dass der Korridor fast leergefegt war, als er am anderen Ende auftauchte; die blonden Haare nach hinten gekämmt, die wirkten, als wären sie nass. Er musste gerade vom Sport gekommen sein. Anthony kam auf mich zu. Ich konnte ihm nicht ausweichen.*

*«Was machst du hier?», fragte er. Er roch nach frischem*
~~~~~~~~~~~

*Zigarettenrauch und English-Leather-Parfum. Ich atmete den Duft ein und wollte mehr davon.*

*Ich zeigte auf den Kunstraum am Ende vom Gang.*

*«Bist du mit einem Jungen zusammen?»*

*«Bist du mit einem Mädchen zusammen?»*

*«Vielleicht mit dir.»*

*Er berührte meine Lippen und ging weiter. Ich drehte mich um und schaute ihm nach. Er zog die Schultern nach oben, schlenderte aber mit dem angeborenen Selbstvertrauen eines Football-Stars den Flur entlang.*

*«Er mag dich», sagte Margaret während der Anwesenheitskontrolle am Morgen zu mir. «Ich will, dass ihr beide nach der Schule zu mir kommt.»*

~~~~~~~~~~~

Wieder Vaters durchdringendes Aufstöhnen. Tante Annette streckte die Hand aus und berührte ihn am Arm. Dabei passierte sie meinen Schoß. Ihre Finger waren lang und rundlich und liefen auf spitze Nägel zu, die in hellem Pink schimmerten. Obwohl sie größer war als die meisten anderen Frauen und übergewichtig, besaß sie doch eine raffinierte Feinheit. Ich fragte mich, wie es gewesen wäre, sie als Mutter zu haben.

Dann fiel mir Onkel Max wieder ein. Er saß ganz vorn, hinter dem Podium, hielt das Programm und drehte es hin und her. Tante Annette faltete die ganze Zeit über eine kleine, weiße Serviette zusammen. Alle erhoben sich. Onkel Max trat ans Podium und sprach von Mutter als kleines Mädchen.

«Sarah, Peter», sagte er und beugte sich über das Po-
~~~~~~~~~~~

dium nach vorn. «Eure Mutter hatte eine musikalische Begabung, die sie an euch weitergegeben hat. Haltet sie in Ehren.» Er sprach über ihre Liebe zum Gärtnern und ihr künstlerisches Feingefühl. Dann drehte er sich zum Sarg. «Irene, du wirst immer meine kleine Schwester bleiben –» Seine Stimme überschlug sich und brach. Er setzte sich wieder auf den Stuhl und vergrub das Gesicht in den Händen.

Die Orgel setzte erneut ein, eine weitere jämmerliche Darbietung. Blecherne, unsaubere Töne, die eine Beleidigung für meine Mutter waren, für meine musikalische Mutter und ihre Erwartungen. Ich hasste diesen überfüllten Raum. Die Leute nickten und murmelten die Worte. Die Leute gehorchten.

Dann erhoben sich alle, und sechs Männer, unter ihnen auch Onkel Max, nicht aber Vater, betraten die Bühne und verteilten sich gleichmäßig um Mutters Sarg. Der Rabbi nickte. Die Männer hoben den Sarg an und stiegen die drei Stufen zum Mittelgang hinunter. Als sie durch den Raum zum Hinterausgang schritten, folgte ihnen eine Woge aus Schluchzen und Murmeln. Jemand vom Bestattungsunternehmen beugte sich zu mir herüber und sagte, ich könne jetzt zurück in den kleinen Raum gehen, der für die Familie der Verstorbenen reserviert sei. Er trug einen Rubin am Mittelfinger, und auf seinem braunen Haarschopf saß eine schwarze Kippa. Meine Tante kam zu mir und führte mich hinaus.

Im Leichenwagen saß ich zusammen mit meinen Brüdern, Vater, Tante Annette und Onkel Max. Vier Polizisten auf Motorrädern eskortierten uns in der Stadt über die Kreuzungen und weiter die Straße zum Highway entlang.

Vater zerknüllte das Taschentuch in seiner Hand, starrte auf einen Punkt auf seinem Knie und schüttelte den Kopf. Peter schaute aus dem Fenster. Ich stellte mir vor, Mutter säße vorn, nach Parfüm duftend und unbekümmert redend, als ob der nächste Ausflug der wäre, der uns von unserem Leid befreite und den Kummer verjagte, der unser Leben verwüstete. Ich steckte tief in meiner Kapsel, hatte nichts zu sagen, und ich sah, dass es Robert, der neben Elliot saß, genauso ging. Er zog an einer Bügelfalte in seiner Hose, als hätte man ihn aus Versehen in dieses Auto gesetzt, und als würde er darauf warten, dass es jemand mitbekam und ihn von hier wegbrachte. Er drehte den Kopf zum Fenster und schaute zu den Polizisten, während Elliot neben mir meine Hand nahm und weinte. Tante Annette gab ihm ein Taschentuch. Ich hörte, wie er schluchzte, leise und sachte japste. Einer der Polizisten überholte uns, wies den Fahrer des Leichenwagens an, die nächste Ausfahrt zu nehmen, und dann brauste der Polizist davon. Ein anderer Polizist setzte sich vor uns an die Spitze, um für die uns folgenden Fahrzeuge eine Schneise zu schlagen. Wir alle richteten unsere Blicke auf diese Motorrad-Vorführung, dieses rasante Tänzeln und Jagen. Dieses Zickzackmuster lenkte mich ab. Auch meine Brüder schauten zu. Aber Vater nicht. Nichts konnte ihn aus dieser Zentrifuge des Schmerzes herausholen.

Der Friedhof sah mit den spärlichen Hecken und einzelnen Bäumen wie eine verschneite Prärie aus. Alle Grabsteine lagen auf den Gräbern; als Versuch, glaube ich, im Tod alle gleichzumachen, und damit auch die Lebenden. So dass keiner den anderen mit einer noch größeren Skulptur übertrumpfen konnte. An diesem Ort zählte die Größe eines Familiengrabes. Unsere Parzelle wurde von Hecken gesäumt. Man hatte eine Überdachung aufgestellt, die von Metallstangen getragen wurde.

Der Leichenwagen hielt an. Vater stieg als Erster aus, dann die anderen, nur Peter nicht, weil er auf mich wartete, aber ich konnte meine Beine nicht bewegen. Draußen unter der Überdachung hatte sich eine Menge versammelt. Elliot und Robert standen neben Vater. Der Rabbi legte die Arme um meine jüngeren Brüder, beugte sich zu jedem von ihnen hinab und flüsterte ihnen etwas ins Ohr – noch ein Erwachsener außerhalb des Familienkreises, der die Führung übernahm. Elliot nickte. Robert schüttelte den Kopf. Weitere Autos kamen herangefahren und parkten seitlich auf den Fahrwegen, die Bahnen durch das flache, weiße Feld zogen. Dann drehte sich Peter zu mir.

«Sarah, kommst du?»

Ich schaute rüber zu einem Haufen aufgeschütteter Erde und schüttelte den Kopf.

Er war dabei, die Wagentür zu schließen.

«Nicht zumachen», sagte ich.

Der Rabbi sah zu mir rüber und nickte.

Selbst in dieser kalten Jahreszeit war der Gedanke an sie mit dem an ihre Rosen verknüpft. Jetzt lag der Garten schlafend unter der Erde, aber im Sommer, in Mutters Wetter, tauchten die Rosen überall auf – in Glasvasen im Vordereingang oder in Stielvasen auf dem Fensterbrett in der Küche, wo sie einzeln aufgereiht standen wie Models, die für ein Modemagazin posierten. Jeden zweiten Tag tauschte sie das Wasser gegen frisches aus.

«Dann halten sie doppelt so lange», erklärte sie.

Jeder Stiel war entblättert, so dass man nur noch die schlanke Form seiner Silhouette im Gegenlicht sah. Und der Garten in voller Blüte glich einem Meer aus Rosen. Rosensträucher, wohin man auch sah.

Irgendwann hatte sie einmal zu mir gesagt: *Wenn ich morgens in den Garten gehe, merke ich, wie die Pflanzen zittern und sich grüßend vor mir verneigen.*

Den ganzen Sommer über kniete sie stundenlang mit ihrem breitkrempigen Hut zwischen den Dornen, verschnitt die Sträucher und stutzte sie zurecht. Vater saß in einem Gartenstuhl dicht am Haus, während der Klang von Benny Goodmans Klarinette majestätisch aus seinem Arbeitszimmer schwebte. An diesen warmen Nachmittagen stellte sie ihr Glas Scotch in eine eigens dafür gegrabene Kuhle in die weiche Erde.

Mir aber kam es so vor, als ob Rosen jederzeit missraten konnten. Während ein Strauch vielleicht erblühte, verwelkte ein anderer durch den Befall von Käfern, die so klein waren, dass ich sie, bis auf den angerichteten Schaden, mit dem bloßen Auge nicht erkennen konnte. Ich vermute, dass Mutter sie genau aus diesem Grund so liebte.

Wahrscheinlich hätte sie Preise für ihre Rosen gewinnen können, hätte sie es je versucht. Das sagte jeder, der zu uns zu Besuch kam. Eine solche Fülle an Rosen, einschließlich der Vasen mit getrockneten Knospen, die das ganze Jahr über im unteren Badezimmer und auf ihrem Schreibtisch standen. Es ging so weit, dass ich die Rosen nicht mehr riechen konnte.

Gelegentlich stellte sie Gestecke für das Krankenhaus vor Ort zusammen. Dafür verwendeten sie Blöcke aus grünem Schaumstoff. Ihre Arrangements und ihr Stil waren schlicht – nicht mehr als acht auf verschiedene Längen zugeschnittene Rosen, dazwischen ein paar grüne Blätter.

«Zu viele Blumen in einem Gesteck lenken von der einzelnen Blume ab. Weißt du, keine Rose gleicht der anderen. Jede hat ihre eigene Persönlichkeit und ein eigenes Temperament.»

Vielleicht beweinte sie ihren Garten in dieser Jahreszeit. Die Blumenkelche braun verfärbt, die Blütenblätter faltig wie die Gesichter alter Leute. Der Geruch nach Mulch und die beschrifteten und aneinandergereihten Dosen und Eimer mit den verschiedenen Mischungen in der Garage, diese bitteren Gerüche waren alles, was bis zum nächsten Frühling übrig geblieben war.

~~~~~~~~~~~

Die Bruderschaft in ihren schwarzen Mänteln verteilte die Gebetsblätter. Der Rabbi sprach davon, dass geliebte Menschen im Geist und in der Erinnerung weiterleben. Der Kantor sang auf Hebräisch. Dann gingen die Männer vom Friedhof zum Sarg hinüber und ließen ihn langsam in die Grube hinab.

Ich zog die Wagentür zu und schaute durchs Fenster. Der Rabbi ging auf Vater zu und reichte ihm die Schaufel. Vater stieß sie in die aufgeschüttete Erde, stellte sich dann an den Rand der Grube und ließ die Erde hinabfallen. Er verlor wieder die Fassung und wimmerte. Peter legte Vater den Arm um, der sich krümmte und das Ge-
~~~~~~~~~~~

sicht schluchzend in den Händen vergrub. Max nahm die Schaufel und belud sie mit Erde, dunkel und krümelig wie eingefrorener Schokoladenkuchen. Er schmiss sie in die Grube, und dann brach auch er weinend zusammen, den Blick auf Großvaters Grabstein gerichtet, dessen Grab sich auf derselben Friedhofsparzelle befand. Annette ging zu ihm und fasste ihn am Arm. Dann gab der Rabbi Peter die Schaufel.

Mein Bruder ging zu dem Erdhaufen und steckte die Schaufel tief in die Mitte, machte sie randvoll. Er stellte sich an den Rand der Grube und drehte die Schaufel um. Als die Hälfte am Metall kleben blieb, schüttelte er die Schaufel auf einmal wie von Sinnen, damit die Erde abfiel. Der Rabbi trat zu ihm hin und nahm ihm sanft die Schaufel aus der Hand. Bei Elliot hielt er den Stiel mit fest und half ihm, einen kleinen Klumpen über die Kante zu schieben.

Die Anwesenden stellten sich hintereinander in einer Reihe vor dem Erdhaufen auf und nahmen einer nach dem anderen die Schaufel. Ich konnte mir Mutter da drinnen nicht vorstellen. Ich sah, wie sie über uns schwebte, leicht im Wind flatterte, langgestreckt und seiden wie ein Tuch, das sich über den ganzen Friedhof aufspannte. In der Ferne ballten sich ein paar graue Wolken zu einer einzigen großen zusammen. Ich hätte mich ihnen gern angeschlossen, als sie auf den Horizont zutrieben, um herauszufinden, wohin sie gegangen war.

*11. Kapitel*

## *Schiv'a*

Die einwöchige *Schiv'a* und der Empfang der Trauergäste fanden im Haus meiner Tante Annette statt. Vater wollte nicht nach Hause zurück. Er sagte, er wäre so weit, unser Haus auf ein Floß zu setzen und aufs Meer hinauszustoßen.

Der Rabbi stand im Wohnzimmer meiner Tante und leitete die Gebete an. Die Zeit trat mir auf die Füße. Ganz gleich, wo ich stand, ob in einer Ecke im Esszimmer, an der Garderobe draußen im Flur oder bei der großen Kaffeemaschine im Wohnzimmer, die Zeit trieb mich voran. Als der Abend schon nicht mehr jung war, hing der Zigarettenrauch im Zimmer schon bis auf Schulterhöhe und absorbierte sämtliche Essensgerüche – Bagel mit Räucherlachs, Kuchen und schüsselweise Kekse. Irgendwo stand eine riesige Servierplatte mit einem von Gabeln und Löffeln massakrierten Thunfisch.

Vater saß auf einem Sofa im Wohnzimmer, um das sich verschiedene Leute drängten. Manche beugten sich zu ihm hinab und umarmten ihn. Andere knieten sich für längere Gespräche hin. Die meiste Zeit weinte er, stöhnte, oder er schrie plötzlich auf, was, ähnlich wie bei einer Sirene in einem Stau, alles erstarren ließ. Mit einem Mal brachen die Gespräche ab. Dann setzten die Geräusche im Zimmer langsam wieder ein. Viele Leute, vor allem die Männer, kamen auf mich zu und tätschelten mir den

Kopf, als wäre ich ein Schoßhund, der nicht gelernt hatte zu bellen. Die Frauen, mütterliche Fremde, blieben vor mir stehen und strichen mir die Haare hinter die Ohren, als ob solch einfache Gesten den Schmerz erträglicher machen, ihn aus dem Weg räumen könnten.

Schubweise, wie Wellen, trafen die Menschen ein. Jedes Mal, wenn die Haustür aufging, wurde ich von einem Strom kalter, stiller Luft erfasst.

Am zweiten Abend kamen Nachbarn vorbei. Die Fineburgs von nebenan. Mickey. Wie schweigsame Bäume, wie Organismen, die sich dasselbe Sonnenlicht teilten, denselben Mond am Nachthimmel. Mrs Janson kam allein, ohne ihre Tochter.

«Es tut mir schrecklich leid, Sarah», sagte sie und machte ein zutiefst betrübtes Gesicht. Sie zog das schwarze Tuch um ihre Schultern fest zusammen.

Ich dachte, Mutter würde vielleicht etwas über Justine wissen wollen.

«Wie geht es Ihrer Tochter?»

«Wirklich gut, Sarah.» Sie drückte kurz meinen Ellbogen.

Ich nickte und ging weiter.

Tante Annette hatte eine große Kaffeemaschine aufgestellt. Ein Caterer sorgte dafür, dass die Tabletts mit Gebäck immer neu bestückt wurden. Nach und nach trafen jetzt die Leute ein, die auf den Partys meiner Eltern gewesen waren, eine Art niedergeschlagener Prozessionszug. Die Frauen hatten schwarze Kostüme oder Kleider an. Manche trugen Diamantbroschen am Kragen oder glitzernde Ohrringe – elegant, aber nicht protzig. Miss Delgarno tauchte in einem türkisfarbenen Pullover auf, Mutters Lieblingsfarbe. Sie war jünger als Mutters Freunde, und sie kam allein.

Mir gefiel nicht, wie sie nach Vaters Hand griff und sie drückte, als wäre sie die Einzige, die ihm einen Hauch an Trost spenden könnte. Bei mir versuchte sie es mit derselben Masche, aber ich ließ sie stehen. Diesmal ging ich nicht mit Tabletts voll Hors d'œuvre herum. Ich musste nicht höflich sein.

«Sarah, wie geht es dir?», fragte sie.

«Großartig, was haben Sie denn gedacht?»

Mit meiner unhöflichen Antwort hielt ich sie so erfolgreich auf Abstand, dass ich diese neue Taktik gleich auch bei Onkel Max anwandte. Er beugte sich zu mir herüber, um mir einen Kuss zu geben.

«Komm mir nicht zu nah.»

Er zuckte zusammen, als ob ich ihm mit einem Paddel auf den Kopf geschlagen hätte, und auch wenn er mich normalerweise wohl gemahnt hätte, nett und freundlich zu sein, akzeptierte er meine Ansage und verzog sich in die Zimmerecke, wo er sich eine Zigarre anzündete. Ich konnte nicht begreifen, was meine Tante an ihm fand. Seine Lippen hatten sich von den vielen Jahren, in denen Zigarrenstummel in seinem Mund eingeweicht waren, braun gefärbt. Der grässliche Zigarrengestank verpestete das ganze Haus.

«Du hast die Augen deiner Mutter», sagte Mr Garrison – Shell – und nahm dabei mein Gesicht zwischen seine großen Restaurantbesitzerhände. Vielleicht hielt er mich für ein Steak. Er gab mir einen Kuss auf die Wange und schlurfte dann rüber zur Bar, um sich einen Drink zu holen, aber ich verzieh ihm. Ich konnte sehen, dass er gebeutelt war. Er hatte versucht zu lächeln, aber es war ihm nicht gelungen. Dora warf ein wachsames Auge auf Robert und Elliot, und sie blieben in ihrer Nähe. Robert wanderte zwischen den Zimmern hin und her und vermied es, zur Ruhe zu kommen. Ich hatte Angst, er würde in die Luft gehen oder vor Ende des Abends irgendwo dagegen treten. Aber nach einer ganzen Weile wurde mir klar, dass genau dieses unruhige Auf und Ab ihm half, nicht zusammenzubrechen. Elliot nahm die Umarmungen von Fremden hin und antwortete auf ihre Fragen. Er nickte. Obwohl er so jung war, sah er viel älter aus als wir alle.

Ich ging auf die Toilette im Erdgeschoss und erbrach gläserweise Ginger Ale. Dann wischte ich mir den Mund mit einer Papierserviette ab, eine von der Sorte, wie sie Mutter und ihre Freundinnen für Partys benutzen. Diese hier hatte in der Ecke ein «S» für Stein aufgedruckt. Ich machte mich auf die Suche nach Peter.

Wahrscheinlich hatten die anderen erwartet, ich würde vor ihnen weinen, aber das tat ich nicht. Ich war voller Tränen, die aber nur dann flossen, wenn ich allein war. Ich gönnte diesen Menschen nicht, dass mein Schmerz ihnen Genugtuung verschaffte. Vor aller Augen zu weinen, würde ihre Erwartungen an eine Tragödie erfüllen – die Country Club Frauen mit ihren festen Schenkeln, der intensiven Sonnenbräune, deren Lachen am Pool am lautesten hallte und deren Zähne auf den Rändern von Martinigläsern klackten.

«Entschuldigt mich kurz.»

Ich fand Peter oben, wo er auf dem Bett meines Cousins Kenneth saß. Mein Bruder balancierte einen Bleistift und einen Block auf dem Knie und zog an einer Zigarette.

«Und wenn Dad dich erwischt?»

«Das interessiert mich einen Scheiß.»

Bis auf das Licht einer kleinen Leselampe neben dem Bett und dem Schein einer wuchtigen Kerze, die auf einem Teller auf dem Boden stand, war es völlig dunkel im Zimmer.

«Ich will auch eine», sagte ich und streckte die Hand nach einer Zigarette aus. Ich wollte rauchen, wie Mutter, mich in sie verwandeln.

Peter schmiss mir ein noch ungeöffnetes Päckchen Zigaretten hin, und ich strich liebevoll darüber. So oft hatte ich ein Päckchen für Mutter geöffnet, wenn sie am Steuer saß.

«Liebling, in meiner Handtasche ist ein ganz neues Päckchen. Kannst du das für mich rausholen? Das ist lieb von dir, danke.»

Ich klappte den Pappdeckel auf. Mutter hatte meist extra schmale und lange Mentholzigaretten geraucht. Ich zog eine normale Zigarette ohne Filter aus dem Päckchen und steckte sie mir zwischen die Lippen. Tabakkrümel fielen mir auf die Zunge, schmeckten leicht wie Bittersalz.

«Seit wann rauchst du?», fragte Peter.

«Seit heute.»

Ich sah zu, wie Peter einen Zug nahm und dann den Rauch durch die gespitzten Lippen blies. Ich versuchte, es genauso zu machen, und musste husten.

«Mach keinen Lungenzug», sagte er.

Ich versuchte es noch einmal, hielt die Zigarette so,

wie Mutter es früher gemacht hatte; sie hatte sie immer zwischen zwei Fingern gehalten, als wäre sie ein Zauberstab, ein winziger Scheinwerfer, um die bessere Hand stolz vorzuzeigen. Als das Zigarettenende nur noch aus Asche bestand, ging ich ans Fenster, öffnete es und aschte in die nächtliche Winterluft. Ich lehnte mich hinaus und schaute nach unten. Auf Augenhöhe flitzte ein Eichhörnchen über einen Ast, zuckte zusammen und krächzte, huschte dann seine vertraute Route hinab zu den Rhododendren, die den Garten begrenzten. Die letzten Herbstblätter hingen noch an den Zweigen, steif und leblos. Die Kälte verwandelte meinen Atem in weißen Hauch.

Als ich an der Zigarette zog, glühte die Asche rot wie brennende Blätter. Ich war zehn, als die Familien aus unserer Straße das letzte Mal zusammengekommen waren, um draußen Blätter zu verbrennen. Luftverschmutzung war damals noch kein Thema. Die Blätter auf Mrs Brenwalds Grundstück, die rund um das Auto herum lagen, wurden schwarz und nass, aber unser Laub wurde zu großen lockeren Haufen aufgetürmt, während Vater es auf die Straße schob, wobei die Harke über Asphalt und Erde kratzte, und das gesamte Laub aus unserem Vorgarten auf diesen kleinen Berg geschichtet wurde.

Brannten die Laubhaufen erst einmal, spuckten und schossen sie widerspenstige Eicheln bis zu den Telefonmasten über unseren Köpfen hinauf. Erst danach durften die Kinder, auch die allerjüngsten, ihre Stöcke anzünden. Ich weiß noch, wie ich mir damals einen dünnen Zweig in den Mund gesteckt und beobachtet habe, wie das Ende glühte, so wie jetzt beim Rauchen. Peter war nicht dabei gewesen. Er hatte mit zwei Freunden eine Band gegründet und war zu einer Probe im Haus des Schlagzeugers gegangen.

Den ganzen Nachmittag über stocherte ich mit Mickey Fineburg in dem schwelenden Nest herum. Langsam wandernde Nachmittagsschatten erstreckten sich immer weiter über die beiden Rasenflächen, bis wir zusammen mit den Bäumen und der Dunkelheit verschwanden und die Abenddämmerung allmählich zu einem einzigen Geflecht wurde. Ich tat so, als würde ich an meinem Zweig ziehen, und versuchte, den imaginären Rauch elegant auszustoßen, so wie Mutter – als wäre jeder Rauchfaden die Leine eines Drachens, die mich beim kleinsten Windhauch wegreißen könnte. Mickeys Mutter kam raus auf die Straße und sagte: «Seid vorsichtig, wenn ihr das macht, ihr zwei. Es ist Zeit, reinzukommen.» In ihrem langen Wollmantel stand sie da und schaute uns eine Weile zu, bevor sie wieder ins Haus ging.

Mutter kam an diesem Tag nicht heraus. Sie sagte, sie möge die Kälte nicht. Als ich zu ihrem erleuchteten Fenster hochschaute, fragte ich mich, ob es irgendwas an uns oder an mir gab, das sie fernhielt.

~~~~~~~~~~~

«Wie lange müssen wir hier bleiben?», fragte ich Peter. Ich stand immer noch aus dem Fenster gebeugt da und sah immer neue Scheinwerfer die Straße hochfahren und in meine Richtung leuchten.

«Bis zum Ende der Woche. O Mann, das ist wie im Taubenschlag hier.»
~~~~~~~~~~~

«Sie hat viele Leute gekannt», sagte ich und dachte dabei an die Truppe vom Country Club.

«Ja. Aber haben die *sie* gekannt?»

Er zündete sich eine weitere Zigarette an.

«Mir ist schlecht, dir auch?», fragte ich.

Er nickte.

Das Kommen und Gehen der Trauergäste sorgte für die verschiedensten Geräusche im Haus. Es klingelte an der Haustür. Das Telefon läutete. Unter uns lief wieder eine Gruppe von Leuten durch die großen Zimmer meiner Tante. Zigarettenrauch, abgestandener Kaffee, Bonbons mit Kirschfüllung, Rührkuchen, auf einen Haufen geworfene feuchte Wintermäntel. Ich hätte die ganze Nacht so aus dem Fenster gebeugt dastehen und in Erwartung des Mondes in den Himmel starren können. Aber der Nebel nahm mir die Sicht. Durch die dichte Wolkendecke konnte ich keinen einzigen Stern sehen.

«Ich wünschte, wir könnten heute Abend nach Hause gehen», sagte ich.

«Ich nicht», sagte Peter. «Das wird die Hölle, wenn es so weit ist.»

«Das hier ist doch auch schon die Hölle.»

Ich hatte es satt, diesen Hochglanzstimmen fremder Leute im Erdgeschoss zuzuhören.

*«Liebling, wie geht es dir? Ich bin Margie, die Cousine deiner Mutter», sagte eine Frau mit Perlenohrringen und einem schwarzen frisbeegroßen Hut zu mir. Sie beugte sich zu mir hinunter und starrte mich an, als lägen meine Augen in der Auslage eines Juweliers. Dann berührte sie mich am Arm, um sich die Ware weiter anzusehen.*

*«Vater ist im anderen Zimmer», sagte ich und machte einen Bogen um sie.*

Als ich nach unten kam, erblickte ich unsere Nachbarin Mrs Fineburg in demselben schwarzen Mantel wie an dem Tag, als wir das Laub verbrannt hatten. «Pass auf dich auf, Sarah. Pass auf dich auf», sagte sie und nippte an einer Tasse Kaffee. Ich war nicht sicher, ob ich das konnte. Aufpassen? Auf mich? Vielleicht auch auf meine Brüder? Neben ihr stand schweigend Mickey, verschüchtert wie ein kleiner, verlorener Junge. Wir waren noch im Kindergarten gewesen, als er einmal seinen Penis rausgeholt und mir gezeigt hatte, wie sein Urinstrahl in einem eleganten Bogen über unsere Einfahrt schoss. Erinnerungen aus einem anderen Leben. Auf Beerdigungen denkt man an solche Situationen, sagt aber nichts. Welche Bedeutung hatte das jetzt noch? «Nehmen Sie sich etwas zu essen, Mrs Fineburg, wir haben viel zu viel davon.» Ich zeigte auf das Buffet mit den Aufläufen, bevor ich weiterging.

Ich versuchte mir vorzustellen, wie ich morgens in das Klassenzimmer für die Anwesenheitskontrolle kam, ein völlig anderer Mensch. Ein Mensch ohne eine Mutter. Margaret würde mich vielleicht auf die Mädchentoilette locken, um herauszufinden, was vorgefallen war. Was sollte ich ihr sagen? Ich hatte keine Ahnung, wie Sophie reagieren würde oder die Lehrer. Ich stellte mir vor, wie Anthony auf mich zukam, mich zum Klassenzimmer brachte und seinen Arm um meine Taille legte, als würde ich zu ihm gehören.

«Glaubst du, dass es irgendwer in der Schule weiß?», fragte ich und drehte mich um.

«Die ganze verdammte Stadt weiß Bescheid. Der gesamte *Bundesstaat*.»

Ich hörte jemanden die Treppe hochkommen.

Es war Kenneth. Er blickte ins Zimmer, als hätte er erwartet, jemand anderen anzutreffen, und als das nicht der Fall war, kam er herein und machte die Tür zu.

«Was für eine beknackte Zirkusveranstaltung», sagte er. Er pellte sich aus dem schwarzen Anzugsjackett und lockerte den Schlips um seinen Hemdkragen. Er war wirklich ein Riese, sein Kopf berührte fast das Deckenlicht. Das Zimmer schien wie ausgewechselt, seit er eingetreten war. «Ich habe noch nie einen solchen Haufen Schwachköpfe erlebt, ihr vielleicht?»

Ich hatte Kenneth schon immer gemocht, aber in diesem Augenblick liebte ich ihn ganz und gar. Ich verließ das Fenster und setzte mich aufs Bett, um ihm näher zu sein. Er war einer der wenigen Menschen, die ehrlich sagten, was sie dachten, und für ihn war das ganz natürlich. Andere fanden sein Verhalten unhöflich, das ganze Gegenteil von seinem Bruder Edward. Mutter hatte irgendwann mal gesagt, dass es schön wäre, wenn man ihn noch etwas schleifen könnte. Sie dachte, er würde die Dinge nur sagen, um zu provozieren.

«Ich habe wirklich keine Ahnung, was er damit bezweckt», hatte sie ein paar Tage nach einem der gemeinsamen Sederabende gesagt.

Aber ich konnte sehen, dass er einfach nicht die Geduld hatte, um sich an gute Manieren zu halten. Das bestätigte meine Beobachtung, dass gutes Benehmen reichlich Möglichkeit bot, sich zu verstellen und zu lügen. Das Theater da unten war das beste Beispiel dafür. Ich hatte gesehen, wie *Miss* Delgarno neben Vater auf dem Sofa saß, als ob ihr Auftrag im Leben von nun an daraus bestünde, neben ihm Wache zu halten, aber ich vermutete, dass hinter ihrem Wachehalten sehr viel mehr steckte.

«Ich habe es keine Minute länger da unten ausgehalten, auch wenn ich mir vorstellen könnte, dass eure Mutter sich gefreut hätte, dass so viele Leute gekommen sind», sagte Kenneth.

Er zog zwei seltsam geformte Zigaretten hervor und reichte Peter eine davon.

Peter zündete ein Streichholz an und zog dann an der Zigarette, bis sie rot aufflackerte. Er nahm einen Zug, hielt die Luft an und stieß eine große Wolke Marihuanarauch aus.

Er gab den Joint weiter an Kenneth, der dreimal daran zog. Kenneths Wangen blähten sich auf wie bei einem Trompeter. Er beugte sich vornüber und hustete wie verrückt.

«Wirklich gutes Zeug», sagte er. «Du verrätst das doch nicht, oder, schöne Frau?», fragte er und wischte sich eine Träne aus dem Augenwinkel.

Er wusste, dass ich das nicht tun würde.

Schon bald darauf streckte mich die Müdigkeit nieder. Ich legte mich aufs Bett und hörte Peter und Kenneth zu, die sich über die Musikszene in San Francisco unterhielten. Der Klang ihrer Stimmen wurde mal lauter, mal leiser, mal beides, als würde ich sie über einen Verstärker hören und ein Unsichtbarer die ganze Zeit am Regler drehen.

Mitten in der Nacht erwachte ich im Schlafzimmer meiner Tante, das unterm Dach lag. Das Zimmer roch nach alter Tapete, ein schaler Geruch nach Kleister, Gipsplatten und Heizungsluft. Ich hatte noch immer die Sachen von der Beerdigung an, einen schwarzen Rock und schwarzen Pulli, die ich sonst nur bei Chorauftritten anzog.

Ich wusste nicht, was aus uns werden sollte. Ich schluchzte, umklammerte das Kissen und rollte mich wie ein Embryo zusammen, im Versuch, ihre unverzichtbare Gegenwart mit aller Kraft in mich hineinzupressen. Ich hatte sie für immer verloren. Mutter war ohne mich in ein größeres Licht geglitten.

*12. Kapitel*

## *Fluchtweg*

Nach einer Woche ging ich wieder zur Schule, ich wusste nicht, was mich erwartete, und hielt meine Bücher auf andere Art aufgeregt und ängstlich an die Brust gepresst, als ich diesmal an der Stadtbibliothek und am Five & Dime vorbeikam. Alles war anders.

Mein Herz setzte kurz aus, als ich das Schulgelände erreichte. Ich sah Anthony mit einer Gruppe Jungen am Zaun stehen und rauchen.

«Du siehst gut aus, Sarah», sagte er leise, während er sich wie zum Schutz an der Zigarette festhielt.

Ich atmete seinen Rauch ein und versuchte zu lächeln, als ich an ihm vorbeiging und mir irgendwie wünschte, er würde mich ins Schulgebäude begleiten, was er aber nicht tat. Drinnen auf den Gängen herrschte wildes Gedränge. Schuhe trampelten über den Boden. Ich ging durch die schweren Flügeltüren und atmete den typischen Geruch des Gebäudes nach warmer Farbe und feuchten Dämpfen ein. Das erste Klingelzeichen ertönte. Der kräftige anonyme Klang katapultierte mich unmittelbar zurück in den gewohnten Ablauf. Während der Anwesenheitsüberprüfung hielt ich nach Margaret Ausschau, aber ihr Platz blieb leer. Mr Giles begann, die einzelnen Namen aufzurufen. Als ich an der Reihe war, ruhte sein Blick gerade so lange auf mir, dass ich merkte, dass er Bescheid wusste. Ich wollte nicht, dass es so war.

Ich wollte dieses schreckliche Gefühl auslöschen. Wollte, dass es wieder normal war, aufhörte.

Mr Giles sah auf Margarets leeren Stuhl. Er rief einen Namen nach dem anderen auf, wobei sein Bleistift über der Anwesenheitsliste zuckte, denn sein leichtes Zittern hielt an. Als ich mich auf den Weg nach oben zum Biologieunterricht machte, wo Sophie mir von ihrem Platz aus zuwinkte, klingelte es wieder, ein Vibrieren, so schrill wie kalter Regen.

Mr Bingham sagte, wir sollten nicht vergessen, was wir über Moleküle gelernt hatten, und jetzt den Abschnitt über Ökosysteme und die Entstehung von Sümpfen aufschlagen. Er blickte mich an, sprach dann aber in seiner üblichen strengen Art über Biber, und wie Bäume und Wasser als ein System interagierten. «Die Auslöschung von einem hat Auswirkungen auf die anderen», sagte er. «Herr Biber baut seinen Damm, das Wasser staut sich und die Baumwurzeln fangen an zu faulen.» Er hob sein bärtiges Kinn an, überflog die Reihe der Schüler mit einem Blick, schaute dann wieder mich an und sagte mit überraschend sanfter Stimme: «Alle Dinge sind miteinander verbunden.» An die Tafel schrieb er mit blauer Kreide «Degeneration» und «Regeneration».

Ich schrieb diese Wörter auf meinen Notizblock, ganz sauber, mit einem Füller, konnte aber nicht über diese Begriffe nachdenken. Stattdessen malte ich den Bau eines Bibers, ein wie ein Iglu aussehendes, rundes Etwas aus Blättern und Stöcken. Ich merkte, dass ich Gänsehaut bekam, als würde ich Blicke in meinem Rücken spüren, die mir so entgingen. Mr Bingham hatte gesagt, der Bau eines Bibers habe einen Eingang und einen Ausgang und eigens einen Unterwasser-Fluchtweg für absolute Notfälle. Wo war mein Fluchtweg? Wohin konnte ich verschwinden? Im Klassenzimmer wurde es immer dunkler. Draußen bedeckten Regenwolken den Himmel.

Mr Bingham saß an seinem kleinen Lehrerpult, und als es klingelte, rief er uns noch die Hausaufgaben zu und dass wir am nächsten Tag einen kleinen Test schreiben würden. Sophie wartete auf mich, während ich meine Unterlagen zusammenklaubte. Ich zögerte den Moment hinaus. Was würde sie sagen?

«Der Test wird bestimmt leicht», sagte sie. «Er klingt gern streng, aber so ist er nicht.»

«Ich weiß, was du meinst», sagte ich, erleichtert, dass sie etwas ganz Normales gesagt hatte, so als ob alles in Ordnung wäre.

Der lange Gang hatte ein Eigenleben. Zwölf Minuten Chaos. Ich traf Margaret zufällig vor der Mädchentoilette.

«Du bist also nicht krank», sagte ich. Sophie stand neben mir.

«Hat Giles irgendwas gesagt?»

«Nichts. Er hat dich als ‹nicht anwesend› eingetragen.»

Ein blondes Mädchen mit dunklem Haaransatz stieß die Tür zu den Toiletten auf, und eine Rauchwolke folgte ihr. Sie starrte mich an, sagte aber nichts, als sie Margaret entdeckte.

«Ich musste meine kleine Schwester in die Schule bringen.» Margaret hielt die Tür zu den Toiletten auf. «Komm schon, ich muss eine rauchen.»

Ich folgte ihr. Sophie begleitete mich. Es klang brutal, wenn mehrere Toilettenspülungen hintereinander gedrückt wurden, kleine, aufgeladene Wasserexplosionen. Noch ein anderes dunkelhaariges Mädchen stand über eines der Waschbecken gebeugt, um ihre Augen zu schminken. Sie beschmierte sich den Mund mit weißem Lippenstift, mit einer Art Puderzucker.

«Ich musste meiner Mutter helfen», sagte sie, und ihr Blick veränderte sich, als sie «Mutter» sagte. Der Wortklang fiel in die Schlucht, die mein Herz jetzt war, und stürzte in die Dunkelheit.

«Lass mich mal ziehen.» Ich hielt zwei Finger ausgestreckt und sie gab mir die Zigarette. Ich nahm einen Zug und stieß den Rauch in einem langen Strahl aus, wie ich es bei ihr gesehen hatte. Ich würde schauspielern. Das war der einzige Ausweg. Ich blies noch eine lange Rauchwolke zur schmierigen Decke hoch. Mir gefiel dieser Ort, der nie einen Lichtstrahl hineinließ. Das grüne Fensterglas verdunkelte den Raum zu jeder Tageszeit. Sie sah mir zu und nahm sich dann wieder ihre Zigarette.

«Du hast geübt. Ich bin mir nicht sicher, ob ich es Giles einfach sagen soll», sagte Margaret. «Er glaubt mir sowieso nicht.» Sie nahm noch einen Zug.

«Red mit ihm. Er wird dir glauben.»

Margaret stieß Rauch aus und bot Sophie einen Zug von ihrer Zigarette an, die mich überraschte, weil sie das Angebot annahm. Sie hustete. Das Mädchen am Waschbecken schaute zu ihr rüber. Sophie gab die Zigarette weiter an mich. Ich hielt mir den Filter an den Mund. Er war heiß und süß wie Lippenstift mit Geschmack. Ich versuchte diesmal, auf Lunge zu rauchen, und musste auch husten.

«Ihr braucht beide Nachhilfe», sagte Margaret grinsend.

Sie griff nach der Zigarette und hob das Gesicht an, nahm einen langen Zug und stieß ihn zischend aus. Den Rauch lenkte sie wie eine Sängerin, die in hohen Tonlagen singen will, nach oben. Dann ging sie in die Toilettenkabine und warf den Stummel ins Klo. Das heftige Rauschen und Getöse der Spülung ertönte erneut.

~~~~~~~~~~~

Nach dem Mittag gingen Sophie und ich zum Sportunterricht und schlüpften in widerliche grüne Uniformen, die gewaschen, gebügelt und gestärkt worden waren, damit sie sich auch ja so rau wie Pappe anfühlten. Im Umkleideraum würgte ich mir das Kleid mit dem Faltenrock über die Hüften, drückte jeden der Knöpfe mit Kraft zu. Dann zog ich meine Nylonstrümpfe aus und tauschte sie gegen Socken und Turnschuhe ein. Auf dem Betonfußboden waren Wasserflecken von der Größe breitgetretener Kakerlaken. Es roch nach Nässe, die Luft kühlte immer weiter ab.

Miss Holloway rannte zwischen den Umkleidekabinen hin und her und brüllte: «Macht schon, Mädels, los geht's!» Dabei lugte sie über die Trennwände, um uns rauszuscheuchen. Die Falten ihres Turnrocks wurden bei jedem ihrer Schritte kräftig von den strammen Schenkeln gedehnt. Sie hatte das Kreuz einer Ruderin; ihre beiden Brüste vereinten sich zu einer einzigen Brust, und ihre Wadenmuskulatur überforderte die Elastizität ihrer Kniestrümpfe.
~~~~~~~~~~~

Draußen auf dem Schulhof stand ich nicht weit entfernt von den Markierungen des Basketballplatzes, wo Anthony gespielt hatte. Wir stellten uns zu Wertungsläufen auf. Miss Holloway schniefte und rollte mit ihren kleinen Augen. Sie hielt die Stoppuhr hoch, ihren ganzen Stolz.

«Mädels, auf die Plätze. Fertig. Loooooos!» Sie pfiff. «Hopp, hopp, hopp, hopp!»

Ich rannte schnell, aber Sophie mit ihren langen Beinen schlug mich um zwei Längen.

«Nächste Gruppe. Zack, zack. Los geht's!»

Die Tür vom Sportraum der Jungen ging auf, und eine kleine Gruppe älterer Jungen in grauen Jogginghosen und Sweatshirts kam heraus, deren Kleidung weich und bequem aussah, ganz anders als das, was wir Mädchen anziehen mussten. Anthony rannte in der Mitte der Meute. Seine blonden Haare fielen ihm in die Stirn, als er auf das vierhundert Meter entfernte, mit Gras bewachsene Spielfeld zusteuerte, das außerhalb des Schulgeländes lag. Ein paar der Jungen pfiffen, als sie an uns vorbeikamen. Anthony sah mich und nickte. Mir lief ein Schauder über den Rücken.

«Mädels! Hier spielt die Musik. Zurück auf eure Plätze, und zwar sofort!» Holloway klatschte in die Hände und pfiff. «Das geht alles von unserer Zeit ab.»

So ging es weiter bis zum Ende der Stunde, als es Zeit für die obligatorische Dusche war. Ich stand also wieder in meiner Umkleidekabine, zog mich aus und wickelte mich in ein rosafarbenes Handtuch von zu Hause ein.

Ich wollte mich im Frottee vergraben und verstecken,

aber Holloway schritt die Gänge ab. Also schlich ich den kurzen Gang zu den Duschen runter, einem gefliesten Raum, der durch Duschvorhänge, die an Metallstangen hingen, in mehrere Duschkabinen unterteilt wurde. Weit oben ließen vergitterte Fenster mit grünem Milchglas einzelne anämische Lichtstrahlen hindurch. Aus dem Duschkopf in meiner Kabine tropfte lauwarmes Wasser. Die schwache Düse war mit einem Labyrinth schmaler Leitungsrohre verbunden, die sich an der Decke verzweigten. *«Alles ist miteinander verbunden»*, hatte Mr Bingham gesagt.

Der Fliesenboden war glitschig und kalt. Als Holloway auf und ab schritt, die Gestapo-Aufseherin mit ihrem unsichtbaren Hund und Schlagstock, tat ich so, als würde ich mich mit einem schrumpligen Stück Seife waschen.

«Sarah, stell dich richtig unter die Dusche, mit dem ganzen Körper», sagte sie, nachdem sie vor meiner Duschkabine stehen geblieben war und zu mir reingespäht hatte. Ich machte einen Schritt zurück und bedeckte meine Schamhaare, aber sie zog den Vorhang zur Seite, um mich besser sehen zu können.

«Unter die Dusche, los. Du kannst dich ja schlecht mit Luft waschen, meinst du nicht?»

Ich legte einen Arm über meine Brüste. Ein kalter Luftzug traf schneidend auf meinen Bauch, als sie den Duschvorhang offen hielt.

«Dreh dich um und mach deinen Rücken nass.»

Sie wartete, bis ich mich umgedreht hatte und eine Schulter unter die Tropfen aus dem Duschkopf hielt.

«So ist es brav. Keine Ausnahmen hier.»

Sie ließ den Vorhang los und ging weiter zu ihrem nächsten Opfer. Was hatte sie damit gemeint, keine Ausnahmen hier? Dass sie nicht freundlich zu mir sein würde, nur weil meine Mutter gestorben war? Wie ich sie verabscheute.

Mittlerweile stieg aus allen Duschen hauchdünner Dampf auf. Ich hörte, wie nacheinander ein Duschvorhang nach dem anderen zur Seite geschoben wurde und Holloway ihre dummen, lasziven Befehle bellte.

«Wasser und Seife, Mädels, macht schon!»

Je tiefer sie in den dampfenden Irrgarten nackter Mädchen eindrang, umso zufriedener klang ihre Stimme. Ich schnappte mir mein Handtuch und huschte zurück, um mich anzuziehen.

Sophie und ich liefen völlig sprachlos zu unserem nächsten Kurs.

Irgendwann platzte es aus mir heraus: «Ich hasse sie.»

«Ich auch», sagte Sophie.

Mein Kunstlehrer, Mr Wilkins – ein großer, schlaksiger Mann – schlitterte zwischen den Bänken hindurch, rutschte herum und machte eine Drehung, wenn er etwas betonen wollte. Das war meine letzte Stunde an diesem Tag. Ich hatte es fast geschafft.

«Ihr seid hier, um Regeln zu brechen», teilte er uns mit. Er machte eine scharfe Drehung bei den Fenstern und blieb dann stehen, als ob es da draußen etwas zu sehen gäbe.

«Es gibt kein absolutes Richtig. Versteht ihr das?»

Ich nickte, und im Gegensatz zu Holloways kranker, erstickender Art bekam ich bei seiner Verrücktheit wieder Luft.

Mit wenigen Sätzen sprang er zur gegenüberliegenden Wand und schaltete das Licht aus. «Versucht mal, ob ihr so etwas zustande bekommt.» Er glitt zurück zum Lehrerpult und sank auf seinen Stuhl, um zu sehen, was wir machen würden.

Bis auf das Kratzen der Bleistiftspitzen auf Papier und das Klopfen der Holzlineale lag völlige Stille über dem Raum. Ich zeichnete einen Esstisch und zog lauter Linien darüber, viele sich kreuzende Striche, bis das Esszimmer wie ein Käfig aussah, wie eine von Roberts unheimlichen anderen Welten. Wilkings stand auf und durchquerte den Klassenraum, um einen Blick auf unsere Zeichnungen zu werfen. Dann setzte er sich wieder hin und las in einem Roman.

Beim Pausenklingeln warf er sich einen Rucksack über die Schulter und rief mich zu sich.

«Erzähl mir was über dein Bild.»

Ich zuckte mit den Schultern. «Da ist ein Tisch drauf.»

«Das habe ich gesehen. Was hat es mit den Strichen auf sich?»

«Vielleicht symbolisieren sie Gesprächsfäden.»

Er nickte. «Ein guter Anfang.»

Auf dem Gang wartete Sophie auf mich, und wir liefen zusammen nach draußen zu Mr Wilkins Wagen auf dem Schulparkplatz. Ihm gehörte der verbeulte rote Saab.

«Hatten Sie einen Unfall?», fragte Sophie, und ich merkte, dass sie es sofort bereute, weil sie mich nicht ansehen konnte.

«Das Leben ist ein Unfall», sagte er und öffnete die Fahrertür.

Ich sah, wie Mutter im Schnee davonfuhr, und ich begriff, dass ich in einen Schneesturm aus eigenem Unbehagen und dem anderer Leute geraten war. Und ich musste einen Weg finden, da wieder herauszukommen. Also zwang ich mich, so zu tun, als ob Autos und Unfälle nichts mit Mutter oder mit mir zu tun hätten.

«Was ist passiert?», fragte ich.

«Ist nicht wichtig. Steigt ein. Ich fahr euch nach Hause.» Er schmiss den Rucksack hinter den Fahrersitz, wo schon leere Büchsen, aufgerissene Briefe, ein Paar Turnschuhe und ein Stapel Zeichenpapier lagen.

Aber Sophie und ich wollten zu einem Footballspiel gehen.

«Wir gehen zum Spiel», sagte ich.

«Reine Zeitverschwendung, meine Damen.»

Er quetschte sich auf den Fahrersitz und rollte die Fensterscheibe nach unten. «Reine Zeitverschwendung.» Er grinste und fuhr aus der Parklücke und hupte noch einmal, als er auf die Hauptstraße bog.

Man konnte das rhythmische Klatschen der Cheerleader schon ein paar Häuserblöcke entfernt hören. Das Spiel hatte bereits angefangen. Wir beeilten uns, zum Spielfeld zu kommen, und ergatterten noch zwei freie Plätze auf der unüberdachten Tribüne. Die Reihen vor und hinter uns waren voll. Vor uns, unten auf dem Spielfeld, hüpften acht Cheerleader in Faltenröcken und dicken Pullis auf der Laufbahn auf und ab und wirbelten schwarzen Staub auf. Zwei der Mädchen trugen einen Pferdeschwanz, den sie mit Schleifen hochgebunden hatten. Sie lächelten, als ob man ihre Münder aufgerissen hätte. Eine Gruppe Jungen in Lederjacken und Jeans saß ganz hinten auf der Tribüne und johlte ihnen zu. Direkt hinter uns ließ eine Gruppe italienischer Mädchen Kaugummiblasen platzen.

«Judensau», sagte eine von ihnen zu mir.

«He, Judensau, bist du taub?»

Jemand zog mich an den Haaren. Ich drehte mich um.

«Ist was?»

Das Mädchen hinter mir hatte blond gefärbte Haare mit deutlich sichtbarem dunklem Ansatz. Sie kam mir irgendwie bekannt vor. Ihre Augenlider waren blau geschminkt, auf die Wangen hatte sie sich etwas Rouge geklatscht.

«Ist was?», machte sie mich nach.

Ich beugte mich nach vorn und versuchte, mich auf das Spiel zu konzentrieren. Ich weigerte mich einfach, mich von ihr einschüchtern zu lassen. Anthony brach zwischen den Spielern aus und rannte diagonal über das Spielfeld, um den Ball zu fangen. Der Ball eierte, flügellahm, und fiel nur wenige Yards vor ihm zu Boden. Er rannte zu seiner Mannschaft zurück. Sophie presste ihr Knie gegen meins, um mir zu signalisieren, dass sie gern gehen würde, aber ich wollte nicht. Ich wollte ihnen nicht zeigen, dass ich Angst hatte. Das Team nahm seine Positionen ein. Dann rannte der Quarterback zurück und warf wieder den Ball. Diesmal fing ihn Anthony. Er trug ihn über die gegnerische Goallinie.

«Dreckige Juden.»

«Hast du irgendein Problem?», fragte ich die Blonde. Ihre beiden Anhängsel sahen mich mit verbissenen

Mienen an, ihre blasse Haut wurde von glatten, schwarzen Haaren gerahmt.

«Du vielleicht?», fragte die Blonde.

Ich drehte mich wieder um. Meine Schultern verspannten sich, sie witterten schon den Übergriff.

Jemand stieß mir gegen den Arm. «Wir haben dir nicht erlaubt, hier zu sitzen. Du versperrst uns die Sicht.»

Ich drehte mich wieder um.

«Ich brauche keine Erlaubnis von dir.»

Die Blonde schmunzelte erst und verfiel dann in ein breites Grinsen. Die Cheerleader fingen an, einen eigenartigen, nervigen Rhythmus zu klatschen. «Eins, zwei!» Klapp! Klapp! «Wir holen uns den Sieg; wir, wir!» Klapp! Klapp! «Drei, vier!»

Sophie stieß mir noch mal gegen den Ellbogen. «Komm, wir gehen», flüsterte sie.

«Fünf, sechs!» Klapp. Klapp.

Aber ich rührte mich auch weiterhin nicht vom Fleck.

«Du solltest auf deine dürre Freundin hören. Sie ist klüger als du», sagte das blonde Mädchen.

Im Schutz meiner Hände flüsterte ich Sophie ins Ohr: «Bleib hier.»

Die Blonde zog mich an den Haaren. Ich schlug ihre Hand weg.

«Du hörst besser auf das, was sie sagt», meinte eines ihrer Anhängsel.

Ich drehte mich um.

«Ich geh hier nicht weg, klar?»

«Scheiß Jüdin. Wehe, ich erwisch dich alleine.»

Die Blonde stand auf und ging nach unten. Die anderen zwei liefen ihr nach. «Judenschweine!» Sie sprangen auf den Rasen und liefen über den Platz auf ein paar Kiefern zu.

Ich hielt mich am Rand der Aluminiumbank fest. Meine Knie waren blockiert; ich war unfähig, mich zu bewegen.

«O Gott», sagte Sophie.

Wir drehten uns beide um, spähten, ob sich irgendjemand anders auf ihre Plätze gesetzt hatte. Auf einmal war ich schrecklich erschöpft. Nach Hause. Ich wollte einfach nur nach Hause. Selbst wenn mein Zuhause leer war. Wo war mein Fluchtweg? Anthony erreichte die Endzone. Alle sprangen auf und trampelten auf den Tribünenboden. Das Metall unter mir vibrierte.

«Tone-knee. Tone-knee!», riefen sie.

Die Cheerleader formierten sich zum T, warfen ihre Pompons in die Luft und fingen sie wieder auf. Inmitten all des Jubels kauerten Sophie und ich uns in unserer kleinen Höhle aneinander. Die italienischen Mädchen verschwanden zwischen den Bäumen, und als sie außer Sicht waren, atmete ich tief durch. Ich wünschte, Margaret wäre da. Ich wünschte, Peter wäre da, aber er hasste diese Spiele und hielt sich fern von ihnen. Sophie zog ihre Kniestrümpfe hoch. «Wie kommen wir jetzt nach Hause?»

«Wir gehen zusammen mit allen anderen raus und mischen uns unter die Massen.»

«Was für eine Katastrophe», sagte Sophie. Sie schaute auf ihre Füße und schüttelte den Kopf.

Das Spiel um uns herum lief weiter wie aufwirbelnde Blätter, in deren Mitte wir schwebten und so taten, als gehörten wir dazu. Die Cheerleader kreischten und kreischten, bis zur völligen Hysterie. Anthony erreichte die Endzone, das war der Sieg für das Schulteam. Dann war es vorbei. Die Zuschauer verstreuten sich.

Ich warf einen Blick in Richtung des Wäldchens, konnte aber nicht weiter als bis zur ersten Baumreihe sehen.

«Was, wenn sie uns abfangen?», fragte sie.

«Wir mischen uns unter die Leute.»

Die Spieler saßen alle zusammen auf den Bänken, klopften sich gegenseitig auf den Rücken und tranken aus ihren Wasserflaschen. Anthony stand mit einer Gruppe zusammen, die sich unterhielt, und blickte suchend in Richtung Tribüne.

Ich hob die Arme und winkte. «Anthony», rief ich. «Anthony.»

Er sagte irgendwas zu dem Jungen, der neben ihm stand, und kam die Tribüne zu mir hochgelaufen. Die Cheerleader machten sich auf den Rückweg und stießen dabei rhythmisch die Arme in die Luft. «Zwei, vier, sechs, acht, welche Mannschaft hat's geschafft? Die Chargers!»

Eine Hand lässig auf die Hüfte gestützt, stand er vor mir. Das nasse Trikot klebte ihm am Oberkörper, die Schulterpolster wölbten sich gut sichtbar. Er sah großartig aus.

«Diese Mädchen haben versucht, sich mit uns anzulegen», sagte ich.

«Sie haben uns als Judensäue beschimpft.»

«Wer?» Er suchte mit seinem Blick das Spielfeld ab, das sich bis auf das Team geleert hatte.

«Keine Ahnung, wer das war.»

«Sie haben Sarah an den Haaren gezogen.»

Ich berührte meine Haare, die Erinnerung kam zurück.

«Sie sind im Wäldchen verschwunden.» Sophie zeigte auf die Bäume in der Ferne.

«Los, Mädels, kommt mit mir mit.» Anthony nahm uns beide an die Hände, als wüsste er, dass ich zögern würde, was ich aber nicht tat, weil er auch Sophie beschützte.

«Hey, Tony», rief einer aus seinem Team. «Du nimmst gleich zwei? Nicht schlecht!»

«Komm, zisch ab!», sagte er. «Seht ihr. Ihr bringt mich jetzt schon in Schwierigkeiten.»

«Tony, Alter!», rief ein anderer Typ mit Trikot.

Anthony machte eine wegwerfende Geste und ließ sich besonders viel Zeit, bis alle Teamkollegen abgezogen waren.

«Giselle wird das nicht gefallen, Tony», rief ihm ein anderer Junge zu.

«Ich will nicht, dass du Ärger bekommst.» Ich zog meine Hand weg und packte meine Bücher.

«Lasst mich das mal machen. Ich begleite euch beide nach Hause. Wartet vor der Turnhalle auf mich.»

«Sie hatten kein Recht, sich so zu verhalten», sagte Sophie, die ihn auch losließ.

«Das blonde Mädchen trug ein Armband aus Metall», sagte ich.

«Ja, ja, ich kenne sie», sagte er.

«Wer ist das?»

«Ich klär das schon», sagte er, und ich begriff, dass ich nicht weiter nachfragen sollte.

Als wir auf dem Schulhof ankamen, rief eine der Cheerleader nach ihm, ein Mädchen mit langen Beinen und einem schönen Mund. «Anthony. Komm rüber!»

«Wartet kurz», sagte er und lief über den Asphalt, um ihr Hallo zu sagen. Er gab ihr einen Kuss, küsste sie dann ein zweites Mal, diesmal länger. Das Mädchen hatte ein Knie angewinkelt und die Arme vor der Brust verschränkt, die sie beim zweiten Kuss runternahm. Enttäuscht wandte ich mich ab. Ich hatte nicht gewusst, dass er eine Freundin hatte. Margaret hatte mir nichts davon erzählt.

«Das ist dann wohl Giselle», sagte Sophie.

Ich zuckte mit den Schultern, wollte mich aber nicht wieder in seine Richtung drehen. Ich hörte, wie sich das Klacken seiner Stollenschuhe näherte. «He!» Er blieb neben mir stehen und berührte mein Kinn. «Es macht dir also was aus?»

«Ich schaue anderen nicht gern beim Küssen zu.»

Giselle war mit ihren Freundinnen schon bis ans hintere Ende des Schulhofs gelaufen und überquerte jetzt die Straße. «Warum machst du dir wegen ihr Gedanken? Wir machen grad Schluss.» Er blickte mich mit seinen verträumten violettblauen Augen an.

«Sah aber nicht so aus.»

«Tony, Alter, kommst du? Das reicht jetzt mit den Mädels!», brüllte einer vom Eingang der Turnhalle her.

Anthony sprintete die Treppen nach oben und drehte sich von dort zu uns um. «Bleibt, wo ihr seid.» Dann ging er rein.

Sophie und ich warteten unten an der Treppe. Der Schulhof war jetzt leer und völlig still. Auch der Himmel schaute gleichgültig auf unser Dilemma herab, dass wir auf diesem verlassenen Schulgelände festsaßen. Ein paar Autos standen noch auf dem Parkplatz – wahrscheinlich das vom Trainer und das vom Hausmeister. Wenn das blonde Mädchen jetzt zurückkäme, müsste es erst mal den leeren Parkplatz überqueren, und in der Zeit könnten Sophie und ich reinrennen und den Trainer holen.

Sophie machte halbherzige Pliés und Dehnübungen, während ich mich an das Eisengeländer lehnte. Ein Auto kam die Straße entlang. Der Himmel verdüsterte sich zu einem Bratpfannenbodengrau. Es war spät. Zehn Minuten waren vergangen.

«Er lässt uns doch nicht hängen, oder?», fragte ich.

«Quatsch», sagte Sophie. Sie schlurfte mit einem Fuß vor und zurück, hob dann ihr Bein mit durchgestrecktem Fuß hoch.

«Ich wünschte, er würde sich beeilen.»

Die schweren Eisentüren gingen auf. Anthony kam in Straßenkleidung heraus, in einer schwarzen Hose und einer Varsity Jacke in den Schulfarben. Sein Name war auf den Rücken gestickt. Er hatte sich die Haare aus der Stirn gekämmt.

«Gehen wir, Mädels. Ich brauche eine Zigarette.»

«Die schmeißen dich aus dem Team.»

«Oh, du machst dir Sorgen um mich.» Er beeilte sich, auf den Bürgersteig außerhalb des Schulgeländes zu wechseln, wo er mir eine Packung Streichhölzer in die Hand drückte.

«Sarah, kannst du mir eins anmachen?»

Ich schüttelte den Kopf. «Nicht hier. Sonst sieht dich noch der Trainer.»

«Er ist drinnen. Mach schon Sarah, mach's für mich.»

«Nein.» Ich machte ein finsteres Gesicht, fühlte mich zugleich beschämt und manipuliert. Ich war ihm etwas schuldig, blieb aber stur.

«Mach es weiter unten», sagte Sophie.

Ich zeigte auf eine große, blätterreiche Ulme. «Da vorn an der Ecke.»

Ich rannte voraus und blieb hinter einem Baumstamm stehen. Anthony schlenderte zusammen mit Sophie, die ihm einen dankbaren Blick zuwarf, weil wir nicht alleine nach Hause laufen mussten, hinterher. Ich war ihm auch dankbar. Als er sich wieder vor mich stellte und sich eine Zigarette in den Mund steckte, zündete ich ein Streichholz an, aber das Streichholz war feucht und ging nicht an. Er beugte sich mir noch weiter entgegen, er testete mich, seine Schuhspitzen berührten fast die meinen und die Zigarette hing ihm aus dem Mund. Ich probierte es mit einem neuen Streichholz, und diesmal klappte es. Die Flamme machte ein saugendes Geräusch, als das trockene Zigarettenpapier in der Hitze knisterte. Der Rauch roch süß. Ich wollte auch einen Zug haben.

«Lass mich mal ziehen», sagte ich.

«Ich glaube, du magst mich.»

Er gab mir die Zigarette und ich nahm einen kurzen, ungeschickten Zug. Ich spürte, wie ich aus Verlegenheit rot wurde. Ich hielt Sophie die Zigarette hin, aber sie wollte nicht. Also gab ich sie ihm zurück.

«Los, Mädels, zeigt mir, wo's langgeht.»

Ich ging zwischen Sophie und Anthony, während es immer dunkler wurde und Sophie von ihrem bevorstehenden Tanzauftritt im Nussknacker-Ballett redete. Ich war froh über ihr Geplauder. Ich war zu aufgeregt, um etwas sagen zu können. Anthony und Giselle gingen mir nicht aus dem Kopf. Er hatte eine Freundin. Ich war allein. Ich musste beschützt werden. Nur das zählte. Der Himmel senkte sich herab und berührte die Baumkronen. Wir liefen durchs Zentrum in Richtung der Stadtteile auf den Hügeln, wo Sophie und ich wohnten. Ein schwarzer Cadillac bremste ab und hielt auf unserer Höhe an. Das Autofenster senkte sich auf Knopfdruck. Eine mollige Frau mit einem schönen Gesicht und hochgesteckten Haaren drehte sich in meine Richtung.

«Hallo, Sarah, meine Liebe», sagte meine Tante.

Ich lief rüber und beugte mich für einen flüchtigen Kuss zu ihr hinein. Sie warf einen Blick auf Anthony und Sophie und wollte erst etwas sagen, überlegte es sich dann aber anders. «Alles in Ordnung?»

«Alles gut. Wir laufen nur zusammen nach Hause.» Das Offensichtliche zu sagen, klang albern, war aber die Wahrheit, zumindest beinahe. Außerdem wollte ich nicht, dass meine Tante oder irgendjemand anderes aus meiner Familie erfuhr, dass ich als «Judensau» beschimpft worden war, oder mein Interesse an Anthony mitbekam oder den anderen verriet, wie niedergeschlagen ich war, weil er eine Freundin hatte.

«Grüß alle ganz lieb von mir.» Das Fenster ging hoch und sie fuhr nahezu lautlos davon. Sanft glitt der Wagen über den nächsten Hügel.

«Nettes Judenkanu.»

«Judenkanu?» Ich drehte mich zu ihm um, und meine ganze unterdrückte Sehnsucht verwandelte sich in Bissigkeit und Unwohlsein. «Das ist das Auto meiner Tante. Warum sagst du das?»

Er riss entschuldigend die Hände hoch. «Das sollte nichts heißen. Das sagt man nur so. Okay? Mann. Ihr habt vielleicht eine Laune.»

«Das hat gar nichts damit zu tun», sagte Sophie. «Es ist einfach nicht besonders nett, das zu sagen, genau wie deine Freunde, die uns als Judensau bezeichnet haben. Meinst du nicht, das reicht für heute?»

«He, he, he, mach mal halblang. Ich mag Juden, okay?» Er schnippte den Zigarettenstummel in den Rinnstein und drehte einen langsamen Kreis auf der Straße.

«Es ist einfach nicht in Ordnung», sagte Sophie.

«Verzeiht ihr mir jetzt oder nicht?»

«Sag das einfach nicht noch mal. Nie wieder», sagte ich.

Er kam auf mich zu und stand ganz dicht vor mir, ich roch sein Parfüm und den Geruch nach Zigarette in seinem Atem und den frischen Schweiß. «Ganz bestimmt nicht. Versprochen. Okay?»

Wir kamen zuerst an Sophies Haus vorbei; ein weißes im Kolonialstil mit blauen Fensterläden. Sie rannte den Plattenweg hoch zu einer Seitentür und winkte zum Abschied. Drinnen wartete ihre hübsche Mutter schon auf sie. Ihr Chirurgen-Vater würde erst spät nach Hause kommen. Aber Sophies Familie war eine Zwei-Eltern-Familie. Vollständig. Ich fragte mich, ob ihr Vater Mutters verkrüppelte Finger hätte heilen können.

Der Gedanke missfiel mir. Er tat weh, nahm mir die Luft zum Atmen, außerdem sollte Anthony nichts davon merken. Aber auch er war nachdenklich geworden, als wir in der Dunkelheit den Hügel hinab und einen anderen wieder hinauf zu meinem Haus liefen. Straßenlaternen leuchteten uns den Weg. Es war die Zeit am Abend, wenn die Leute das Licht anschalten und die Rollläden noch nicht heruntergezogen haben. Ich konnte direkt in die teuer eingerichteten Wohnzimmer fremder Leute sehen. Kristallleuchter. Wände mit raffiniert geblümter Tapete.

«Ganz schön wohlhabende Gegend, wo du hier wohnst», sagte er schließlich und steckte sich noch eine Zigarette an, wobei er eine Hand als Schutz gegen den Wind darüberhielt. «Du hast's gut.»

«Es ist nicht, wie du denkst», sagte ich.

Er nickte, und ich glaube, er konnte meine Gedanken lesen, denn er hob die linke Hand und berührte meine Haare.

«Ich würde dich gern küssen, aber ich habe eine Freundin», sagte er. Er sagte das, ohne zu lächeln. Das war kein Spaß. Am Ende meiner Straße blieb ich stehen. Ich hätte ihn auch gern geküsst, aber ich schaute weg. Ich wollte es ihm nicht zeigen.

«Da wär'n wir», sagte ich und deutete auf die Straßenseite, wo ich wohnte.

«Welches ist es?»

Ich zeigte auf unser Haus. Das Licht im Erdgeschoss war an. Auch in Roberts Zimmer brannte Licht, die Fenster im Esszimmer und die runde weiße Lampenkugel strahlten Kühle aus. Mutters Zimmer lag im

Dunkeln, eine Schmerzhöhle, die Anthony nicht sehen konnte. Ich schaute zu Boden und verkniff mir die Tränen.

«Alles in Ordnung?»

«Jetzt fühle ich mich sicher. Danke.»

Er nickte und drehte sich um. «Wir sehen uns in der Schule.»

Ich schaute ihm nach, als er ging. Ich schaute ihm nach, bis er am Fuß des Hügels angekommen war und mit der Dunkelheit verschmolz, wie jemand, der sich in die Wildnis begibt.

# 3

*13. Kapitel*

# *Amorph*

Mein jüngster Bruder kam mit der unsichtbarsten aller unsichtbaren Gaben auf die Welt: Glauben. Er kam weise auf die Welt. Elliot konnte mit den emotionalen Strömungen, die die Wogen in unserem Zusammenleben hochgehen ließen, von Geburt an mitschwimmen. Und zwar ganz intuitiv und unschuldig, als ob jeder Sturm in unserem Familienmeer ganz natürlich wäre. Er konnte gar nicht anders. Wohl keiner von uns. Aber er war besser darin, die Dinge hinzunehmen, wie sie waren.

Seine Ankunft verstärkte Mutters Verschlossenheit noch. An ihren regelmäßigen Rückzug war ich gewöhnt, sei es, dass sie sich in den Garten, ans Telefon oder in den Country Club flüchtete, aber nach Elliots Geburt wurde ihre Abwesenheit zum Dauerzustand. Wir waren Wesen, deren Lebensfäden mit etwas Amorphem verbunden waren, zu dem wir Mutter sagten. Also hielt Elliot sich an seine Träume und imaginären Freunde.

Liebe war etwas Fernes, das sich auf ein Zimmer im ersten Stock zurückgezogen hatte.

Mutter war auf eine wundersame Weise ätherisch, und darum suchte Elliot nach Dingen, die er in den Händen halten konnte – Taktiles, Berührbares. Vor allem aus diesem Grund liebte er kleine Tierfiguren. Er schloss sie in sein Herz. Er vertraute ihnen sein emotionales Überleben an. An solchen Sachen hing er.

Er war gierig nach jeder Art von Miniaturnachbildung. Er sammelte kleine Porzellanelefanten, auch Hunde, Tiger und Robben, die er in Kellogg's-Packungen fand. Er entdeckte sie in Teekästchen. In dieser Phantasiewelt kümmerte er sich um verletzte Tiere und stellte seine zweite Familie zur Reparatur aufs Fensterbrett. Er hatte ganz genau verstanden, dass Lebewesen Sonne und Luft brauchten, Wind und Regen. Sie brauchten Pflege. Und Liebe.

Das Besondere an seinen Tieren – und die Anzahl war so groß, dass Dora sich darüber beschwerte, in seinem Zimmer nicht Staub wischen zu können – war, dass sie zuhören konnten. Ein kurzer Blick von ihm und alle seine Tiere wussten, wie er sich fühlte. Eine leichte Bewegung seines Arms, ein argloses Nicken, und schon wussten sie Bescheid. Elliot hatte mir erzählt, dass seine Tiere das konnten. Sie kannten ihn am besten. Aus meiner Sicht waren die Tiere ein Ausdruck für sein intuitives Wissen und seine Einfühlsamkeit.

Er fühlte einfach. Gleichzeitig sah er sich nicht wie Robert gezwungen, das, was er sah und fühlte, auch auszusprechen. Für Robert waren Wörter nicht notwendigerweise Ausdrucksmittel für Gefühle, sondern für einzelne Beobachtungen, Beschreibungen von Ereignissen und Dingen. Für Robert hielten Definitionen die Welt unter Kontrolle. «Der Grund für die lange Zeit der *Schiv'a* ist, dass *Schiv'a* auf Hebräisch sieben bedeutet, darum dauert *Schiv'a* sieben Tage.»

Weiter wollte er in der Bedeutung nicht gehen.

Bei uns zu Hause, wo immer Geschrei und Gezeter herrschten, verstand Elliot, wie wertvoll es war, still, gelassen und unbeirrbar zu bleiben. Bei uns zu Hause verhedderten sich die Stimmen wie Nähgarn in der hintersten Ecke einer Schublade. Um dem Zank aus dem Weg zu gehen, der zu winzigen, nicht zu lösenden Knoten wurde, zog auch er sich zurück, aber im Gegensatz zu Mutter, die eher ruppig und entschlossen auf ihren Rückzug zusteuerte, strahlte Elliot Sanftheit aus. In den Händen der Familie war er butterweich. Er lockerte den Druck, und indem er das tat, löste er Anspannungen um sich herum auf. So entzog er sich Vaters bohrenden Blicken und reagierte verlegen auf Roberts ständige Wutausbrüche: «Ich ertrage die Blicke dieser ganzen Leute nicht. Sag ihnen, sie sollen mich in Ruhe lassen.»

Darum saß ich nach Mutters Tod nachmittags gern bei Elliot. Er nahm seine Tiere zu Hilfe, um die Angst in mir auszudrücken, die er mitempfand. Wenn er die Beziehung zwischen seinen Porzellanelefanten erklärte oder die Geschichte, wie einer seiner Tiger zu einer angeschlagenen Pfote gekommen war, klang es wie ein Vortrag. Dann entspannte ich mich. Fühlte mich wieder sicher, auf gewisse Weise wieder normal.

«Es tut ihm nicht weh», erklärte er mir und drehte den lackierten Löwen im Sonnenlicht. «Er kann mittlerweile richtig gut damit laufen. Er merkt es gar nicht mehr.»

«Woher willst du das wissen?»

«Weil er es mir gesagt hat.»

Seine Tiere konnten ihn hören, jeden Ton und jeden Akkord in den Harmonien seines Körpers. Es mag sein, dass ihm die Art, wie Vater mit Peter redete, nicht gefiel. Es mag sein, dass ihm nicht in den Sinn wollte, warum

Robert stichelte und sich gedankenlos verhielt – Roberts Fähigkeit, schon aus geringstem Anlass für Verstimmung zu sorgen –, wenn es beispielsweise darum ging, dass Elliot seine Fische nicht anfassen durfte. Elliot absorbierte aber diese Aggressionen irgendwie und verarbeitete sie dann in den seelisch ergiebigen Gesprächen mit seinen Tieren.

«Die Kühe stehen auf der Weide und schauen zu, weil sie verständiger sind als die anderen», sagte Elliot.

Man hätte leicht glauben können, dass Elliot aufsässiges Verhalten anderer einfach nicht mitbekam, wohl weil er es nicht anders kennengelernt hatte. Aber ich wusste, dass das nicht stimmte. Er hatte einfach beschlossen, bestimmte Eigenheiten anderer Leute zu ignorieren. Robert war immer gemein zu Elliot, wenn er in sein Zimmer kam, um sich die Fische anzusehen. Das Aquarium wirkte wie ein Magnet auf Elliot. Von seinem überwirklichen Licht ging eine Stille und Intensität aus, mit der Elliot sich identifizierte. Robert, der völlig von den konkreten Details von Fischen und Aquarium, Fischfutter und Filter eingenommen war, entgingen die Feinheiten dessen, was Elliot sah, und er blaffte ihn an, dass er sich verziehen oder die Scheibe nicht anfassen solle. Aber ganz gleich, wie grob Robert auch klang, Elliot hatte verstanden, wie sein älterer Bruder reagierte und unterlief seine Schroffheit einfach. Er berührte die Scheibe trotzdem bei jedem seiner Besuche in Roberts Zimmer, immer im Wissen, dass Robert seine blödsinnigen Einsprüche vom Stapel lassen würde, denn genau das waren sie: blödsinnig, undurchdacht. Genau das verlieh Elliot Bedeutung, zeugte von seiner Selbsterkenntnis und seinem natürlichen Verständnis dafür, wie unterschiedlich die Menschen auf ein und denselben Reiz reagieren.

So kam es, dass Elliot auch einen Weg fand, Mutters Tod zu akzeptieren, auch wenn er dazu seiner Weisheiten bedurfte und ein trauriges Gesicht machte. Er akzeptierte das Irrationale daran. In seiner Gedankenwelt, der eines Neunjährigen, dessen emotionale Reife den noch ungeschickten Körper überholt hatte, legte er sich zurecht, dass Gott eine Art Ton wäre und alles auf der Welt verschiedene Formen besaß – also auch Mutter –, und dass Mutter ihre Form verloren hatte, aber immer ein Teil von uns blieb. Da war er sich ganz sicher.

«Mutter besucht mich nachmittags nach der Schule», sagte er.

Ich saß auf dem Boden in seinem Zimmer und schaute ihm zu, wie er Hunde und Katzen in einem Kreis aufstellte, und zwar immer abwechselnd Hund, Katze, Hund, Katze. Ich wusste nicht, was ich dazu sagen sollte. Was er gesagt hatte, machte mir Angst und tröstete mich.

«Wie?»

«Sie kommt mit dem Wind.»

«Elliot, das ist wunderschön.»

«Du glaubst mir nicht.»

Ich wusste selbst nicht, ob ich ihm eigentlich glaubte oder nicht, aber ich spürte ihre rätselhafte Stille, ihre vielschichtige stumme Gegenwart, ein unausgesprochenes Rätsel, das ich nicht gelöst hatte.

«Ja und nein. Ich weiß es nicht. Das ist verwirrend.»

Wenn diese frühen Abende, diese Vorboten eines Wetterumschwungs sich zu irgendetwas addierten, was wie eine geisterhafte Substanz wirkte, dann glaubte ich ihm. Aber ich hatte meine Zweifel. Zweifel verwirrten mich. Die Frage würde bleiben. Trotzdem beruhigte es mich, neben Elliot zu sitzen. Wenn er damit umgehen konnte, konnte ich es auch.

Dennoch wurde mir allmählich klar, dass diese Frage – meine Mutter – bei mir bleiben, mir überall hin folgen würde. Sie trieb in mir dahin, eine Boje ohne Boot.

~~~~~~~~~~~

Mit jedem neuen Schultag wurde ich von einem unsichtbaren Abkommen weitergetrieben, einem Vermeidungskodex, einer gequälten sozialen Verhaltensregel, die besagte, dass man mir mit Schweigen wohl besser weiterhalf. Keiner sagte ein Wort über Mutter, genauso wenig wie ich, als hätte man mich in den Weltraum geschossen, wo sich Schallwellen nicht ausbreiteten. Ich hörte nichts in der Dunkelheit; sah nur Lichtfetzen in der Ferne, dunkles Reflektieren in Sophies Augen, eine Andeutung der Anspannung in Mr Giles Schultern; Margaretes Entschlossenheit, mit mir eine Zigarette zu rauchen.

Wenn keiner darüber redete, dann würde die ganze Tragik einfach verschwinden, und das würde mir helfen, klarzukommen, so als ob dieser unausgesprochene Kodex die Macht besäße, Mutter wieder neu zu erfinden, und damit auch mich. Und irgendwie gelang das auch. Es dominierte jedes Gespräch. Es war der Grund für die Art, wie manche Kids vermieden, mich anzuschauen, oder sich nervös wegdrehten, wenn sie mich auf dem Gang sahen. Ich lebte in einer Kapsel, einer gewaltigen
~~~~~~~~~~~

Schweigeblase, an die ich mich irgendwann so gewöhnt hatte, dass ich mich in ihr versteckte.

Als Mutter nicht mehr da war, entzog sich Vater der häuslichen Routine und überließ alles Dora, obwohl es eine enorme finanzielle Belastung bedeutete, sie voll zu bezahlen, zumindest sagte er das. Er trat aus dem Country Club aus, angeblich um Geld zu sparen, aber ich glaube, es ging dabei um mehr als das. Der Club hatte ihm nie etwas bedeutet. Der Club war Mutters Wirkungsstätte gewesen; außerdem ging es mit dem Familienunternehmen unter Onkel Max' Leitung bergab. Es sah so aus, als würde es bankrott machen.

Und was bedeutete sechs Uhr abends überhaupt noch, wenn Mutter nicht mehr da war, um ihn, die Treppe runterkommend, zu begrüßen, ohne ihr makelloses Gesicht, in dem er selbst sich spiegeln konnte? Wir begannen, unser Essen in der Küche einzunehmen, saßen nebeneinander auf unseren Barhockern, während Vater am Fenster stand und zerstreut kaute, wobei ihm sein Essen herunterfiel, als wären es Teile von ihm selbst.

Robert und Elliot gingen immer noch zusammen zur Schule. Peter, der von dem Trubel seines letzten Highschooljahres, seiner Band und dem im Frühling bevorstehenden Abschluss völlig in Anspruch genommen war, kam jeden Abend, wie auch vorher schon, immer noch später nach Hause. Seitdem Anthony mich nach Hause begleitet hatte, wurde er mit jedem Tag immer noch unnahbarer. Also versuchte ich, mich auf die Schularbeit zu stürzen und auszublenden, was mich schmerzte. Ich übte Klavier, rasselte die Tonleitern rauf und runter, verdrängte jeden anderen Gedanken und dachte nur noch über die Musik nach. Die Harmonien beschützten mich.

~~~~~~~~~~~

Dann kam ich irgendwann im Frühling abends nach Hause und traf auf Vater und Miss Delgarno, die im Herrenzimmer große Gläser Wodka tranken.

«Sarah», sagte sie und stand so übertrieben schnell auf, als würde sie auf einem Nadelkissen stechender Schuldgefühle sitzen.

«Was machen Sie denn hier?», sagte ich.

Ich schaute sie prüfend an. Sie war eine von den Frauen, die immer zu viel Make-up auftrugen. Ihr Lippenstift wirkte auch ein wenig schlüpfrig, ganz anders als der weich aufgetragene, pudrige Hauch, den Mutter so gut beherrscht hatte. Miss Delgarnos Minirock war ein bisschen zu kurz, und als ich dort im Zimmer stand und mich fragte, was ich von all dem halten sollte – ich wollte mich auch nicht wie ein Idiot aufführen –, sah ich, wie sie am Saum zupfte und die Knie übereinanderschlug, als könnte sie so das erbärmliche Design und seltsame Muster wettmachen, alles ganz und gar nicht maßgeschneidert und perfekt sitzend wie die Sachen, die Mutter immer getragen hatte. Miss Delgarno war allerdings auch viel jünger und versuchte allzu angestrengt, hip zu sein.

«Ich habe Sherry gefragt, ob sie mit uns zu Abend essen möchte», sagte Vater.

Ich nickte. Mutter hatte ihre Kleidung immer stilvoll zusammengestellt, Seidenoberteile mit farbenfrohen Tüchern kombiniert oder mit einer Anstecknadel das Spie-
~~~~~~~~~~~

ßige eines dreiteiligen Kostüms konterkariert, sodass der Kragen golden glitzerte. Miss Delgarno nicht. Sie hatte etwas Chaotisches. Ihr breites Lächeln war zu bemüht.

«Setzt du dich kurz zu uns?», fragte sie.

«Wohin denn?», sagte ich und sah mich im Zimmer um. Sie hatte Mutters Sessel in Beschlag genommen, und das Sofa, wenn auch frei, stand gefühlte Kilometer von den Sesseln entfernt am Fenster. Ich hatte nicht die Absicht, ihr dabei zu helfen, sich bei uns wohl zu fühlen. Und mir gefiel überhaupt nicht, wie sie «uns» sagte. Was hatte sie hier eigentlich verloren?

Vaters Lächeln sah eher schmerzlich aus. Ich verachtete die Schwäche in seinem Blick, die mir sagen sollte, *bitte, Sarah, ich habe keine Kraft.*

Ich drehte mich um und ging aus dem Zimmer, eigentümlich triumphierend in meinem Verlangen, ihr wehzutun, ohne Rücksicht auf ihn. Doch sie – ich wollte sie hier nicht. Sie war mir nicht willkommen. Sie würde sich schon mehr anstrengen müssen, das schwor ich mir, und mit diesem Vorsatz wurde mir eine Spur leichter, ich fühlte mich nützlicher, ich wurde zu einer Frau mit einem Ziel.

Beim Abendessen patroullierte Dora um den Tisch. Wir warteten gar nicht erst auf Peter. Er aß abends nur noch selten mit uns.

«Robert, sitz gerade. Leg das Buch weg. Beim Essen wird nicht gelesen. Sarah, hilf Elliot mit dem Hähnchen. Schneid es ihm klein. Miss Delgarno, was möchten Sie trinken?»

«Nichts, vielen Dank. Und sagen Sie doch bitte Sherry zu mir.»

Dora presste die Lippen aufeinander und sah mich an. Uns beide durchzuckte ein missbilligender Blitz. Auch ihr gefiel nicht, was sie da auf Mutters Stuhl sitzen sah. Ich hatte mich so an Doras scharfen Blick gewöhnt, mit dem sie die unweigerlich an mir zu erkennenden Mängel registrierte, dass ich mich daran ergötzte, wie sich ihre Aufmerksamkeit jetzt auf ein neues Opfer richtete. Dora verhielt sich äußerst zurückhaltend, und das machte sie zu meiner Komplizin. Kurz verspürte ich eine freudige Erregung, ein seltenes Gefühl der Verbundenheit.

Vater sagte: «Sherry, du solltest Robert unbedingt nach seiner Buchreihe über die Zeit fragen.»

«O ja, ich würde zu gern etwas darüber hören.»

«Da gibt es nichts zu erzählen. Sie können es selbst lesen», sagte Robert.

Vater verzog das Gesicht. Vor ein paar Monaten hätte er noch herumgeschrien, aber aus seiner Schreierei war eine Art Trauerspiel geworden, seine Augen waren immer so feucht, als wäre er so randvoll mit Tränen wie die Gläser mit Wodka; seine Wangen waren stets gerötet, noch immer aufgeweicht vom Weinen. Vater nahm noch einen großen Schluck von seinem Drink und aß dann weiter sein Hähnchen.

«Euer Vater hat mich eingeladen, mit euch zu essen», sagte Miss Delgarno. «Ich hoffe, ihr habt nichts dagegen. Ich möchte gern für euch da sein, wo ich nur kann.»

Ich hatte sehr wohl etwas dagegen. Für wen hielt sie sich eigentlich, so was zu sagen? Warum sollte von all den Leuten, die ich kannte, Lehrern und Freunden, ausgerechnet sie diejenige sein, die kein Blatt vor den Mund zu nehmen brauchte? Dora verließ das Zimmer, polterte so durch die Schwingtür, dass die Scharniere quietschten und die Türen klapperten.

Elliot beschloss, uns etwas über Klapperschlagen zu erzählen.

«Wusstet ihr, dass manche Klapperschlangen Eier legen und andere Schlangenbabys kriegen?»

«Echt seltsam», sagte Robert. «Die stecken zwischen zwei evolutionären Zyklen fest.»

«Das habe ich gar nicht gewusst», sagte Miss Delgarno und blickte Elliot und Robert an. Sie legte die Gabel ab. «Darüber muss ich erst mal nachdenken. Was meinst du dazu?»

Elliot zuckte mit den Schultern. «Ich mag Schlangen», sagte er und spielte mit den Erbsen. Ein paar fielen ihm von der Gabel und kullerten über den Tisch auf den Boden. Er grinste, und an einem anderen Tag hätte ich vielleicht gelacht, aber heute nicht.

Dora kam wieder herein.

«Ich bin fertig», sagte ich und reichte ihr meinen Teller.

«Dürfen wir aufstehen?», fragte Robert.

«Was ist mit dem Nachtisch?», sagte Vater und schaute zu Dora.

Ich stand auf. «Ich will keinen.»

Ich wollte keine weitere Sekunde mit Miss Sherry verbringen.

Robert schob seinen Stuhl zurück. «Ich auch nicht.»

«Wenn Sie wollen, zeige ich Ihnen meine Tiere», sagte Elliot zu ihr.

Sherry sah Vater an, der ihr zunickte.

«Er ist ein richtiger Sammler.»

Dann wandte sie sich an Dora. «Kann ich Ihnen helfen?»

«Ich erledige das schon.»

Ich ging auf mein Zimmer, um Hausaufgaben zu machen, hörte aber jeden Schritt, den Miss Delgarno in unserem Haus tat. Hörte, wie sie nach oben in Elliots Zimmer ging, weil Elliot niemanden verurteilte, weil er jeden annahm, der freundlich war, weil er bereit war zuzuhören. Ich hörte sie wieder nach unten in Vaters Arbeitszimmer gehen. Sie blieb sehr lange in Vaters Arbeitszimmer. Ich hörte traurige Musik laufen, melodische Frank Sinatra-Klänge, dann die munterere Stimme von Ella Fitzgerald. Ich wartete und wartete, dass sie endlich *gehen* würde.

Als ich unter der Dusche stand, klopfte Dora an die Tür, um mir zu sagen, dass ich noch warmes Wasser für meine Brüder übrig lassen sollte. An ihrem sanften Ton erkannte ich, dass sie auf meiner Seite war. Ich knurrte: «Okay!», weil ich so daran gewöhnt war, meine Gefühle vor ihr zu verbergen, um ihr keine Angriffsfläche zu bieten, aber unsere Verschwörung hob meine Stimmung, ich tauchte meine Augen und meinen Kopf unter Wasser, verlor mich im warmen Nass und zwang mich, das Wasser abzudrehen, bevor kein warmes mehr da war, einfach weil sie mich darum gebeten hatte.

Miss Delgarno ging aber nicht. Sie war immer noch da, als ich Elliot zugedeckt hatte und er eingeschlafen war; auch nachdem Robert das Licht ausgemacht hatte; auch nachdem das Spülprogramm durchgelaufen war. Doras Fernseher summte weiter, und unter Vaters Arbeitszimmertür sickerten Klänge von Glenn Millers Band hindurch.

Sie war immer noch da, als Peter nach Hause kam. Ich roch, dass er eine Bierfahne hatte. Seine Armeejacke verströmte stechenden Zigarettengeruch, gewürzt mit dem reichlich süßen Duft von Haschisch. Ich saß im Nachtlicht auf meinem Bett.

«Sie ist immer noch da unten», sagte ich über Miss Delgarno.

«Was hast du erwartet?», erwiderte Peter.

Er verließ mein Zimmer, um nach oben zu gehen. Ich lag im Dunkeln und hörte die Top-40-Popsongs, bis ich einschlief. Vater hörte ich nicht nach oben kommen. Aber ich hörte ihr Auto die Straße hinabrollen.

Als ich am nächsten Tag nach der Schule wieder nach Hause kam, war ich fest entschlossen, ein paar Dinge zu überprüfen. Ich ging auf direktem Weg in Vaters Arbeitszimmer und leerte einen Aschenbecher voll mit Miss Delgarnos lippenstiftbeschmierter Zigarettenstummel im Abfalleimer in der Küche aus. Es überraschte mich, dass Dora das noch nicht getan hatte, aber es schien, als hätte sie beschlossen, das Arbeitszimmer überhaupt nicht mehr zu betreten. Das Zimmer roch nach schlechtem Parfüm und Durchschlagpapier. Vater hatte das Schlafsofa ausgeklappt gelassen, die Decken waren zerwühlt und wirkten wie angespülter Seetang. Dort schlief er jetzt immer. Ein Grundstock sauberer Hemden und zwei Sportsakkos hingen an der Schranktür. Sein Rasierbeutel lag offen auf dem Schreibtisch. Ich überprüfte das untere Bad, und entdeckte sie: seine vom morgendlichen Gebrauch noch nasse Zahnbürste im Badezimmerschränkchen.

Die Tür oben zum großen Schlafzimmer blieb geschlossen. Als ich sie öffnete, roch und wirkte es wie ein Zimmer, das saisonbedingt den ganzen Winter über leer gestanden hatte. Die Fenster waren abgedichtet worden und die Luft roch steril. Ich ruckelte eines der Fenster auf. Mutter hätte es nicht gefallen, dass ihr Zimmer von ihrem geliebten Garten abgeschnitten war. Der Rasen grünte und von überall her strömte ein Geruch nach neuem Wachstum: von den Baumrinden, von den Knospen dorniger Büsche. Man konnte sich ihm gar nicht entziehen.

Ihre Sachen hingen im Schrank, noch immer in der Folie von der Wäscherei. Ich stand vor den Kleidern und wartete auf etwas, worauf, wusste ich nicht, und presste mein Gesicht in das rosa Kleid, das sie auf einer Silvesterparty im Club getragen hatte, und atmete *sie* ein. Kurz streckte ich die Hand zum Geigenkasten auf dem Regalbrett aus, überlegte es mir dann aber wieder anders. Stattdessen holte ich das Schminkköfferchen aus der Schublade in ihrem Ankleidezimmer.

Am nächsten Tag schminkte ich mich für die Schule mit ihrem Kajalstift und ihrer Mascara, hatte auch etwas Lippenstift aufgetragen. Dora bemerkte es. Sie wollte schon etwas sagen, als ich aus der Tür ging, aber ich war bereit. Ich war bereit, ihr zu sagen, dass ich Mutters Make-up trug und dass sie nichts tun konnte, um mich davon abzuhalten. Nein. Also stutzte Dora, wie es Leute tun, wenn sie eine Veränderung spüren und davon überrascht und machtlos sind. Noch nie war ich schroff zu ihr gewesen, normalerweise hatte ich ihre Anweisungen augenrollend und grimmassierend entgegengenommen, aber anstatt mich wie sonst anzuherrschen, legte sie mir die Hand auf die Schulter.

«Steht dir besser als dieser Sherry-Frau», sagte sie und bekräftigte damit unseren Pakt. Hätte ich nicht ein Jahr lang gelernt, das nicht zu tun, ich glaube, ich hätte sie umarmen können.

In Mutters Kommode entdeckte ich außerdem noch eine Reihe neuer Packungen Seidenstrümpfe und einen Strumpfhalter. Ich trug ihn nicht; ich wollte ihn für einen besonderen Anlass aufheben. Also versteckte ich alles in einer Papiertüte ganz weit hinten in meinem Unterwäschefach. Später im Laufe der Woche klaute ich eine andere, billigere Feinstrumpfhose bei Five & Dime.

*14. Kapitel*

## *Mond im Haus*

Bei der Probe für das Frühlingskonzert unserer Schule, für das sich Mr Edwards das Motto «Frühlingszeit am Broadway» ausgedacht hatte, stand ich inmitten eines Chors, der endlich zu harmonieren begann, auf der errichteten Tribüne. Mr Edwards zeigte mit dem Finger auf mich und bat mich fröhlich, den Soloteil in «Aquarius» aus dem Musical *Hair* zu singen.

Ich liebte dieses Lied.

*Harmony and understanding,*
*no more falsehoods or derisions.*

Das Lied machte Sprünge und Rhythmuswechsel, verwob Farben und Schätze mit den größeren Ideen von Offenbarung und Freiheit, Tierkreis und Universum. Wörter über Träume und Visionen wirbelten um mich herum, kleideten mich in Federn und Seide.

Nach der Probe bedeutete mir Mr Edwards, noch dazubleiben. Ich winkte Sophie und sah zu, wie die Chormitglieder, manche paarweise, aus dem großen Raum strömten, bis auch die Letzte, ein Mädchen in Faltenrock und rotem Pullover, gegangen war. Mr Edwards setzte sich auf die Klavierbank.

«Ich würde das Lied gern einmal mit dir durchspielen. Hast du noch Zeit dafür?»

Ich nickte.

Er rückte sich die Noten zurecht, markierte sich

noch bestimmte Stellen und legte die Finger auf die Tasten.

«Fang leise an und steigere dich dann nach und nach. Denk an die Form eines Megafons – der Liedanfang ist an dem schmalen Ende. Und wenn du die Liedzeilen singst, dann stell dir vor, wie der Klang das breite Ende ausfüllt.» Er spielte das Intro und gab mir mit einem Nicken das Zeichen für meinen Einsatz.

*«When the moon is in the seventh house –»*

«Gut so. Weiter zu den Sternen hinauf. Jetzt die nächsten zwei Zeilen, bitte.»

Ich sang vom Frieden und den Planeten. Ich sang davon, wie Jupiter auf Mars zuging. Ich sah mich, wie ich im Weltraum schwebte, auf Bahnen aus Sternenstaub entlangsegelte.

Er hörte auf zu spielen und drehte sich zu mir um. Ohne Musik fühlte sich der Raum gähnend leer an. Auf einmal war ich winzig klein.

Er strich die Noten noch einmal glatt. «Das ist gut. Sehr gut. Was meinst du, Sarah? Wie geht es dir denn momentan?»

«Gut.» Ich nickte schnell, zu schnell und schaute zur Bühne, als ob es dort etwas zu sehen gäbe.

Er lächelte und warf selbst einen Blick in Richtung Bühne.

«Ich habe gedacht, dass Singen mehr ist als nur die Musik, es ist dein Leben. Das volle Paket. Deine Mom, deine Familie. Darum bin ich hier. Nicht nur, um diese Noten zu spielen.» Er schlug ein paar Töne an. «Ergibt das einen Sinn?»

«Sicher. Okay.»

Vielleicht hatte ich sarkastisch geklungen, wie meinem Onkel oder den Leuten gegenüber, die nach der Beerdigung auf mich zu gekommen waren, aber er war anders. Ich hatte das hier nicht erwartet. Ich spürte, dass es hier nicht darum ging, wie leid ich *ihm* tat, sondern dass ihm die ganze Situation leidtat. Ich hörte den Ernst in seiner Stimme – nicht bedrängend, nicht aufgesetzt.

«Als ich ein bisschen älter war als du jetzt – so alt wie dein Bruder Peter –, ist mein Vater gestorben. Du und ich, wir wissen also, wie es ist, den wichtigsten Menschen in unserem Leben zu verlieren.»

Ich nickte wieder, hatte aber nicht wie sonst den Impuls, fliehen zu wollen.

«Er hatte Krebs. Ein großes Familiengeheimnis. Es ist nicht gut, diese Art von Geheimnissen zu haben.» Er tippte sich mit zwei Fingern an die Brust.

Die Tür wurde aufgestoßen, und das Mädchen mit dem Faltenrock kam hereingerannt. «Hab was vergessen», sagte sie keuchend.

«Rotes Notizbuch?», fragte er und zeigte auf einen Stuhl. Sie flitzte wieder raus, und er wandte sich wieder mir zu. «Wenn du also irgendwann mal das Gefühl hast, du musst was loswerden, dann komm vorbei. Jederzeit, es passt immer. Klopf einfach an mein Klavier.» Er lächelte. «Okay?»

«Okay.»

«Dein Gesang ist fantastisch. Jetzt musst du nur noch den Text auswendig lernen und dann hast du's.»

Ich sammelte meine Bücher ein und ging ziemlich benommen davon. Zum einen, weil er sich so persönlich an mich gewandt hatte, zum anderen wegen dem, was er über seinen Vater gesagt hatte. In einem Traum eingesponnen, der den ganzen Weg an den Geschäften und Bäumen vorbei, bis in unsere Einfahrt anhielt, lief ich nach Hause – in dem Gefühl, nicht alleine zu sein. Er hatte auf dieser ungewollten Reise im selben Zug gesessen, ähnliche Landschaften vorbeiziehen sehen.

Nach dem persönlichen Gespräch mit Mr Edwards summte ich das Lied jeden Tag zwischen meinen Kursen, unter der Dusche und auf dem Heimweg. Ich wurde zu diesem Lied.

~~~~~~~~~~~

Am Abend des Chorkonzerts trug ich einen langen schwarzen Rock und eine weiße Bluse, aber untendrunter hatte ich behutsam ein Paar sandfarbener Nylonstrümpfe an Mutters Strumpfhalter befestigt. Sie fühlten sich prächtig an, ganz anders als die groben Strumpfhosen, die es bei Five & Dime zu kaufen gab.

Die ganze Schule war gekommen, auch Anthony, der weit hinten saß. Unsere Blicke trafen sich, und er nickte. Ich lächelte und sah rasch ins Publikum, wo der Geräuschpegel immer größer wurde, ein hysterischer Feuerkessel, jetzt, wo das Schulhalbjahr zu Ende ging und mit diesem Abend auf seinen Höhepunkt zusteuerte. Giselle saß mit ihren Freundinnen auf der anderen Seite des Saals. Margaret hatte mir erzählt, dass die beiden nicht mehr zusammen wären. Sie verriet mir nicht, warum Anthony mir aus dem Weg ging, sondern sagte nur, dass er mit allen möglichen anderen Mädchen ausging und be-
~~~~~~~~~~~

scheuert war, mich nicht zu fragen. Jungs wären manchmal Idioten, sagte sie. Das blonde Mädchen, das mich gemobbt hatte, saß neben Anthony. Sie war seine Schwester, darum ließ sie mich seit dem Tag, an dem er mich nach Hause gebracht hatte, in Ruhe.

Alle Eltern waren da. Die Aula war brechend voll und hallte wider von den Stimmen aller Schüler an dieser Highschool; fast dreitausend Menschen wärmten den Saal. Das Licht wurde zweimal gedämpft.

Als es wieder erstrahlte, entdeckte ich genau in der Mitte Vater, rechts und links neben ihm saßen Elliot und Robert. Robert hatte die Nase natürlich in eins seiner Bücher über Zeitreisen gesteckt. Er war jetzt bei Band elf. Der Buchreihe zufolge war elf eine Superzahl, deren Vibrationen die Seele für eine andere Dimension öffneten, ein Paralleluniversum, wo Menschen lebten wie wir, nur anders, ohne den Lärm und die Störungen. Wenn ich mir vorstellte, in dieser anderen Welt zu leben, sah ich unser Haus in einem immerwährenden Frühling mit Mutters blühenden Rosen vor mir, und mein Zimmer war erfüllt vom Geruch nach Koriander des koreanischen Gewürzstrauchs. Das Tageslicht wäre satt wie eine Wiese voller Löwenzahnblüten. Die Sonne, die es nie eilig hätte, würde im frühen Sommer am Horizont schweben. Von allen Bänden dieser Science-Fiction-Reihe, die Robert gelesen hatte, faszinierte mich dieser am meisten. Die Vorstellung, etwas so Abstraktes wie eine Zahl könne einen in eine andere Welt befördern, war etwas, woran ich glauben wollte. Ich kannte die Macht von Klängen, den physikalischen Vorgang, wie ein Ton vibrierte und das Gehirn vor Freude flimmern ließ. Musik trug mich an andere Orte. Vielleicht vermochten Zahlen bei Robert etwas ganz Ähnliches.

Elliot winkte mir. Ich nickte ihm von meinem Platz in der zweiten Reihe bei den Sopranstimmen aus zu. Hinter mir stand Sophie. Peter würde auch auftreten: ein paar Bob-Dylan-Songs gegen Ende des Konzerts. Mr Bingham eröffnete das Programm mit drei Kunstliedern. Dann wurde das Licht wieder gedämpft, es wurde dunkel und still in der Aula. Jetzt ging's los. Alle Augen der Chorsänger ruhten auf Mr Edwards, der lächelte und seinen Dirigentenstab hob. Eine Bewegung seines Ellbogens reichte aus und schon legten wir mit einem lebhaften «Everything's Coming Up Roses» aus dem Musical *Gypsy* los.

Wir sangen ein Lied nach dem anderen unseres Medleys. Meine Aufregung legte sich, und ich war hochkonzentriert. Als «Aquarius» leise einsetzte, sah Mr Edwards mich an und hob die Augenbrauen: Sarah, bist du bereit? Das Orchester setzte mit dem Intro ein, eine Wiederholung des Hauptmotivs in verschiedenen Variationen, wurde dann langsamer und steuerte auf meinen Einsatz zu. Ich atmete tief ein und begann zu singen.

Leise und klar begann ich mit *«when the moon is in the seventh house»*, stellte den ganzen Schmerz und das Versprechen dieses Satzes heraus, während er den Hohlraum füllte, zu dem meine Brust geworden war. Jede Faser in mir strebte, wie eine Pflanze zur Sonne, zum Crescendo in der Musik hinauf. Ich hob das Kinn an, blickte über die Köpfe des Publikums hinweg auf die roten Leuchten für die Notausgänge am hintersten Ende. Der Chor setzte ein, fügte der Melodie weitere Schichten hinzu, wie sich kräuselnde Segel, die mir antworteten. Ich setzte wieder ein, führte die Flotte, sang immer etwas heller als die Chorstimme, blieb auf meinem Höhenflug. Als ich bei der letzten Zeile der ersten Strophe angelangt war, *and love – will steer the stars* –, war ich schon abgeschwirrt, raus aus der Aula, als würde ich in einem Heißluftballon über hohe Baumkronen fahren und der Chor wie Blätter unter mir rascheln. Alle gemeinsam sangen wir: «*This is the dawning of the Age of Aquarius.*»

Ich stand jetzt kerzengerade, breitete die Arme aus, öffnete mein Herz. Genau jetzt, in diesem Augenblick, da ich sang, besiegte ich meine Schatten und Geister. Ich vergaß Anthony und Giselle. Vaters Gesicht zuckte von einem neuen Weinkrampf, aber ich registrierte das als Reinheit seines Gefühls, als seine von diesem Lied verkörperten, verlorenen Wünsche. Als ich zur letzten Strophe kam und der Chor noch einmal den feierlichen Ruf «*this ist the dawning of the Age of Aquarius*» anstimmte, führten wir das Lied zu seinem prachtvollen Finale. Mr Edwards hob den Arm und stieß die Faust in die Luft, und die Leute in der ersten Reihe sprangen wild applaudierend auf, dann auch die in den Reihen dahinter, und immer mehr Leute jubelten vor Begeisterung, ein ganzer Saal tobte im Taumel dieser freudigen Verheißung.

Ich rieb meine Schenkel aneinander, um Mutter auf meiner Haut zu spüren, und erinnerte mich daran, wie stolz sie von Mrs Jansons Tochter Justine gesprochen hatte. Ich wusste nicht, ob ich Mutters Ansprüchen genügt hatte. Was ich gesungen hatte, war nun mal keine Oper gewesen. Die Pause kam, und als dann auch die zweite Hälfte irgendwann vorbei war, nahm Vater meine

Hand, hielt sie fest gedrückt und ließ mich nicht mehr los. Ich war an diesem Abend sein ganzer Stolz, genau wie Peter, der Dylans «The Times They Are A-Changin'» gesungen hatte. Nach diesem Abend kannte uns die ganze Schule. Ich war nicht mehr unsichtbar.

Sogar Schüler, die ich nur vom Sehen kannte, kamen auf mich zu und gratulierten mir. «Du hast echt Talent. Ich wusste nicht, dass du singst. Du klingst wie ein Profi. Wann kann man dich wieder hören? In welcher Klassenstufe bist du?»

Als ich in dieser Nacht im Bett lag, stießen Erleichterung und freudiger Rausch in mir auf eine andere Schicht, die ich immer in mir spürte. Ich war allein in der Dunkelheit, und die Musik, die mich angefüllt und für eine Weile die Risse und Löcher gestopft hatte, rann wie Wasser nach einer Sturzflut wieder aus mir heraus. Und wieder blieb ich mit dieser Dunkelheit zurück.

Ich lag wach und lauschte dem Heizkörper, in dem es mit einem kryptischen Ping, Peng gegen das Metall klopfte. Das Haus klapperte wie ein zerbrochenes Spielzeug. Im Erdgeschoss schlurfte Vater von seinem Arbeitszimmer aus über den Flur zum Bad, um sich die Zähne zu putzen. Er war stolz auf uns gewesen. Für diese kurze Zeit war auch er über sich hinausgewachsen und hatte gestrahlt. Aber dass Mutter fehlte, dämpfte auch das wieder.

Ich drehte mich auf die andere Seite, aber es half überhaupt nicht, meinen Körper in eine andere Lage zu bringen. Ich drehte mich wieder um. Mutters Tod wurde zu meiner lebenslänglichen Freiheitsstrafe, einer anderen Form von Gefangenschaft, und mir wurde klar, dass

Elliot wahrscheinlich recht hatte mit dem, was er über Geister gesagt hatte. Dieser hier war in mich eingedrungen, auf der Suche nach öffentlicher Anerkennung, nach Erlösung durch Musik und aus einem rastlosen, wiederkehrenden Verlangen nach Trost und Befreiung.

*15. Kapitel*

## Stonehill

Peter hatte vor, den Sommer über bei unserem Cousin Kenneth zu verbringen, aber er hatte Vater nichts davon gesagt, und mir erzählte er es erst an dem Abend, bevor er aufbrach. Das war genau das, wovon er geträumt hatte: wegzukommen. Weit, weit weg. Kenneth wohnte in Los Angeles.

Als ich in Peters Zimmer auf dem Boden saß, den Rücken an die Wand gelehnt, sah ich meinem Bruder dabei zu, wie er eine zweite Jeans und ein Flanellhemd zusammenrollte und beides in seinen Rucksack stopfte; die Waschtasche und das Notizbuch, in das er seine Lieder schrieb, legte er obenauf. Die Magie so einer Reise durch das ganze Land erzeugte eine brennende Sehnsucht in mir. Ich wollte mitkommen. Sein Bus fuhr um Mitternacht Richtung Westen, vorbei an Städten, die in der Dunkelheit glitzerten.

«Kein Wort, bis ich morgen anrufe.»

Ich nickte und lief ihm ins Untergeschoss nach. Es hätte ein ganz normaler Freitagabend werden können, Peter unterwegs mit seinen Freunden, die Gitarre über die Schulter gehängt. Er lief die Einfahrt hinunter bis ans Ende der Straße, wo ein Freund auf ihn wartete, der ihn zum Busbahnhof fuhr. Bei Sonnenaufgang wäre er schon auf dem Weg zu etwas Besserem als dem Leben hier.

Am nächsten Morgen wachte ich in strahlendem Sonnenschein auf, war gekränkt und fror. Warum hatte Peter mich nicht früher in seine Pläne eingeweiht? Mein Zimmer kam mir verlassen und klein vor, man schien die Luft kaum atmen zu können. Aber mein Bruder hielt sein Versprechen.

Am späten Nachmittag wurde Vater von Peters Anruf aus Ohio aus seiner Stumpfheit gerissen.

«Du erklärst mir jetzt gefälligst, was hier los ist», schrie Vater ins Telefon.

Auf eine gewisse, fast perverse Weise war ich froh zu hören, dass Vater seine Stimme erhob, dass er wieder herumbrüllte, als würde er sich daran erinnern, wer er eigentlich war und wer wir waren. Er lief mit dem ans Ohr gepressten Hörer in der Küche auf und ab und lauschte Peter, der ihn von einer Tankstelle in eintausendsechshundert Kilometer Entfernung aus anrief.

«Herrgott noch mal! Wie ist die Telefonnummer von Kenneth? Ich sollte ihn verhaften lassen. Weiß deine Tante davon? Wann hast du das hier ausgeheckt? Du rufst sofort an, wenn du angekommen bist.» Vater nickte mechanisch, und seine Blicke irrten im Zimmer umher wie Fliegen, die nicht herausfanden. Peters Antwort wartete er gar nicht mehr ab. Er legte auf. Dann fegte er die Tageszeitungen von der Ablage. Die Seiten flogen mir genau vor die Füße.

«Hast du davon gewusst?»

Ich schüttelte den Kopf.

Während ich von all den widerstreitenden Gefühlen halb gelähmt noch im Türrahmen stand, musterte Vater mich und beschloss dann, dass ich zur Sommerakademie zu gehen hatte. Er wollte nicht, dass ich mich davonstahl wie Peter.

«Du wirst nicht den ganzen Sommer in diesem Haus herumhängen, junge Dame. Und dir lauter Probleme einhandeln.»

Peter war schon achtzehn, aber Vater glaubte, ich sei mit meinen sechzehn noch unter Kontrolle zu behalten.

Am Ende der Woche war ich als Tagesschülerin an der strengen Stonehill Schule in Concord, Massachusetts, eingeschrieben. Vater bestand darauf, dass ich den ganzen Sommer über Kurse belegte. Er hätte mich gern als Internatsschülerin angemeldet, aber dafür reichte das Geld nicht. Die Firma von Onkel Max musste dichtmachen, was bedeutete, dass Mutters Erbe nicht mehr existierte.

Sophie war in einem Tanz-Sommerlager in den Berkshires, und Margaret arbeitete bei einem Friseur. Darum war ich sogar ganz froh. Die Aussicht, den ganzen Sommer über nichts zu tun zu haben, hatte mich gequält, wirkte wie eine zusätzliche Strafe dafür, meine Mutter verloren zu haben, das Familienunternehmen, einfach alles. Mit den Zusatzpunkten durch die Sommerkurse könnte ich meinen Abschluss früher machen. Ich konzentrierte mich darauf.

In meiner ersten Woche in Stonehill holte mich ein Mädchen namens Betsy James in ihrem dunkelblauen Thunderbird-Cabrio von zu Hause ab – der Wagen gehörte ihrer Mutter und sie raste mit einhundertzwanzig Stundenkilometern den Highway entlang.

«Man fährt sechsundzwanzig Minuten Highway», sagte sie. «Zwölf Minuten Landstraße. Bist du nur für den Sommer eingeschrieben? Ich bin das ganze Jahr da draußen.»

«Ja.»

Ich hielt mich am Türgriff fest, verlor meine Angst aber bald. Sie fuhr gut und sicher. Kaum war sie vom Highway runter, drosselte sie die Geschwindigkeit und fuhr an alten Bauernhöfen vorbei und über bewaldete Hügel, bis wir holpernd eine Schotterstraße nahmen und unter Buchsbäumen und Ahornbäumen entlang zur Schuleinfahrt gelangten. Betsy war im Abschlussjahrgang. Sie hatte einen Job als Assistentin des Fotografielehrers.

«Er ist schon ein alter Mann. Er macht gern Fotos von mir. Ich meine, das sind künstlerische Fotos.»

Abgesehen von den Einzelheiten über das Auto ihrer Mutter, das 132 000 Kilometer runterhatte, für das sie neue Felgen ausgesucht hatte und das sie so gerne fuhr, kam ich nicht an sie heran. Sie redete, als wäre die Polizei ihren Worten auf der Spur; ihre Satzenden bogen entweder scharf ab oder bremsten ganz plötzlich. Während sie auf der Überholspur blieb, zog sie immer wieder ihre Lippen nach. Bis auf den Tick mit ihrem Kopf – sie schüttelte ständig ihre dicken, langen Haare, als müsste sie sich vergewissern, dass sie noch da waren –, und ihr angestrengtes Lächeln und bemühtes Gerede war sie seltsamerweise hübsch. Sie trug Sandalen und Miniröcke, an denen sie ständig zupfte und zog, während sie mit ihren lackierten Füßen aufs Gaspedal drückte. Ihre rasierten Beine glänzten von der Sonnenmilch und tauchten den Fahrersitz in Kokosnussduft. Sie kaute Wintergreen-Kaugummi.

Auf dem Weg zur Schule erzählte sie mir, dass der

Großteil der Schüler aus der Gegend um New York kam und viele von ihnen «abgefuckt» waren, ein Ausdruck, den ich nicht von ihr erwartete hatte. Sie warnte mich davor, dass Drogen zum Campusalltag gehörten.

«Du wirst sehen, wie die Kids im Wald verschwinden. Schau dir genau ihre Augen an. Rot? Glasig? Genau. Die rauchen Marihuana.»

Sie drehte am Radioknopf und stellte einen Oldiesender ein. «It's My Party» von Leslie Gore dröhnte aus dem Lautsprecher.

«Ich nehm keine Drogen», sagte sie dann. «Und du?» Ihr Blick verriet mir, dass sie nicht damit einverstanden wäre und ich meine Mitfahrgelegenheit verspielte, wenn es so wäre.

Ich schüttelte den Kopf.

«Ich mein, ich trinke Alkohol. Bier und so was», sagte sie. Sie drehte wieder am Radioknopf und lehnte sich so weit zurück in den Sitz, dass ihre Zehen an den oberen Rand des Gaspedals tippten, wie eine Ballerina in Spitzenschuhen.

~~~~~~~~~~~

Stonehill wirkte auf den ersten Blick vornehm und gesittet. Der Hauptcampus bestand aus einer Ansammlung weißer Schindelgebäude mit grünen Fensterläden – ganz klassisch Neuengland –, die sich an einen Hang schmiegten, der in Felder am Waldrand und flaches Sumpfland überging. Die Sommerschüler waren in den neueren schlichteren Wohnheimen aus Backstein einquartiert, die man vom Zentralhof aus hügelabwärts
~~~~~~~~~~~

erreichte. Zum Campusgelände gehörten Tennisplätze, ein Fotostudio und zwei Fußballplätze.

Betsy parkte auf einem Rasenstück und ließ mich aussteigen, damit ich mich auf den Weg zum Speisesaal machen konnte, wo fünfundsiebzig Schüler zusammengedrängt auf die Einführung warteten. Der verglaste Saal roch nach sonnenwarmen lackierten Tischen und Stühlen. Der Holzboden glänzte von frischem Wachs.

Eine Frau mit kurzen Haaren und in Kostüm begrüßte mich am Eingang. Sie fischte mein Namensschild aus ihrer Mappe. Jedem Schild war eine Tischnummer zugeordnet. Ich saß an Tisch Nummer sechs, neben einem Jungen namens Gregory Brown. Sein dunkler Bart ließ ihn älter aussehen. Er war schlaksig, sein Hemd schlackerte um seinen Oberkörper. Er trug ein weißes, bis zu den Ellbogen hochgekrempeltes Hemd, das noch mehr dunkle Haare zeigte. Das Hemd hing ihm locker über die abgetragene Jeans.

Statt Hallo zu sagen, teilte er mir umgehend mit, dass er in Französisch durchgerasselt war und deshalb sein Vater, ein Anwalt, darauf bestanden hatte, dass er nach Stonehill ging. Gregory war aus Scarsdale, New York.

«Derzeit bin ich für meinen Vater nur ein Flop, aber das könnte sich ändern.» Er zwinkerte mir zu, als er das sagte, was ihn sofort in einem anderen Licht erscheinen ließ. Seine Stimme war freundlich und hell wie der Klang einer Klarinette, gut gestimmt, aber nicht aufdringlich. Er lächelte versonnen, als könnte er die Horrorvorstellung eines Sommers an dieser schicken Neuengland-Privatschule nur allein dadurch ertragen, dass er ihr begegnete wie allem anderen in seinem Leben: mit einer

Portion Ironie. In Kontrast zu seinem Bart sahen seine Lippen wie von der Sonne verbrannt aus.

«Fremdsprachen sind einfach nicht meine Stärke. Das kann auch den Besten mal passieren.»

«Wenn du willst, kann ich dir helfen», sagte ich.

«Abgemacht. Du kannst gleich damit anfangen.» Wieder lächelte er auf diese verlockende Art, sein Blick war durchdringend und verträumt zugleich.

«Bist du auch in irgendwas durchgefallen?»

«Nein.»

Mrs Corey, die Frau vom Eingang, stellte sich als Direktorin vor. Sie hatte ein strenges Gesicht und eine hohe Stirn.

«Haltet euch an die Regeln und euer Aufenthalt hier wird für alle Beteiligten zu einer angenehmen Erfahrung werden. Es gibt immer ein oder zwei, die das nicht tun, und denjenigen kann ich jetzt schon mal drastische Konsequenzen versprechen. Wenn ihr Fragen oder Probleme habt, dann bin ich da, um sie mit euch zu klären. Ich wünsche euch ein gutes Semester. Lernt fleißig.» Sie lächelte, aber das passte nicht zu ihr. Sie bedeutete uns mit einer Geste, dass wir uns auf den Weg zur ersten Stunde machen sollten.

Es stellte sich heraus, dass Gregory und ich die einzigen Schüler waren, die den Französischkurs für Fortgeschrittene belegt hatten, weshalb man uns beide wohl auch an Tisch Nummer sechs gesetzt hatte. Im Klassenzimmer, einem Raum mit kleinen Fenstern und staubigem Holzfußboden, saßen wir an einem langen Holztisch neben Madam Fallon, die zunächst den Eindruck machte, als sei sie alt genug für den Ruhestand, deren lebhafte Augen und energiegeladene Persönlichkeit ihr Alter jedoch vergessen ließen. Sie trug einen langen Faltenrock und eine rosafarbene Bluse mit rundem Ausschnitt. Ihr Parfüm roch leicht nach Mottenkugeln und Honig.

Der Kurs ging den ganzen Morgen. Gregory und ich lasen abwechselnd laut aus einem Lehrbuch vor. Gregorys Aussprache war weich, oft murmelte er, was Madame Fallon dazu veranlasste, sich hinter ihn zu stellen und seine breiten, knochigen Schultern geradezudrücken. Oft bat sie mich zu wiederholen, was er versucht hatte zu sagen.

Als der Kurs vorbei war, wartete ich, bis er seine Bücher in den Rucksack gepackt hatte. Ich trug mein Buch unterm Arm. Er nahm den Deckel von der Linse, überprüfte die Einstellungen und machte sein erstes Foto von mir.

«Ich bin übrigens nicht blöd. Du kannst mich alles fragen, nur eben nicht Französisch.»

Ich lachte. «Okay.» Bis auf Gregory kannte ich keinen in meinem Alter, der nicht mit aller Kraft versuchte, etwas zu sein, das er nicht war.

«Geschichte ist ein Fach, das mir liegt.»

Ich verzog das Gesicht. Geschichte mochte ich am allerwenigsten.

«Warte mal», sagte er. «Ich sag dir, was das Spannende daran ist. Man kann sich eben nicht einfach an die Fakten halten, die sie einem beibringen. Historiker manipulieren die Fakten.» Er verdrehte den Arm. «Hast du das gewusst?»

Ich zuckte mit den Schultern. «Nein.»

«Jup. Je nach ihrer politischen oder religiösen oder ökonomischen Einstellung, aber das ist der Teil, der

Spaß macht, die verschiedenen Sichtweisen zu analysieren, auf denen die Überzeugungen von Historikern beruhen.»

«So habe ich das noch nie gesehen. Aber trotzdem, Frauen kommen da nie vor.» In den Schulbüchern wurden fast nie Frauen herausgestellt, bis auf die vom Schlage Betsy Ross – Flaggennäherinnen und Kuchenbäckerinnen –, und die Männer wirkten steifer als tote Tiere. «Ich glaube nicht an Geschichte», sagte ich. «Was soll das denn bringen? Nur die Gegenwart zählt.»

Beim Mittag setzten wir die Diskussion über die Bedeutung von Geschichte – oder ihre Bedeutungslosigkeit, wie ich es sah – fort. Wir hatten solchen Spaß dabei, dass wir uns für die Freistunde am Ende des Schultags verabredeten. Vielleicht wird die Zeit in Stonehill ja ganz okay, dachte ich.

Ich besuchte einen Literaturkurs, in dem wir *Die kahle Sängerin* von Eugène Ionesco lasen. Ein paar von uns, unter ihnen auch Gregory, saßen an einem Konferenztisch in der Bibliothek. Die Hauptfiguren in diesem Stück sprachen völlig wirres Zeug. Keine der Figuren wirkte schlüssig, aber das gefiel mir gerade an dem Stück. Die Sprachhülsen und das seltsame Verhalten der Erwachsenen waren für mich völlig logisch, bildete es doch die undurchschaubare Welt meiner Eltern ab, deren Zeugin ich so oft gewesen war, dieses Leben in zwei getrennten Sphären, nur verbunden durch gemeinsame Drinks und qualmende Zigaretten. Aber manche der Schüler machte das Stück regelrecht wütend. Sie fanden es bescheuert, reine Zeitverschwendung. Ich sah das anders.

Als endlich Freistunde war, spielten einige Schüler Tennis. Andere saßen lesend unter den Eichen oder hockten in Grüppchen auf dem Rasen oder rauchten heimlich. Wieder andere gingen auf ihr Zimmer oder machten einen Spaziergang. Da Gregory zu den Internatsschülern gehörte, wollte er den Campus erkunden. Wir überquerten das Fußballfeld und liefen durch eine dichte Baumreihe auf das Sumpfgebiet zu. Es war heiß und trocken. Eine leichte Brise hielt die Insekten fern. Wir saßen unter ausgewachsenen Kiefern, und Gregory machte noch mehr Fotos von mir. Er erzählte mir, dass eine Reihe seiner Bilder, Porträts von älteren Menschen aus seiner Stadt, bei ihm zu Hause in der Stadtbibliothek hingen.

«Mein Vater war nicht besonders beeindruckt.»

«Was hat er denn?»

«Vielleicht denkt er, dass ich schwul bin.» Er nahm die Kamera hoch. «Du bist echt wunderschön.»

Ich blickte in die Linse und fing an, den Refrain von «Aquarius» zu singen. Das Lied flog aus meinem Mund wie ein überraschter Vogel. Durch eine Lücke zwischen den Baumkronen blickte ich hoch zum Himmel. Der weite Raum blickte zustimmend zurück. *«When the moon is in the seventh house.»* Ich sang weiter, brach dann ab und sagte: «Hast du dich je gefragt, was das heißt?» Auf einmal fühlte ich mich glücklich, zum ersten Mal befreit.

Ich riss meine Arme in die Luft und sang: *«This ist the dawning of the Age of Aquarius»*.

«Deine Stimme ist der absolute Hammer», sagte er und beugte sich zu mir. Als würde er eine Fotografie berühren, strich er mit den Fingern über meine Lippen, küsste mich sanft, indem er seine Lippen auf meine Nasenspitze drückte, auf meine Wangen, und dann endlich auf meinen Mund, er öffnete seinen und schob seine Zunge vor, erst unsicher, auf meine Ermutigung wartend. Als Antwort schenkte ich ihm meine Zunge und schmiegte mich an ihn, bis meine Brust gegen seinen Oberkörper drückte. Er legte mir die Hand aufs Knie und unsere Küsse wurden fordernder. Dann schob er seine Hände unter meinen Rock, wo er die Haut unter meinem Slip berührte. Es fühlte sich absolut befreiend an, als wäre ich auf einmal wachgerüttelt worden, einen Ort zu entdecken, der mein ureigener geheimer Fluchtweg war. Die sommerliche Brise und der Kieferngeruch verschmolzen in meinem Gehirn.

Auf dem Nachhauseweg im offenen Thunderbird wirbelte der Wind meine Haare durcheinander und strich über mein Gesicht und alles, was von Gregorys Küssen darauf zurückgeblieben war. Betsy war so in ihr Spiegelbild vernarrt, dass sie gar nicht wahrnahm, wie abwesend ich klang und wie unkoordiniert meine Glieder waren.

Zu Hause rannte ich die Treppe hoch, um in Shorts zu schlüpfen. Elliot und Robert waren draußen und spielten auf der alten Schaukel, die hinterm Haus hing. Seit Mutter fort war und jetzt auch Peter, der seit Kurzem in Strandcafés in Kalifornien Musik machte, fühlte sich das Haus im Schatten meiner sich verändernden Welt größer und leerer an. Die Luft darin roch unbelebt, so wie es in meiner Vorstellung in Mrs Brenwalds Haus riechen musste. Nebenan kam weiterhin jeden Samstag ein Junge vorbei, der ihre Einkäufe brachte. Hin und wieder sah ich immer noch, wie sich ihre Vorhänge bewegten.

In meinem Zimmer hörte ich das Quietschen rostiger Ketten, während meine Brüder vor und zurück in den Himmel schwangen. Robert liebte die Schaukel und konnte allem Anschein nach Stunden damit verbringen, einen scharfen Bogen mit ihr in die Sommerluft zu schneiden. Die Pendelbewegung brachte seinen übersprudelnden Geist zur Ruhe.

Ich blickte aus meinem Fenster in den Garten. Zwei Stockwerke unter mir blühten Mutters Rosen kreuz und quer, manche verwelkten schon. Vater hatte keinen Sinn für Pflanzen, und keiner von uns, ich eingeschlossen, wusste, was wir mit ihren dornigen Sträuchern machen sollten. Sich ihnen zu nähern, hieß, sich ihr zu nähern, und das jagte mir Angst ein. Als Folge davon blieben die Blumenbeete völlig sich selbst überlassen, wucherten vor sich hin und waren voller Unkraut. Unerwünschte Pflanzen übernahmen mit ihren langen Stielen die Regie, und rächten sich widerstandsfähig und bösartig für all die Sommertage, an denen Mutter die stacheligen Gewächse so lange geschnitten, gestutzt, von Unkraut befreit und in Form gebracht hatte, bis der Garten sich gefügt und mit einer atemberaubenden Melange von Farben und Gerüchen darauf geantwortet hatte. Jetzt nicht mehr. Die wilden Tiere waren aus ihren Käfigen befreit worden.

~~~~~~~~~~~

Als ich zum Abendessen nach unten kam, rief Dora mich zu sich in die Küche, und da sah ich, dass nur für drei gedeckt war, nicht für vier.

«Was hat das zu bedeuten?»

«Dein Vater ist heute Abend aus.»
~~~~~~~~~~~

Sie kommentierte das mit einem missbilligenden Gesichtsausdruck, der mir sagen sollte, dass er mit Miss Delgarno aus war, drehte sich dann wieder zum Spülbecken und wusch weiter Geschirr ab.

Ich fragte nicht weiter nach. Mehr wollte ich nicht wissen. Wenn Peter nach Kalifornien flüchten konnte, konnte ich das auch, auf meine eigene Weise.

Ich setzte mich hin und schlug die Zeitung auf, überflog Schlagzeilen zu Vietnam, Nixon und der Wirtschaftsrezession, bis ich zu den Comics kam. Die Welt der Comics war rundum beruhigend. Alle Probleme blieben überschaubar. Das Leben war etwas, über das man lachen konnte. In den Kästchen mussten sich die Figuren jeden Tag aufs Neue denselben Schwierigkeiten stellen. Sie handelten sie für mich ab. Charlie Brown war einer meiner Lieblinge. Unerbittlich und hoffnungslos versuchte er, sich aufzuheitern; verzweifelte jedoch Woche für Woche wieder, während seine Schulkameradin Lucy herumschrie und tobte, ihn manchmal sogar schlug, ohne dass es irgendwas gebracht hätte. Ganz gleich, welche unschönen Ereignisse sich in der Welt auch abspielten, Charlys depressive, aber bemühte Persönlichkeit hatte Bestand. Auf ihn konnte ich mich verlassen.

Dora warf drei Papierservietten auf den Küchentresen und half Elliot und Robert, sich bei kalten Thunfischsandwichs und Milch an die Situation zu gewöhnen. Neben meinen zwei jüngeren Brüdern saß ich aufrechter, mein Körper war nicht länger der eines Kindes. Dora wirbelte um sie herum, bestand darauf, dass sie was aßen, drängte sie, auszutrinken und versprach ihnen Eis zum

Nachtisch, wenn sie auf sie hörten. Aber am Küchentresen änderten sich die Benimmregeln. Robert las beim Essen. Seine Serie hatte er ausgelesen und schon wieder mit einer neuen begonnen. All seine Fantasy-Bücher kamen immer gleich in Serien von drei oder mehr Bänden daher, als wollten sie das Ende hinauszögern. Elliot hantierte mit einer Handvoll kleiner Spielzeugpferde, baute sie neben seinem Teller auf und redete mit ihnen. Ich versuchte, mitzuhören, was er sagte, kam aber kaum mit. Es war, als wäre er mitten in einem länger andauernden Gespräch. Also löste ich Kreuzworträtsel.

Nach dem Abendessen ging ich hoch in Peters Zimmer, um Platten zu hören und mitzusingen. Ich ließ immer wieder Joni Mitchells «Blue», Jimi Hendrix' «Crosstown Traffic» und Laura Nyros «Timer» laufen. Peter fehlte mir. Diese Melodien, die ich in- und auswendig kannte, weil wir sie an so vielen Abenden gemeinsam gehört hatten, brachten ihn zurück, machten seine Gegenwart spürbar. Manchmal fühlte sich mein Zuhause an wie eine aufgeplatzte Blase.

«Mir gefällt das Lied über Eiscreme», sagte Elliot, der im Türrahmen stand.

«Komm, setz dich», sagte ich. «*And ice cream castles in the air –*»

Ich sang Joni Mitchells Zeilen noch einmal, und er kam rein und ging zum Plattenspieler, blieb dort stehen, als ob mein Gesang Peter auch in seine Welt zurückbringen könnte.

«Wann kommt Peter nach Hause?»

«Vielleicht, wenn der Sommer vorbei ist, keine Ahnung.»

Heute Abend sah er älter aus, nicht mehr so introvertiert. Vielleicht war er ein wenig gewachsen. Ich wusste, dass seine Frage darauf zielte, warum Peter uns verlassen hatte. Wahrscheinlich fragte er sich, ob als nächstes ich fortging.

«Peter ist älter. Alle seine Freunde sind diesen Sommer irgendwohin gegangen.»

«Ich weiß. Wenn ich groß bin, will ich nach Australien.»

Ich lachte. «Das ist weit weg. Du würdest mir fehlen.»

«Du kommst mich dann einfach besuchen.»

«Okay. Das mach ich.» Ich zog ihn an mich und nahm ihn in die Arme.

«Ich glaube, es wird ihr gut gehen mit Dad. Sherry ist nett», sagte er.

«Sie ist in Ordnung.»

Sein Weitblick brachte mich einmal mehr völlig aus dem Gleichgewicht. Elliot verstand; er verstand, dass Sherry sein Leben sicher mehr prägen würde als meins. Aber in mir zog sich alles zusammen, als er das sagte, und ich wandte mich zum Plattenspieler, um die Platte umzudrehen, die zu Ende war.

«Willst du das noch mal hören?», fragte ich ihn. Ich hielt die Nadel über das Vinyl und ließ sie herab, bis der Diamantnadelkopf auf die breite, spiralförmige Rille traf.

~~~~~~~~~~~

Später lag ich im Bett und dachte an Gregory und wie er mich berührt hatte. Mein Zimmer verwandelte sich in eine Waldschlucht. Ich konnte an nichts anderes
~~~~~~~~~~~

mehr denken. Ich rieb die Stelle zwischen meinen Beinen so, wie er es getan hatte, bis das fließende Gefühl in meinem Kopf wiederkehrte und die Empfindung, in einen warmen Pool zu tauchen, meine Brust ausfüllte. Es wurde still im Haus, und es blieb still. Doras Fernseher wurde ausgeschaltet. Das Spülprogramm war durchgelaufen. Ich wartete nicht länger, dass Vater nach Hause kam.

Am nächsten Morgen stand Vater wieder zerstreut über das Spülbecken gebeugt, lutschte an Orangenstückchen und spuckte die Kerne ins Becken. Dora bewegte sich phlegmatisch durch die Küche, muskulös schritt sie zwischen Kühlschrank, Spüle und Tresen ein Dreieck auf dem Linoleumboden ab. Sie wickelte Lunchbrote für meine Brüder ein; drehte am Herd die Gasflamme kleiner, damit Vaters Kaffee nicht überlief. Sie wirkte unruhig.

Als sie bei uns anfing, fand ich sie hässlich und dick, aber mittlerweile wusste ich es besser. Sie war zäh und unerschütterlich; und was noch viel wichtiger war, sie sorgte sich um uns.

«Hast du alles?», fragte sie, als hätte sie meine Gedanken gelesen. Sie drehte sich vom Herd weg und wartete, dass ich antwortete.

«Ja, wir sehen uns dann heute Abend, richtig?» Betsy hupte zweimal draußen vorm Haus. Ich schnappte mir meine Bücher.

«Klar, wo sollte ich denn sonst sein?» Sie tat beleidigt, und wir lachten zum ersten Mal zusammen.

Ich war ihr dankbar.

~~~~~~~~~~~

Je weiter der Sommer voranschritt, umso mehr gefiel es mir, wie schrecklich schnell Betsy auf dem Highway fuhr; umso mehr gewöhnte ich mich an ihre kesse Art und den glänzenden Lippenstift. Ich fand es herrlich, wie mein Haar im Wind, wie der Luftstrom gegen meine Bluse drückte. Zum ersten Mal, seit ich einen BH brauchte, trug ich ihn nicht mehr. Nicht dass ich schon so aus dem Haus gegangen wäre. Ich stieg ins Auto, und es wurde zu meinem Ritual mit Betsy, meinen BH abzustreifen und in meiner Tasche verschwinden zu lassen. Meine Brüste waren noch mal um eine Körbchengröße gewachsen und drückten fester gegen meine Baumwollblusen.

Wir hatten beide so unsere Geheimnisse: Betsy trug einen Bikini unter ihrem Rock. Sie posierte jeden Nachmittag für Mr Donald, den Fotografielehrer. Der alte Mann hatte eine perverse Vorliebe für sie. Jeden Nachmittag gab es neue Versionen von Betsy auf Hochglanz, die ganze Rückbank des Thunderbirds war voller Schwarz-Weiß-Fotos in 8x11: Betsy, die sich auf einem Baumstumpf rekelte; Betsy mit gespreizten Beinen auf einer Schulbank; Betsy, die sich nach hinten beugte und in die Kamera schaute.

«Er sagt, es ist für die Kunst», sagte sie nonchalant. «Und er bezahlt mich dafür. He, wenn es ihm einen Kick gibt, mir doch egal.» Sie strich sich über den Oberschenkel. «Zum Glück habe ich keine Cellulite.»

Ich sagte nichts. Ich musste nichts sagen.

In der Schule besuchte ich brav meine Kurse, bis
~~~~~~~~~~~

Gregory und ich uns in der Freistunde am Nachmittag davonschlichen. Wir gingen ins Sumpfland. Am zweiten Tag hatte er einen selbstgebauten Joint aus der Jacke gezogen und angezündet, kaum dass wir tief genug im Wald und in den Gräsern gewesen waren.

«Willst du mal probieren?»

Ich nickte und sah zu, wie er sich den Joint zwischen die Lippen klemmte und dann anzündete, bis ein rauchiger Duft aufstieg. Ich erinnerte mich, wie Peter und Kenneth es gemacht hatten, den Rauch eingehalten und dann gehustet hatten, und jetzt machte ich genau dasselbe. Die Sonne war verschleiert, was die Eichenblätter dunkler erscheinen ließ. Ich lief auf das Sumpfland zu. Ich wollte in dem hohen Schilf stehen, wo mir die Rohrkolben bis zu den Schultern reichten. Ich wollte ein Rohrkolbenfeld werden, mit dem Schilf tanzen.

«Hier wird Geschichte geschrieben», sagte ich, griff nach Gregorys Hand und zog ihn mit. Ich lief auf eine Stelle mit dicht zusammenstehenden Rohrkolben zu und stellte mich in ihre Mitte, war umschlossen von all dem Grün. «Stell dir vor, du kämpfst im Bürgerkrieg.» Ich zog einen Stängel heraus. «Denkst du dann an den Tod? Oder an dein Lieblingsessen? Oder daran, deine Liebste zu küssen?»

Ich drehte mich um und küsste Gregory.

«Stell dir vor, das hier ist das Paradies», sagt er. «Du bist Eva, und ich bin Adam. Lass uns unsere Sachen ausziehen.»

~~~~~~~~~~~
~~~~~~~~~~~

Das wurde zu unserem Ritual. Von da an überquerten wir jeden Nachmittag das Fußballfeld bis zum entfernten Ende des Campusgeländes, teilten uns einen Joint und gingen zurück zu der kleinen freien Stelle in Sumpfnähe. Sie war weit vom Campus entfernt und geschützt. Bis auf kleinere Tiere, deren Rascheln zu hören war, und einem Vogel, der von den Zweigen aufflog, nahm dort keiner Notiz von uns. Gregory fotografierte mich, wie ich auf dem Boden lag, die Arme über dem Kopf. Dann legte er sich neben mich auf die Kiefernnadeln. Jeden Tag zogen wir ein Kleidungsstück mehr aus: meine Bluse, sein Hemd, meinen Slip. Er küsste meine nackten Brüste und glitt an meinem Bauch hinab, leckte mich dort, wo kein Junge mich je zuvor berührt hatte. Die Schwermut fiel schichtenweise von mir ab. Ich ließ mich von seiner Leichtigkeit mitreißen, öffnete die Beine, wie Betsy es auf der Schulbank in ihrem Bikini tat, ein Gefühl, als flatterten Flügel zwischen meinen Schenkeln, bis ich in einer weiteren Explosion verloren ging. Auch ich berührte ihn, bis seine Beine zitterten, sein Atem einen anderen Rhythmus annahm. Danach wurden wir ruhig und still.

Als es Zeit war zu gehen, zog ich mich an und lief allein voraus über das Fußballfeld, das sich im Laufe des Sommers immer heißer und trockener anfühlte. Braune Gräser waren an den Boden gedrückt. Ich erklomm den kleinen Hügel und ging über den Innenhof, wo die Schüler rumhingen, entweder auf den Bänken oder zu zweit in den dunkleren Schatten der Bäume. Ich kannte alle Gesichter, aber nur wenige der anderen beim Namen. Am Ende des Schultages ging ich zum Parkplatz zurück und wartete beim Thunderbird, bis Betsy zwischen den wie ein Kreuzworträtsel geparkten Autos angeschlendert kam und lässig einen neuen Stapel Fotos auf die Rückbank schmiss.

~~~~~~~~~~~

Am schwersten waren die Wochenenden. Die Tagesschüler blieben zu Hause, während die Internatsschüler Ausflüge machten. Ich hatte zu Gregory gesagt, er solle mich nicht zu Hause anrufen. Ich wollte nicht, dass Vater oder Dora irgendwelche Fragen stellten. Ich wollte keine Verbindung zwischen Gregory und meinem alten Leben. Ich wollte mich nicht erklären müssen oder das Eden zerstören, das wir uns geschaffen hatten. Mutter erwähnte ich nie. Ich wollte nur die Gegenwart, alles, wie es war, keine Sorgen, keine Dunkelheit und Unklarheit. Keine Vergangenheit.

Samstagmorgens ging ich immer in die Bibliothek von Soquaset oder in den Musikladen, wo ich von meinem wöchentlichen Taschengeld Top-40-Singles und Noten kaufte. Ich lernte Lieder von den Byrds, Neil Young, Carole King, Simon and Garfunkel und The Doors auswendig. Ich kaufte meterweise günstigen Baumwollstoff mit Blumenmuster und nähte knöchellange Röcke für Gregory, unter die er seine Hand schieben konnte.

Ich nähte in der angenehmen Kühle im Untergeschoss, trat das Pedal der einfachen Singer-Nähmaschine. Vater war noch immer nicht wieder nach oben gezogen. Tagsüber gab er Sommerkurse. Abends war er in sich gekehrt, trank große Gläser Wodka mit Zitrone und zog sich in sein Arbeitszimmer zurück, wo er Frank Sinatra
~~~~~~~~~~~

und Tony Bennett auflegte. Er hörte immer und immer wieder dieselben Lieder. Oder er war mit Miss Delgarno unterwegs. Ich hörte auf, Klavier zu üben, und sang lieber vor unsichtbarem Publikum in Peters Zimmer oder vor Elliot oder auch im Sumpfgebiet vor Gregory.

Peter schrieb und erzählte, dass Kalifornien der absolute Traum sei. Berge. Der Pazifik. Seelöwen, die in Felsenhöhlen in San Diego faulenzten. «Ich gehöre hierher. Schreibe Lieder, gebe Straßenkonzerte. Ich liebe euch. Peter.»

Wegen Gregory merkte ich gar nicht, wie schnell die Wochen vergingen, bis dann die letzte kam und Vater an meinem letzten Tag in Stonehill sagte, ich könne dort übernachten. Die Direktorin gab mir ein freies Zimmer. Eine der Internatsschülerinnen war früher nach Hause gefahren.

Obwohl es abends neblig war und nach Regen aussah, fand das Buffet draußen auf dem Tennisplatz statt. Auf Tischen mit roten Decken standen Nudelsalate und knusprige Hähnchenschenkel. Gregory und ich machten einen wehmütigen Spaziergang über das Campusgelände. Zum letzten Mal überquerten wir das Fußballfeld.

War das Tageslicht erst einmal verschwunden, hingen dichte Nebelschwaden bis auf den Boden. Es war gespenstisch und aufregend. Ich konnte nur wenige Meter weit sehen. Ich wollte tiefer in den Nebel hinein, als könnte ich, indem ich in seine Mitte tauchte, seine herumspukende Seele zu fassen kriegen und die unvermeidliche Rückkehr an meine Schule im September hinauszögern. Mein Zeitempfinden wurde vom Nebel aufgelöst, schmolz dahin. Ich wollte, dass diese Nacht nie vorüberging.

Gregory zog einen Joint aus der Hosentasche und zündete ihn an. Ich nahm den Rauch in mich auf, diese ätherische Substanz, die mich so leicht machte wie Helium. Das Wetter tauchte alles in dunkleres Licht, sogar den Rauch, und der Geruch vom Sumpf flutete die Luft mit dem scharfen Gestank nach faulenden Gräsern. Ich atmete ein und wartete, dass mich dieses schwebende Gefühl auf den Nebel hob, der in Schwaden um mich herum trieb. Fernes Lachen und die Rufe eines Schülers drangen wie aus einer benachbarten Stadt zu uns hindurch.

Wir beanspruchten diese sumpfige Ecke ganz für uns allein, und wir entdeckten einen Baumstumpf, auf den wir uns setzen konnten, schauten uns um nach Gespenstern. Der Nebel umgab uns wie ein Tuch. Gregory umarmte mich. Ich schmiegte mich an ihn. Er griff nach meiner Bluse und zog sie mir über den Kopf.

In dieser Nacht ließen wir unsere Sachen neben dem Baumstumpf liegen. Das Gras war vom Tau benetzt und kitzelte zwischen meinen Zehen. Gregory stand auf einmal hinter mir und schmiegte seine Hüften an meinen Po. So oft hatte ich ihn so gespürt, ihn aber nie reingelassen, und jetzt lief uns die Zeit davon.

Ich drehte mich um und zog ihn weiter zwischen meine Schenkel.

Wir hörten noch mehr Rufe in der Ferne.

«Was sagen die?», fragte er und wartete.

«Ach, nichts Wichtiges.»

Ich zog ihn noch näher.

«Vergiss das nie», flüsterte er.

Wir standen ganz dicht voreinander und rührten uns kaum, nur so weit, dass wir die Lücke zwischen uns ganz schließen konnten und er zuletzt ganz in mir war. Er stöhnte, seine Knie gaben nach. Dann glitt er heraus und rutschte an meinen Beinen hinab.

«Sarah –»

Ich kniete mich neben ihn.

«Alles okay mit dir?», fragte er.

«Mir geht's gut.»

Wir griffen nach unseren Sachen, zogen uns an und rauchten einen zweiten Joint und lagen ineinander verschlungen auf dem feuchten Boden. Ohne jeden Gedanken an die Zeit. Ich hätte überall auf der Welt sein können, Königin in meinem eigenen Reich. Wieder hörten wir Stimmen und Rufe, dann wurde es still. Ich schlief ein.

Ich erwachte von einem dringlichen Ruf, jemand rief meinen Namen. Es war früh am Morgen. Mein Mund war völlig ausgetrocknet und ich stupste Gregory an, bis er wach war.

«Geh vor. Wir treffen uns dann zum Frühstück im Speisesaal.»

Ich lief über das Fußballfeld auf eine kleine grasbewachsene Hügelkuppe zu, die gerade außerhalb des Blickwinkels der Wohnheimfenster lag, von denen alle bis auf eines dunkel waren. Mrs Corey kam heraus gestürmt, rauchte und rief meinen Namen.

Ich stand hinter einem Baum und überlegte, ob ich ihr antworten oder warten sollte, bis es hell wurde.

Ich ging den Hügel hinab und überquerte die Einfahrt.

«Sarah! Komm sofort her! Was hast du zu deiner Verteidigung vorzubringen?»

Ich schaute zu Boden, auf ihre Schuhe, an denen Moosklumpen klebten. «Ich habe mit Gregory einen Spaziergang gemacht. Es tut mir leid. Es war eine so schöne, neblige Nacht. Es tut mir leid. Es klingt verrückt, aber ich bin eingeschlafen.»

«Das wird nicht reichen, Sarah. Ich bin sehr enttäuscht.»

«Es tut mir leid. Es ist nichts passiert.»

«Ich war kurz davor, die Polizei zu rufen. Ich rufe jetzt bei dir zu Hause an, damit sie dich abholen –»

«Betsy kann mich nach Hause bringen.»

«Du sagst jetzt kein Wort mehr, Kind. Komm mit mir mit.»

Ich stand da und wartete auf noch mehr. Aber sie drehte sich um, und ich folgte ihr in den Aufenthaltsraum bei den Schlafsälen. Sie ging in ein kleines Zimmer und rief bei mir zu Hause an. Einerseits wusste ich, wie dumm das von mir gewesen war. Und wie sollte ich mich jetzt von Gregory verabschieden? Das war nun unmöglich. Ich sah aus dem Fenster, als das Licht der Morgendämmerung die Bäume aus ihren Schatten schälte. Andererseits gehörten Mrs Corey und diese Schule schon der Vergangenheit an, so wie alles andere in meinem Leben. Es war mir egal. Es erschien mir belanglos und lächerlich, dass ein Spaziergang im Wald – und ich fand nicht, dass mein Sexleben sie etwas anging – einen Anruf bei der Polizei rechtfertigte. Das war keine Notsituation. Niemand war tot oder lag im Sterben. Und damit kannte ich mich ja nun wirklich aus.

«Es ist meine Schuld, Mrs Corey», sagte Gregory, der an die Tür klopfte.

«Nein, meine», sagte ich.

«Gregory! Deinen Vater rufe ich als Nächstes an.»

Mrs Corey schickte ihn raus. Sie entließ uns beide nach draußen und wies mich an, mich auf eine Bank zu setzen. Dann schickte sie Gregory per Fingerzeig auf einen Weg, der zu seinem Wohnheim führte. Ich sah ihm nach. Mrs Corey setzte sich neben mich auf die Bank und wir warteten schweigend. Wir hatten uns nichts mehr zu sagen. Es tat mir leid, dass ich ihr Sorgen bereitet hatte, aber Vater gegenüberzutreten würde viel schlimmer werden. Ich hatte Angst vor seinem Eintreffen.

Während ich wartete – und Mrs Corey wirkte nun doch, als hätte sie Mitleid –, rauchte sie eine Zigarette nach der anderen, ihre Haare waren angeklatscht, ihr Gesicht fettig vom Schlafmangel, und ich saß zerknirscht da und stellte mich auf Vorwürfe ein. Ich begriff schon, dass ich auch meine Schuld hatte, aber das Leben war wichtiger, und in dieser Nacht hatte ich eine Entscheidung getroffen, die ich nicht bereute. Die Nacht hielt die Wärme und ich hütete sie auf meiner Haut, schwelgte im Genuss von Gregorys Berührungen. Die Kiefern um mich herum, die die Felder säumten, verstanden mich. Sie mussten nicht so viel Aufhebens machen wie Mrs Corey. Die Natur nahm die Dinge an. Ich war ruhig, bis ich ihn kommen hörte. Das Auto jagte den Kieselsteinweg hoch, Steinchen knallten gegen den Kotflügel und die Reifen knirschten über den Weg. Der Wagen hielt an. Die Fahrertür ging auf und wurde wieder zugeschmissen. Stille, und dann stand er vor mir.

«Steig ein, Sarah.»

«Es ist nicht so schlimm, wie es klingt.»

«Steig ein, bevor ich mich völlig vergesse!» Er packte mich am Ellbogen, zerrte mich über die Einfahrt und stieß mich auf den Beifahrersitz, dann knallte er die Tür zu. Ich lehnte mich so weit von ihm weg, wie ich nur konnte. Er ließ den Motor an und fuhr los.

«Verdammt noch mal, was hast du gemacht?»

«Ich war spazieren.»

«Wer ist dieser Junge? Wer ist dieser verfluchte Junge?»

«Niemand.»

«Wer ist der Junge, mit dem du die ganze Nacht zusammen warst?»

Er nahm die Hand vom Steuer und schlug mit der Faust aufs Armaturenbrett.

Ich schrie ihn an. «Hör auf damit! Halt den Wagen an. Sofort! Du machst mir Angst!»

Schlingernd nahm er die Ausfahrt auf die Landstraße, aber als er kurz vor einer Kurve abbremste, öffnete ich die Tür, sprang raus auf die weiche Böschung und rannte davon.

Vater hupte und holte mich ein, brüllte durchs Fenster, dass ich wieder einsteigen sollte. Ich rannte weiter an der Straße entlang, bis mein Schlafmangel mir die Kraft raubte und die vor mir liegende Straße mir nur noch endlos lang erschien, ein langer Streifen von Tannenbäumen und weißen gestrichelten Linien. Keine Häuser in Sichtweite.

«Schalt deinen Kopf wieder ein und steig ins Auto, denn ich fahre dir solange hinterher, bis du es tust. Hast du mich verstanden?»

Ich wurde langsamer, konnte nicht mehr laufen, weigerte mich aber, ihn anzusehen. «Hau ab.» Ich ging weiter.

Er beschleunigte und fuhr ein Stück voraus, lenkte den Wagen dann auf den Standstreifen und bremste. Er öffnete die Fahrertür und stieg aus.

«Sarah, steig ins Auto.» Er zeigte auf den Beifahrersitz. Dann kam er auf mich zugelaufen.

Ich drehte mich um und rannte in die andere Richtung, aber dann stürzte ich über eine Baumwurzel. Als ich aufstand, sah ich, wie die Sonne aufging. Ich konnte ihren Rand erkennen, während sie zwischen der Vegetation aufzusteigen begann. Nicht ein einziges Auto hatte uns passiert.

Er berührte meinen Arm und packte mich, er riss mich herum und hielt mich an beiden Schultern fest.

«Fass mich nicht an!», schrie ich. «Verschwinde aus meinem Leben!»

Das traf ihn. Er ließ mich nicht los, aber in ihm sackte alles zusammen, wie an dem Tag mit Peter am Esstisch. Er sah mir in die Augen, aber ich schaute weg, blickte zum Himmel hoch, der sich orange und blau färbte. Der Nebel war nur vorübergehend gewesen. Jetzt zeigte sich der Himmel; ein gigantischer Farbstreifen über den Bäumen, der ferne Länder streifte. Dahin wollte ich gehen.

Er schnaufte wütend, hustete und spuckte auf den Boden.

«Uh.» Ich drehte mich weg.

«Sarah, bitte», flüsterte er. «Ich flehe dich an als dein Vater. Komm mit mir nach Hause. Wir reden, wenn wir uns beide beruhigt haben. Ich lasse dich nicht hier zurück.»

Ich wusste, dass er es ernst meinte, und ich war müde. Ich nickte. Ich stieg wieder ins Auto.

Den restlichen Weg bis nach Hause sprachen wir kein Wort. Zu Hause stieß ich die Küchentür auf, ging an Dora am Spülbecken vorbei und an Elliot und Robert, die ihre Beine um die Barhocker geschlungen hatten. Sie waren eben erst zum Frühstücken nach unten gekommen. Ich quälte mich die Treppe hoch. Ich wollte schlafen. Duschen. Gregory. Den weichen Schutz der Betttücher meiner Kindheit.

*16. Kapitel*

## *Rettung des Aquariums*

Es ist so schön und einsam hier im Haus.

Dora machte oben mit dem Staubsauger die Runde. Sie öffnete die Tür zu Mutters Zimmer und schloss sie wieder, und als sie das Gerät einstöpselte und einschaltete, zerriss der Lärm die morgendliche Stille wie ein Bagger, der Baumwurzeln ausreißt. Der Lärm wanderte hin und her, unter Möbelstücke und um sie herum, während Dora den Staubsauger weiter in Mutters Ankleidekammer zog. Der Staubsauger lief schon so lange, dass der schrille Ton zu einer neuen Form der Stille geworden war.

Ich lag im Bett und überlegte, was ich wegen des Familienausflugs an den Strand unternehmen sollte. Ich hatte absolut keine Lust mitzukommen.

«Sarah! Robert! Elliot!», rief Vater von unten. «Zieht eure Badesachen an!» Weil er darauf bestand, dass wir wie jedes Jahr am *Labor Day* an den Strand fuhren, hatte ich fast vergessen – dieser süße Hauch von Vergessen bevor die Erinnerung wieder einsetzt –, dass Mutter vor so vielen ewigen Monaten gestorben war.

Niemand antwortete, nur Dora stellte den Staubsauger ab. Jetzt schien sogar das Haus mit mir zusammen zu lauschen. Einige Minuten vergingen, dann rief er erneut.

«Wir wollen los! Kommt endlich!»

Dora stellte den Staubsauger wieder an, und das ganze Haus vibrierte von seinem Dröhnen. Der Schatten des

Fensterkreuzes bildete einen Zaun an meiner Zimmerwand. Ich sah genau hin, weil ich wissen wollte, ob er sich bewegte.

Elliot wollte bestimmt fahren. Er mochte den Strand mit seiner Überfülle von Sandflöhen, Krebsen, Steinen, Muscheln und Möwen, die in der Luft kreisten. Elliot sagte grundsätzlich nicht Nein. Das war nicht seine Art.

Robert öffnete seine Tür.

«Ich komm nicht mit!», rief er und knallte sie wieder zu.

Erneut keine Reaktion, aber die Stimmung war damit klar.

«Alle kommen mit!», rief Vater nach einer kurzen Pause. Dann waren schwere Schritte auf der Treppe zu hören.

Er klopfte an meine Zimmertür und öffnete sie dann mit einem Ruck.

«Ich bleibe bei Robert. Er will nicht mit», sagte ich.

Ich stützte mich auf den Ellbogen. Vater sah sich in meinem Zimmer um. Im Gegensatz zu seinem Arbeitszimmer im Erdgeschoss war mein Zimmer penibel aufgeräumt; meine Kleidung lag säuberlich aufeinander gelegt in den Schubladen, so wie Mutter es am liebsten gehabt hatte.

«Robert kommt auch mit. In zwanzig Minuten seid ihr beide unten.»

Vater ging zu Roberts Zimmer, öffnete die Tür und wurde von einem Schwall von Widerworten überschüttet. Mein zwölfjähriger Bruder schmiss etwas an die Wand, etwas nicht so Schweres, vielleicht einen Turnschuh. Noch mal knallte etwas an die Wand. Vater warf die Tür zu und stürmte nach unten.

Als ich das hörte, fand ich mich mit dem Ausflug ab. Ich zog meinen Bikini an, streifte ein gelbes Strandkleid aus Baumwolle über und schlüpfte in Ledersandalen.

Dora ging nach unten, und der Staubsauger polterte über die teppichbespannten Stufen. Als Nächstes war das Wohnzimmer dran, dann das Esszimmer – sie putzte immer gern die Zimmer zuerst und dann den Flur, bevor sie das Kabel aufwickelte und den Staubsauger unten in den Mantelschrank stellte.

Dann hörte ich, wie Sherry, die die Nacht wieder einmal auf dem Schlafsofa in Vaters Arbeitszimmer verbracht hatte, leise die Treppe hochgetapst kam, sacht wie ein Gast, der erstmals ein neues Haus erforscht: Die Zehen berührten höflich den Boden, die Beine bewegten sich flink, aber doch gemessen, weil sie nicht ängstlich oder übereifrig wirken wollte. Ich hörte, wie sie die Tür zum Schlafzimmer meiner Eltern öffnete und wieder schloss.

Ich spähte hinaus und ging in den Flur, um zu lauschen. Auch in Roberts Zimmer war nichts zu hören, bis auf ein Scharren. Ich näherte mich der Schlafzimmertür meiner Eltern und hörte, wie im Badezimmer quietschend die Duschhähne aufgedreht wurden und dann hinter geschlossenen Türen das Wasser rauschte. Wie konnte sie es wagen! Unter der Dusche konnte Sherry nicht hören, wie ich in Mutters Ankleidezimmer schlich. Ich stand da und presste die Stirn an die abgeschlossene Badezimmertür, während Sherry «Begin the Beguine» von Cole Porter summte, ein Lieblingsstück von Vater. Die feuchtwarme Luft drang durch den Türschlitz. Ich spürte die Feuchtigkeit an den Zehen und roch den frischen Duft von Seife.

Ich zog Mutters Kleiderschrank auf, in dem noch ihre Kleider in der Plastikfolie hingen, und holte mir vom Regalbrett neben einem Schuhkarton einen Strandhut – aus Stroh mit einem grünen Band. Ich setzte ihn auf und betrachtete mich im großen Spiegel in der Schranktür. Sherry summte nicht mehr; plötzlich wurde das Wasser abgedreht. Ängstlich huschte ich wieder hinaus, vergaß, die Schlafzimmertür zu schließen, und eilte nach unten in die Küche.

«Der gehört deiner Mutter», sagte Dora.

Ich berührte die Hutkrempe und richtete mich auf. Wenn ich mit Sherry, die die Frechheit besaß, Mutters Badezimmer zu benutzen, zu diesem Strandausflug mitkam, würde ich Mutter mitnehmen, um Sherry in ihre Schranken zu weisen.

«Ich weiß.»

Ich öffnete den Kühlschrank und holte den Orangensaft heraus. Sherry kam in die Küche, die Wangen feucht und gerötet, von Mutters heißem Wasser gut durchblutet. Sie trug weiße Kreolenohrringe, und ein violetter Rock schmiegte sich an ihre breiten, knochigen Hüften. An ihrer bloßen Taille zeigten sich kleine Fettröllchen. Die Brüste, ihre Kronjuwelen, standen in einem farblich abgestimmten tuchähnlichen Baumwolltop vor. Glänzender Lippenstift rahmte ihre viereckigen dicken Zähne. Ich hätte gern gewusst, wie oft sie mit meinem Vater gefickt hatte.

«Mit dem Hut siehst du umwerfend aus, Sarah», sagte Sherry. Sie lächelte anmutig und suchte dann bei Dora Einverständnis und Zustimmung.

«Er gehört meiner Mutter», sagte ich.

Dora goss Kaffee in eine Tasse und reichte sie widerwillig Sherry.

«Cornflakes sind da drin», sagte Dora und zeigte auf den Hängeschrank über der Arbeitsfläche.

«Hast du gefrühstückt?», fragte mich Sherry. Ihr Blick sagte: *Bitte gib mir eine Chance. Versetz mir keine Ohrfeigen.*

Ich zuckte mit den Schultern und sah weg.

«Robert will nicht mitkommen», sagte sie. «Ich bin sicher, das liegt an mir. Und du auch, Sarah. Ich weiß, du magst es nicht, dass ich hier bin.»

Ihre Ehrlichkeit war verblüffend. Einen Augenblick lang war sie mir fast sympathisch.

«Robert mag keine Ausflüge», sagte ich. «Und eigentlich überhaupt keine Veränderungen.»

Sie nickte, trank einen Schluck Kaffee und hinterließ einen Lippenstiftabdruck an der Tasse. «Könnten wir es gleichwohl probieren?»

*Gleichwohl.* Bis zu diesem Wort war ich bereit gewesen, ihr zuzuhören. Gleichwohl?

Im ersten Stock über der Küche fiel etwas zu Boden, und diesmal war es nicht nur ein Schuh. Dora und ich liefen zur Treppe und sahen hinauf. Roberts Tür war verschlossen, aber Vater stand davor und drückte sie auf.

«Hör auf. Du machst sie kaputt!», rief Robert.

Dora ging die Treppe hoch und unter ihrem martialischen Schritt ächzte jede einzelne Stufe, bis sie den Absatz erreicht hatte. Ich folgte ihr. Noch bevor ich oben war, hatte Vater es schon geschafft, Roberts Tür aufzustoßen, und die Kommode, die Robert vor die Tür geschoben hatte, stürzte um. Robert schrie auf.

«Mörder! Meine Fische! Meine Fische!»

Er kreischte wieder wie am Spieß, als würde jemand permanent auf ihn einstechen. Ich lief in sein Zimmer. Die Kommode hatte die Ecke des Aquariums getroffen, und das Glas war gesplittert. Das Wasser lief in einem dünnen Rinnsal heraus und durchweichte den Teppich. Robert saß auf dem Boden und wiegte sich hin und her. Die Kommode hatte ihn umgeworfen, aber ich sah gleich, dass er nicht verletzt war. Er strampelte mit den Beinen und brüllte.

«Meine Fische! Du bringst meine Fische um!» Er sprang auf und umarmte das Aquarium; der Wasserspiegel war auf die Hälfte gesunken, und alle sechs Fische, die blauen und roten Salmler, schossen wie wild durch den immer kleineren Pool.

«Holt einen Topf! Rettet sie! Hilfe! Hilfe! Hilfe! Hilfe! Hilfe!» Er konnte gar nicht mehr aufhören.

«Bitte, jetzt beruhigt euch alle mal», sagte Sherry an der Tür.

Die Frechheit, sich in dieser explosiven Familie überhaupt blicken zu lassen, verschlug uns allen die Sprache. Hoch aufgerichtet stand sie in der Tür und hielt einen großen Hummerkochtopf in den Armen. «Lasst uns das Wasser hier reingießen. Da können sie drinbleiben, bis wir ein neues Aquarium haben.»

Sie stellte den Topf auf den Boden und sah mich dann hilfesuchend an. Ich packte das eine Ende des Aquariums und hob es an. Das Wasser strömte über den Rand in den Hummertopf. Das halbe Dutzend Fische schnellte hinterher wie leuchtend blaue und rote Farbspritzer, dann wurden sie wieder kleine, fünf Zentimeter lange Farbtropfen. Sie schwammen ziellos hin und her und versuchten, sich in dem schwarz gepunkteten Hummertopf zu orientieren.

«Die Zoohandlung ist heute offen», sagte Sherry. «Wir fahren in die Stadt und kaufen ein neues Aquarium. Kommst du mit, Robert? Ich brauche deine Hilfe.»

Elliot stand still im Flur.

«Du auch, Elliot», sagte sie.

Robert kniete neben dem Hummertopf. Die vom kaputten Aquarium durchnässten Shorts klebten an seinen Beinen. Ein Haarflaum verdunkelte seine Oberlippe. Robert war im Sommer mehrere Zentimeter gewachsen. Mit seinen gut 1,62 war er jetzt genauso groß wie ich. Er wirkte ungelenk mit seinen gekrümmten Beinen, aber im Morgenlicht überraschte mich sein kantiges Gesicht. Elliot sah dreißig Zentimeter kleiner aus als Robert, weich, rund und verletzlich, während Robert mittlerweile körperlich bedrohlich wirkte, seine Schultern hatten sich zu einem Schild verbreitert und sein Kinn war kantiger geworden. Robert sprach stöhnend in den Hummertopf: «Nicht sterben.»

«Ich pass auf sie auf», sagte Dora.

Vater war in sich zusammengesackt. Aber es war schwer zu sagen, ob ihm leidtat, was er angerichtet hatte, oder ob er nur sich selbst bemitleidete, was er seit Mutters Tod nur zu gern tat, als wäre er eine Flasche Wein, die ab und zu gedreht werden musste, ansonsten aber bei kühlen Temperaturen sich selbst überlassen bleiben sollte.

«Len, wir kommen gleich zurück», sagte Sherry zu ihm. «Das mit dem Strand ist doch jetzt nicht so wichtig. Okay? Wir haben noch den ganzen Tag.» Sie wandte sich zu ihm und schickte ihm eine intime, stumme Botschaft weiter, das Versprechen einer Belohnung durch die Geliebte, wenn er sich gut benahm. Mein Vater hatte eine Abfuhr bekommen, seine Schultern hingen jetzt durch, und er zog einen leichten Schmollmund. Ich wollte ihn immer durchschütteln, wenn er das machte, an ihm zerren und ihn wieder zu einem Menschen machen, den ich achten und mögen konnte.

«Ich mach die Sauerei hier sauber», sagte Dora mit neuer Zuversicht. «Fahrt ihr mal. Ich halte hier die Stellung. Und ich gieß noch Wasser dazu.»

«Bloß nicht!», fauchte Robert. «Man darf den Stickstoffprozess nicht abändern. Wir müssen uns beeilen. Sie müssen *wiederangesiedelt* werden.»

Elliot und Sherry folgten Robert nach unten, und ich entschloss mich spontan mitzugehen, also liefen wir im Gänsemarsch zur Auffahrt, wo Sherry ihren Wagen abgestellt hatte.

«Robert, du setzt dich nach vorne zu mir. Ich möchte wissen, was genau wir machen müssen, und wenn du hinten sitzt, versteh ich dich nicht.»

Wieder einmal hatten ihre Worte den gewünschten Effekt. Robert stand neben Sherrys kleinem Kombi und wartete, dass sie ihm aufmachte. Elliot und ich setzten uns nach hinten.

Sherry legte die Hand um den Schaltknüppel und setzte aus der Auffahrt zurück. «Los geht's.»

«Was passiert jetzt mit den Fischen?», wollte Elliot wissen.

«Nichts», sagte Sherry. «Fische sind robuste Kreaturen.»

Robert wiegte sich auf seinem Sitz hin und her, um

sich der Fehlzündungen in seinem Körper zu erwehren, Neuronen, die in seinem Inneren aufs Geratewohl alle möglichen Gefühle produzierten. Die Morgensonne bohrte einen heißen Tunnel durch die offenen Scheiben. Der Sommer bäumte sich ein letztes Mal auf, bevor der Herbst einsetzte. Ich streckte den Kopf hinaus, während Sherry den kleinen Hügel hinabfuhr, um die Ecken bog und schließlich die Hauptstraße Richtung Stadt erreichte.

Hinter ihr hupte ungeduldig ein Auto. Sie streckte den Arm aus ihrem Fenster und winkte den Wagen an uns vorbei.

«Rasen bringt dich auch nicht schneller ans Ziel, Meister», sagte sie.

Robert ließ die Straße nicht aus den Augen. «Charles, Neon und Dimension, habt keine Angst.» Seine Fische hatten alle einen Namen: Blue Tail, Angel, Flutter.

Pet Planet lag fast im Zentrum in einer Sackgasse, und als wir reinkamen, war der Laden leer bis auf einen schlaksigen jungen Mann, der sich die langen Haare zum Pferdeschwanz zusammengebunden hatte. Das trübe Licht der Aquarien erhellte die eine Ladenseite. Andere kleine Käfige waren nach Tierarten zusammengestellt worden: Vögel ganz am Ende, Hamster und Rennmäuse in der Mitte, und vorne im Schaufenster schliefen ein paar pelzig verknäulte Labradorwelpen.

Der Laden hatte eine Klimaanlage, aber zusätzlich bliesen Ventilatoren aus allen vier Ecken und verteilten die Gerüche von zerissenem Zeitungspapier und Welpenharn. Heraus kam dabei der Wirrwarr des Lebens – ein Geruchschaos aus Essen, Scheiße, Pisse und Atmen. Mutter hatte nie einen Hund oder eine Katze gewollt.

Sie hatte Angst vor dem Dreck gehabt, den sie machten. Erst nachdem Robert sie monatelang bedrängt und mit ganzen Stapeln von Büchereibüchern über Aquariumspflege und -wartung angekommen war, hatte sie schließlich nachgegeben.

«Aber du machst das Aquarium sauber», sagte sie. «Dora hat schon genug zu tun.»

Auf der kurzen Fahrt zur Zoohandlung sagte Robert zu Sherry: «Fischabfälle zerfallen zu Ammoniak, ein hochtoxisches Gift. Aber der biologische Prozess der Natur bringt Bakterien hervor, die das tödliche Ammoniak in harmlose Stickstoffkomponenten aufspalten. Der Kreislauf braucht aber genau die richtige Kombination aus Wassertemperatur, Futter und monatlicher Erneuerung des Wassers.» Er holte tief Luft und fuhr fort: «Die genaue Konzentration, bei der Ammoniak für Fische toxisch wird, variiert von Art zu Art; manche sind toleranter als andere. Außerdem spielen noch andere Faktoren wie Wassertemperatur und Chemie eine wichtige Rolle.» Er sprach, als würde er das von einer Leinwand im Kopf ablesen. Sein Gehirn fotografierte ganze Passagen aus Büchern, und wenn man ihn mitten im Satz unterbrach, fing er von vorne an, als stünden ihm die Abschnitte vor Augen.

«Weißt du, so anders als wir sind die gar nicht», sagte Elliot. «Fische haben fünf Sinne. Sie riechen, hören, schmecken, sehen und spüren.» Er zählte die Sinne an den Fingern ab.

«Ich weiß. Und außerdem nehmen sie im Wasser Schwingungen auf», sagte Robert. «Elektrische Impulse. Sie sind äußerst feinfühlig.»

«Ich finde sie besser als Menschen!», sagte Elliot und riss bei dem Gedanken die Augen weit auf. «Sie spüren Dinge, die wir nicht spüren. Es sind Supertiere!»

«Es sind Fische», sagte Robert.

~~~~~~~~~~~

Im Laden schaute ich mir verschiedene Aquarien an: solche mit Salmlern, Millionenfischen, Goldfischen und Welsen. Ich versuchte, mir ihre Wasserwelt vorzustellen. Auf einem ausliegenden Informationsblatt stand, Goldfische wären intelligent, und wenn der Mensch, der sie immer fütterte, auf das Aquarium zukäme, würden sie ihn sogar erkennen. Elliot stand neben mir, legte einen Finger an die Scheibe und betrachtete die anmutigen Schleifen der Flossen. In einem der volleren Aquarien knabberte ein Fisch einem anderen die Flossen an, bis der verfolgte Fisch in eine andere Ecke des Aquariums davonschoss.

Als Robert sein Aquarium einrichtete, hatte Vater auf seine übliche nervige und pedantische Weise zu philosophieren angefangen.

«Warum domestiziert man Fische? Worauf beruht ihre Faszination?», hatte er Robert beim Abendessen gefragt.

«Darauf, dass wir Gott spielen können», hatte Peter entgegnet, die Augen halb geschlossen und eine Augenbraue hochgezogen; seine herrlichen blonden Haare und das glatte Gesicht wirkten absichtlich arrogant. «Damit wir die Herren ihres kleinen Universums sein können.»

«Sei ruhig», sagte Robert. «Das liegt an der Evolution. Fische sind unsere Vorfahren.»
~~~~~~~~~~~

Als mir das wieder einfiel, bekam ich Sehnsucht nach Peter, dem ironischen Beobachter, der noch in Kalifornien war und nicht die Absicht hatte zurückzukommen. Ich sah ihn praktisch vor mir, wie er mit einem Halstuch in Bars und an Straßenecken Folksongs sang. Vielleicht würde ich nach meinem Schulabschluss im Frühjahr dasselbe machen.

Ich ging durch die Tierhandlung, an den Regalen mit den nach ihren Herkunftsorten geordneten kleinen Aquarien vorbei – Süß- oder Salzwasser, warme oder kalte Klimazonen – und blieb vor einer Gruppe kleiner Glasbehälter stehen, in denen jeweils ein einziger Betta oder siamesischer Kampffisch schwamm. Auf dem Datenblatt am Aquarium hieß es, Bettas hätten ein zusätzliches Atemorgan namens Labyrinth. Damit könnten sie den Sauerstoff direkt an der Wasseroberfläche aufnehmen. Das natürliche Habitat der Bettas wären flache Gewässer, wie es sie auf allen südostasiatischen Reisfeldern gäbe. In diesen Gewässern gäbe es nur wenig Sauerstoff, und deshalb könnten sie erst durch ihr Labyrinth gedeihen.

Sherry trat neben mich und sagte: «Labyrinthorgane. Stell dir vor, Menschen könnten so etwas entwickeln. Im Wasser ein- und ausatmen.»

Ich beugte mich zu einem der Glasbehälter vor. Die winzigen blaubeerfarbenen Bettaflossen erschauerten, als ich näherkam. Sie stellten sich auf und kräuselten sich, um mich zu verscheuchen. Ich trat einen Schritt zurück. Der Betta entspannte sich.

«Die Menschen mögen Fische, weil sie schön sind», sagte Elliot.

Hinten in der Zoohandlung unterhielt sich Robert

mit dem Verkäufer und diskutierte über die Einzelheiten des Kaufs eines neuen Fünfzehn-Pfund-Aquariums, außerdem brauchte er neue Entchlorungstabletten für das Aquariumswasser. Der Verkäufer schärfte ihm ein: «Zweieinhalb Zentimeter Fisch auf vier Liter Wasser.»

Nachdem Robert das erste Aquarium in seinem Zimmer aufgestellt hatte, blieb Mutter immer gern davor stehen.

«Ist dir aufgefallen, dass Domino gern in der rechten unteren Ecke bleibt, Robert? Warum wohl?», fragte sie.

Sie beugte sich über den Rand und sah ruhig zu, bis ihr der Hals wehtat, und ihre schmale Statur warf einen Schatten auf das beleuchtete Aquarium.

«Ich glaube, mittlerweile mag ich sie», sagte sie, von dem eigenen Geständnis überrascht.

Robert wechselte alle zwei Wochen das Wasser im Aquarium. Dazu saugte er einen Teil des Wassers durch einen Plastikschlauch in eine große Teigschüssel ab. Einmal lief das alte Wasser auf der Arbeitsfläche in der Küche aus und hinterließ einen eigenartigen fauligen Geruch. Mutter scheuerte die Stelle immer wieder sauber. Für sie musste alles anständig riechen und aussehen; sie musste ständig alle Flecken und Streifen im Haus beseitigen. Sie probierte alle Reinigungsmittel für Arbeitsflächen aus, die es gab. Woche für Woche kamen in großen Einkaufstüten Mittel ins Haus, die aufgesprüht und abgewischt wurden, mit denen man scheuerte, einweichte und auflöste. Sie lief durch die Zimmer und knipste überall die Lampen an, um Streifen auf den Holzmöbeln zu entdecken. «Dora», sagte sie und deutete auf die Esstischplatte. «Die muss noch mal geputzt werden. Schauen Sie –»

Dora und sie steckten die Köpfe zusammen und verständigten sich voller Ernst über eine weitere Unvollkommenheit im Haus.

~~~~~~~~~~~

Das Betrachten der Fische im Pet Planet begann mich zu langweilen. Jeder Fisch hatte seinen einzigartigen Pfad, eine eindeutige Art und Weise, sich einen Weg durch die wässrigen Gefilde zu bahnen; diese Fische hatten alles, was sie brauchten. Ich ging zu den vier Welpen, die adoptiert werden wollten. Sie schliefen tief und fest im Schoße Abrahams und warteten darauf, dass jemand wie ich kam und sie mit nach Hause nahm.

«Komm, Sarah», sagte Robert, und seine Stimme klang wieder schroffer. «Wir müssen meinen Fisch nach Hause bringen.»

Ein neuer Fisch glänzte in einem Wasserbeutel in seiner Hand.

«Was hast du dir denn für einen ausgesucht?», fragte ich.

«Noch einen Salmler», sagte Robert.

«Im neuen Aquarium hab ich Platz für einen zusätzlichen.» Er marschierte aus dem Laden.

Sherry folgte mit dem neuen Aquarium und dem Filter und lächelte über das ganze Gesicht. Elliot trug eine Tüte mit Futter und Aquariumsbegrünung. Ich ließ die schlafenden Welpen hinter mir. Ich hätte zu gern einen davon gestreichelt, tat es aber nicht.

Im Auto sagte Sherry: «Wie fandest du denn die Welpen, Sarah?» Dabei sah sie mich im Rückspiegel an.
~~~~~~~~~~~

«Was?» Ich wollte nicht auf die Frage eingehen. Sie hatte gemerkt, dass ich mich nach etwas sehnte. «Süß. Was sonst?»

Auf dem Beifahrersitz hielt Robert die Plastiktüte mit Wasser im Schoß. «Ruhig. Nicht ruckeln. Pass auf. Menno. Langsam, langsam, ruhig. Tut mir leid, Junge.»

«Woher weißt du, dass es ein Junge ist?», fragte ich.

«Weil er es mir gesagt hat.»

~~~~~~~~~~~

Zu Hause zog unsere Prozession wieder die Treppe hoch zu Roberts Zimmer. Dora hatte wie versprochen aufgepasst.

«Alles ist gut. Schwimmen alle, wie sich das für Fische gehört.»

Vater hatte sich in sein Arbeitszimmer im Erdgeschoss zurückgezogen, obwohl er keine Seminarklausuren oder Abschlussarbeiten zu korrigieren hatte. Die Uni hatte noch nicht wieder angefangen. Robert bereitete das neue Aquarium vor und mischte die Chemikalien ab, um den richtigen pH-Wert zu erreichen Er stellte das Aquarium auf seine Kommode, möglichst weit weg von der Tür. Der Spiegel hinter der Kommode verdoppelte das Aquarium und reflektierte das Licht. Das gefiel ihm. Er sang selten, aber die volltönende Klarheit seiner Sprechstimme, der klare Ton und seine Tragfähigkeit hallten im Zimmer nach, als er «Good Day, Sunshine» von den Beatles sang.

Durch die Fischrettung mit dem Hummertopf hatte Sherry Robert vor dem Absturz bewahrt und sich im Handumdrehen Elliots Zuneigung erworben – Elliot,
~~~~~~~~~~~

der es immer allen recht machen wollte, der mit der Bereitschaft, geliebt zu werden, auf die Welt gekommen war, verehrte sie von diesem Augenblick an. Wir fuhren nicht mehr an den Strand. Stattdessen überredete sie Vater, aus dem Arbeitszimmer zu kommen, und brachte Dora meiner stummen Missbilligung zum Trotz dazu, einen Stapel Hamburger-Frikadellen und Hotdogs aus der Tiefkühltruhe zu holen und hinterm Haus einen frühen Grillabend zu veranstalten. Die Kohlebecken des Grills ruhte auf drei Beinen mit Rädern, das Dora an die Terrassentreppe schob, damit sie es von der Küche aus im Blick behalten konnte.

Während Dora die Holzkohle kreuz und quer mit Brennspiritus bespritzte, setzte ich mich auf eine Chaiselongue und zupfte auf Peters alter Gitarre herum. Ich übte leichte Akkordwechsel und träumte davon, mit dem Bus quer durchs Land zu meinem großen Bruder nach Kalifornien zu fahren.

Dora riss ein Streichholz an und ließ es in den Grill fallen. Das Feuer flammte auf und züngelte heiß an der Holzkohle hoch. Elliot und Robert schaukelten, obwohl Robert aus dem Schaukelalter längst herausgewachsen war. Vater stellte seine Lautsprecher ins offene Arbeitszimmerfenster und legte den Song «Little Green Apples» auf: *It don't rain in Indianapolis in the summertime.* Unser Familienglück oder das, was so aussah, zog anscheinend die Nachbarn an, denn die Fineburgs kamen herüber und stellten sich zu einem spontanen nachbarschaftlichen Glas Wein zu Vater und Sherry.

«Wie schnell unsere Kinder doch groß werden», sagte Mrs Fineburg zu Vater. Sie war eine nette, ungezwungen wirkende Frau, die, wenn es warm war, gern Turnschuhe und Tennisröcke trug. Sie erzählte, Mickey verbrächte ein Austauschjahr in Europa, und riss dann ungläubig den Mund auf: «Na, jetzt schau sich einer diesen Robert an! Der ist ja nicht wiederzuerkennen!»

Vater stand direkt neben Sherry, und ihre Ellenbogen berührten sich. Die Fineburgs lächelten viel, als wäre Vater durch seine neue Zweierbeziehung in eine ihnen vertraute Welt heimgekehrt.

Die Holzkohle im Grill glühte rot. Das brennende Fett und die süßsauren Gerüche von Ketchup und Senf erfüllten den Garten mit den Düften des normalen Vorstadtlebens. Während alle Mitglieder meiner Familie – bis auf den fehlenden Peter – und sogar Dora erleichtert waren, dass das Aquariumsfiasko glimpflich ausgegangen war, saß ich auf der Terrassenstufe, knabberte an einem Hamburgerbrötchen, hatte keinen richtigen Hunger und kaute nur auf einem Krümel meines Argwohns herum, dass Sherry mit ihrem Optimismus und ihrer Hoffnung etwas gewonnen, mir dabei aber etwas genommen hatte.

*17. Kapitel*

## *Die schöne Tochter*

Es klingelte, und ich ging an die Tür.

«Du bist also die schöne Tochter! Ich bin Mrs Gore. Die Immobilienmaklerin!»

Sie hielt mir die Hand hin. Obwohl der Tag schwül war, fühlte sich ihre Hand trocken und kühl an, noch frisch von der klimatisierten Autofahrt. Bevor ich die Tür schloss, entdeckte ich ihren saphirblauen Continental unten vor dem Haus.

«Freut mich, dich kennenzulernen!», sagte sie. «Deine Tante hat erzählt, dass du Sängerin bist.»

«So was in der Art.»

Mrs Gore trat in die Diele. Sie erinnerte mich an diese älteren Damen im Country Club – diese Frauen, die immer mit so stolzgeschwellter Brust herumlaufen, als hätten sie den Club selbst erfunden. Ich stellte mir vor, wie sie in Golfschuhen über Steinplatten klackerte, das Schirmchen der Golfmütze wie eine Tiara hochgestellt, selbstsicher und blind den anderen gegenüber – die Herzogin vom Country Club. Ihr kräftiges Parfüm stach in der Nase, eine Mischung aus alten Nelken, Zimt und Vanilleglasur.

«Erwartet mein Vater Sie?»

«Aber ja. Wir haben einen Termin.»

Das hatte ich sogar schon gewusst. Mrs Gore hatte gerade Tante Annettes Haus verkauft. Der September war fast vorbei, und der bevorstehende Umzug meines

Onkels und meiner Tante nach Florida hatte meinen Vater neugierig gemacht, wie viel Geld er wohl für unser Haus bekommen könnte. Er wollte erst einmal etwas mieten und dann vielleicht ein kleineres Haus kaufen.

Kaum war das Haus der Klines verkauft, hatte Onkel Max die Schuhfirma offiziell dichtgemacht. Das hatte er eine Woche zuvor bei einem Abendessen bei ihnen zu Hause bekannt gegeben. Seit Mutters Beerdigung war ich nicht mehr bei den Klines gewesen, und als ich eintrat, wurde ich trübsinnig. Die Dielenwände mit ihrer Mahagonitäfelung, die schweren Möbelstücke und die dunkle Einrichtung weckten hässliche Erinnerungen. Ich hätte jetzt gern gekifft, um mich aufzuheitern, aber Kenneth und Peter waren nicht da und konnten mich nicht ablenken. Das Haus der Klines kam mir riesig vor, in seiner übertriebenen Grandezza fast schon albern. Keine Würde, nur die Reste schiefgegangener Seder-Essen und der Katzenjammer von Onkel Max' geilen Blicken. Selbst meine Tante – rundlich und mit glatt zurückgestrichenen Haaren – schien in ihren Zimmerfluchten deplatziert, als hätte die bevorstehende Umsiedlung auch sie um ihr seelisches Gleichgewicht gebracht.

Mary, ihre Haushälterin, servierte einen Hackbraten. Sie trug eine Schüssel mit grünen Erbsen um den Tisch herum, hielt das Porzellan mit beiden Händen fest. Das war unnötig. Die Tafel war zu lang für unser Grüppchen. Mary trug Dienstmädchen-Tracht, und ich fragte mich, ob sie die von meiner Tante hatte. Das weiße Kleid wurde wie mein Turntrikot vorne geknöpft. Onkel Max saß am einen Tischende und meine Tante am anderen, und dazwischen war eine große Lücke für die geschrumpfte

Familie Kunitz. Elliot, Robert und ich saßen auf der einen Seite, Vater und Sherry auf der anderen.

«Wenn du weißt, wie man einen Schlüssel umdreht, dann kannst du auch ein Haus verkaufen», sagte Onkel Max zu Vater. Ich saß neben Tante Annette. Der Hausverkauf beanspruchte die ganze Aufmerksamkeit meines Onkels, und mir schenkte er gar keine Beachtung.

«So einfach ist es nun auch wieder nicht, Max, das weißt du doch», sagte meine Tante.

Onkel Max lachte schallend. «Klar ist es das. Mit dem Geld aus dem Hausverkauf haben wir genug für den Ruhestand. Florida ist die nächste Herausforderung. Pass auf», erklärte er weiter, «das Leben ist da billiger, auf jeden Fall billiger als im Nordosten. Selbst auf diesem schlechten Häusermarkt bekommst du in Florida gute, solide – und ich meine wirklich gute – Häuser für 'n Appel und 'n Ei.»

Die Klines hatten ihre Villa siebenundzwanzig Jahre lang besessen. Der Verkauf brachte ihnen so viel Geld ein, dass sie sich sofort ein Haus am Strand kaufen konnten, sagte er. «Unverbaubare Sicht aufs Meer!» Onkel Max unterstrich das, indem er sich das Gesicht mit einer Leinenserviette abtupfte.

«Ich hätte nicht übel Lust, selber in diese Heuchlerbranche einzusteigen», verkündete er. «Ein paar Immobilien zu vermakeln. Warum nicht?»

«Max, ich glaube, wir haben einfach Glück gehabt», sagte meine Tante.

«Wieso Glück? Ein schönes Haus braucht keinen Makler. Das verkauft sich von selbst.»

«Sie sind wirklich mit einem wunderschönen Haus gesegnet», sagte Sherry.

Sherrys Anwesenheit, gepaart mit Peters Fehlen nach seiner Abwanderung an die Westküste, sorgte für eine gewisse Spannung im Raum. Peter zog gerade aus Kenneths Eigentumswohnung zusammen mit vier anderen Leuten in ein Haus in Venice Beach. Er hatte sich am California State College eingeschrieben, um nicht eingezogen zu werden. Er schrieb mir Briefe auf so dünnem Papier, dass der Stift durchdrückte. Ich strich gern mit den Fingern über die Vertiefungen. Er zeichnete sich selbst immer dazu, als Strichmännchen mit schulterlangen Haaren. Und er legte die Texte seiner neuen Songs bei und kritzelte Gitarrenakkorde wie E6 und A-moll daneben, damit ich sie hören konnte. «Der hier ist für Dich, Sarah», schrieb er:

*Satellitenherz*
*Ich seh, wie du durchs Weltall fliegst*
*Kannst Dich nicht zurücklassen*
*Weil die Welt rund ist*

Seinen jüngsten Brief hatte ich immer in der Tasche, als Talisman unserer Verbundenheit, als Kaufbeleg der Hoffnung auf meine Zukunft. Wenn er es geschafft hatte, konnte ich das auch.

Meine Tante versuchte, beim Essen mit Sherry Konversation zu machen.

«Und Sie lehren also im Bereich Frauenforschung? Was genau machen Sie denn da?»

Sherry trug einen blassblauen Sweater und eine karierte Hose. Jedes Mal, wenn sie die Gabel zum Mund führte, klirrten ihre Armreifen. Sie sah zur mir herüber und wollte mich anlächeln, aber ich wich ihrem Blick aus. Im Gegensatz zu Mutter, die ihre Garderobe immer mit überraschend bunten Tüchern anreicherte, vergaß Sherry unweigerlich irgendein entscheidendes Detail – so auch heute: einen geknickten Blusenkragen. Sie bekam es einfach nicht hin, vielleicht war es ihr auch egal, als wäre in ihr etwas freigesetzt worden, das barfuß und schlampig herumlaufen wollte.

«Ich analysiere Geschlechterrollen in der Literatur des 19. Jahrhunderts. Aber das ist nur ein Beispiel.»

«Sherry ist schon lange eine wichtige Freundin der Familie», verkündete Vater. Er straffte sich plötzlich wieder, nachdem er sich den größten Teil der Mahlzeit über nicht gerührt hatte. Er wirkte auf seinem Stuhl wie geschrumpft, zusammengekrümmt, als hätte er Magenschmerzen. Er beugte sich vom Gespräch weg, von Sätzen, die seinen Ohren wehtaten. Er verübelte Onkel Max seinen Wohlstand und meiner Tante ihr Leben aus einem Guss.

Ich rollte mit den Augen. Glaubte Sherry wirklich, die Analyse von Geschlechterrollen mache sie zur Familienexpertin? Zu einer Ersatzmutter?

Onkel Max nickte und starrte Sherry an, als hätte er eine Maske oder eine dunkle Brille auf. Aber er sagte nichts. Die Unerwähnbare war Mutter. Ihr Fehlen nistete in meinen Rippen, ein krampfartiger Schmerz, den ich nicht loswurde. Alle fühlten das.

Tante Annette ermunterte Sherry fortzufahren.

Aber Sherry hatte keine Lust, im Mittelpunkt der Aufmerksamkeit zu stehen, und wandte sich an Robert und Elliot: «Erzähl deiner Tante mal von deinem neuen

Fisch», sagte sie. Nach Roberts Aquariumsfiasko waren Robert und Elliot mit Sherry noch einmal zu der Zoohandlung gefahren und hatten auch für Elliot einen Fisch gekauft.

«Wir haben einen Betta.» Elliot sah unsere Tante an, als fragte er sich, ob sie die Tragweite dieser Bemerkung verstand.

«Einen Betta? Ich habe keine Ahnung, was das ist.»

«Er heißt Only Boy», sagte Elliot. «Aber er gehört allen.»

«Das ist ja schön», sagte meine Tante. «Das freut mich zu hören.»

«Ich habe Elliot erlaubt, Only Boy in seinem Zimmer zu halten», sagte Robert.

«Er hat wunderschöne schleierartige Flossen», sagte Elliot. «Aber man kann ihn nicht mit anderen Fischen zusammentun. Bettas kämpfen. Sie fressen andere Fische. Deswegen heißen sie auch siamesische Kampffische.»

«Sie verteidigen ihre Reviere», sagte Robert.

«Deswegen haben wir ihn Only Boy genannt», sagte Elliot.

Ich war gern in Elliots Zimmer und sah mir Only Boy an. Ob er sich auf den Grund sinken ließ oder an der Wasseroberfläche zu knabbern schien, der Betta schoss in dem kleinen Glasbehälter herum, den Elliot auf seinem Nachttisch stehen hatte. Wenn ich mich dem Glas näherte, blähte Only Boy die Lungen und machte sich kampfbereit. Aber sobald ich mich aus seinem Blickfeld zurückzog, entspannte er sich und schwebte im Wasser wie ein Miniluftschiff.

«Er ist echt nett», sagte Elliot.

Vielleicht waren wir den Bettas ähnlich. Bettas lebten in seichten Gewässern in thailändischen Reisfeldern. Wir lebten in den Schachteln unserer Zimmer.

«Ein glücklicher Betta macht Schaumnester», sagte Robert.

«Das wirst du mir erklären müssen, Spätzchen», sagte Tante Annette.

«Das ist ein Gebilde aus Luftblasen, die das Männchen an der Wasseroberfläche aufnimmt und zu einem Nest zusammenfügt, um ein Weibchen anzulocken», sagte Robert.

«Only Boy macht nachts seine Blasen», sagte Elliot. «Er ist glücklich.»

Onkel Max leckte sich die Lippen. «Das ist ja schön», sagte er.

Er nahm das Gespräch über das große neue Immobilienparadies Florida wieder auf. Wer wollte schon Winter haben? Es war ein Rätsel, dass er diese Offenbarung nicht schon früher gehabt hatte. Er schenkte Vater Wein nach. Vater saß weiter in sich zusammengesackt und gleichgültig am Tisch und trank ab und zu einen Schluck Wein. Elliot manschte Kartoffeln, Erbsen und Hackbraten zu einem großen Brei zusammen.

~~~~~~~~~~~

Das alles schoss mir durch den Kopf, während Mrs Gore im Flur stand und darauf wartete, dass ich sie ins Haus bat. Ihr kurz geschorenes silbergraues Haar stand vom Kopf ab, als wäre es steifgefroren.
~~~~~~~~~~~

«Du bist die Älteste, richtig?»

«Das einzige Mädchen.»

Um ihre Ohrläppchen kringelten sich Löckchen. Den Pony hatte sie genau über den mit Kajal nachgezogenen Augenbrauen gestutzt, übertrieben geschwungene Bögen, die ihr, auch wenn sie schwieg, einen Ausdruck ständigen Überraschtseins verliehen.

«Und dein Vater, ist der auch da?»

«Ja.»

Sie lächelte wieder. Ihre großen, spitz zulaufenden Brüste ärgerten mich. Sie platzten fast aus der weißen Baumwollbluse. Sie trug eine schwarze Caprihose, die sie breithüftig machte. Ich wollte mich vor ihr aufbauen, damit sie keinen guten Blick auf unser Haus bekam, aber das stellte sich als schwierig heraus. Automatisch und eiskalt fotografierten ihre Augen ihre potenzielle Immobilie. Ich sah, wie sie im Geist auf den Auslöser drückte.

«Schönes Haus», sagte sie.

«Danke. Warten Sie bitte einen Augenblick.»

«Schön, dich kennenzulernen», sagte sie überschwänglich, als ich mich abwandte, als wäre sie die Party und wollte sichergehen, dass ich auch wusste, wie toll man es mit ihr hatte.

Ich ging nach oben, um Vater zu holen, der mit Robert redete. Sie hatten sich wegen der Fische versöhnt, und jetzt stattete Vater Roberts Goldfischen jeden Tag einen Besuch ab. Ich ging wieder ins Wohnzimmer. Ich wollte kein Wort von dem verpassen, was Mrs Gore zu sagen haben mochte.

Sie war zierlich, aber ich spürte die Macht ihres Urteils, als sie den Flur, Wohn- und Esszimmer taxierte. Sie schob sich an das Klavier heran. «Wird das mitverkauft?»

«Nein», sagte ich.

Vater sah mich an.

«Nein», sagte ich. «Wird es nicht.»

Mrs Gore blieb wieder stehen. Hatte sie die abgewetzte Stelle im Läufer unten an der Treppe bemerkt? Hatte sie die Stelle neben der Kammer an der Haustür gesehen, wo der Putz abblätterte? Witterte sie unsere fehlende Mutter, die schale Luft, die chronische Vergessenheit, in die das Haus geraten war? Vater lief ihr nach. Von der aufgesetzten Fröhlichkeit in ihrer Stimme bekam ich Kopfschmerzen. Wem machte sie hier eigentlich etwas vor?

Mrs Gore ging ins Wohnzimmer zurück, sah, wie ich sie anstarrte, und lächelte automatisch. Sie kniff die Augen zusammen, als sie durch den Raum ging und das Mobiliar musterte. Sie nickte, und sie gingen weiter.

«Ist *irgend etwas* bei der Transaktion inklusive – Deckenlampen? Größere Möbelstücke? Die Esszimmergarnitur beispielsweise?»

Vater schüttelte den Kopf. «Das weiß ich nicht.»

«Wir verkaufen keine Möbel», sagte ich.

Sie sah mich an, und diesmal schenkte sie mir ein verkniffenes Lächeln.

«Verstehe. Es ist schrecklich unangenehm, nicht wahr? So ein Umzug und das ganze Drum und Dran?»

Sie verschwanden nach oben. Ich hörte, wie sie in jedem Zimmer stehen blieben, auch in meinem, und dann wieder in den Flur gingen. Ich versteckte unser Familiensilber im Schrank.

Sie mussten direkt über mir stehen geblieben sein. Ich hörte Vaters Stimme. Wieder Schritte, als sie in Mutters Zimmer umhergingen, um das übergroße Bett herum, in Mutters Ankleidezimmer. Ob sie die Schranktüren öffnete? Ich konnte es nicht hören.

«Elliot!», rief Vater zum Dachboden hoch.

Die Schritte kamen jetzt aus dem zweiten Stock. Mrs Gores Stimme übertönte Vaters, und sie verschwanden ganz oben im Haus. Draußen erhob sich eine Brise. Im *Wizard of Oz* wird Dorothys Haus in die Ferne gewirbelt. Ich hielt mich an der Armlehne einer imaginären Couch fest und wartete auf die Landung.

Sie kamen wieder nach unten und gingen in die Küche. Sie gab lauter *Ohs* und *Ahs* von sich. «Wie praktisch für eine Familie», sagte sie und meinte wohl die Esstheke mit den Barhockern.

Auf dem Weg nach draußen kam sie noch einmal ins Wohnzimmer und strich mit der Hand über einen blauen Keramikteller, den Mutter von einem Urlaub in Mexiko mitgebracht hatte.

«Vorsicht bitte», sagte ich. Wäre ich ein Vogel gewesen, hätte ich sie mit dem Schnabel in die Hand gehackt.

«Nett, dich kennengelernt zu haben.» Sie wandte sich zu mir und lächelte noch einmal über das ganze Gesicht – die erfahrene, ältere Frau, die alles wieder in Ordnung bringen konnte. Sie hatte muschelfarbene Zähne mit scharfen und spröden Kanten und eine feuchte Zunge.

Kaum war sie gegangen, kam Vater zurück und setzte sich ans andere Ende der Couch.

«Das ist gegenwärtig das Beste.»

«Weißt du, das ist alles deine Schuld», sagte ich und

stand auf. Plötzlich hasste ich ihn. Dieses Gefühl brach aus mir heraus wie Wasser aus einem aufgedrehten Wasserschlauch. «Dieses Chaos. Alles.»

«Wie bitte?» Er wollte mir die Hand auf den Arm legen.

Ich drehte mich weg.

«Fass mich nicht an!»

Er stand auf.

«Das alles wäre nicht passiert, wenn du mit ihr mitgefahren wärst. Warum warst du nicht dabei? Warum bist *du* nicht gefahren?»

Wir sahen uns an, beide gelähmt von unseren Gefühlen und darin gefangen, bis unser Kummer wie Rauch aufstieg. Ich wollte ihn nicht inhalieren und floh.

Ich verließ das Haus.

Ich ging in die Apotheke und rief vom Münztelefon aus Gregory an. In der ersten Woche nach Stonehill hatten wir ein paarmal telefoniert. Zweimal hatte Dora den Anruf entgegengenommen. Aber seit dem Schulanfang hatte ich nichts mehr von ihm gehört.

«Dieser Junge aus New York, der wohnt zu weit weg, findest du nicht auch?», hatte Dora gesagt. Sie musterte mich von Kopf bis Fuß wie ein Arzt bei der Untersuchung. «Pass auf dich auf», sagte sie, «du hast in deinem Leben noch jede Menge Zeit für Männer.»

«Hör zu. Er ist nett, aber nichts Besonderes. Wir sind bloß befreundet.»

Ich tat so, als würde mich das Thema langweilen. Ich versuchte, sogar mir selbst weiszumachen, dass er unwichtig war, weil das Leben in diesem Zwischenzustand so unerträglich war. Ich war alt genug, um Auto fahren zu dürfen, hatte aber noch keinen Führerschein. Vielleicht hatte ich Angst davor. Gregory war weit weg, und ein Telefonat war kein Vergleich mit einem Waldspaziergang, einem gemeinsamen Foto oder Sex.

Ich stand in der Telefonzelle der Apotheke und fummelte an der Wechselgeldausgabe herum. Das Telefon in Gregorys Wohnheim klingelte und klingelte. Niemand ging ran. Voller Panik legte ich auf und rief dann Margaret an.

«Hast du's schon gehört?», fragte sie, kaum dass sie meine Stimme erkannt hatte.

«Was gehört?»

«Anthony wird eingezogen.»

«Was?»

Am Ende des Schuljahrs hatte ich mitbekommen, dass Anthony nicht mehr so viel Sport machte und sein Haar länger trug. Manchmal sah ich ihn gegenüber der Schule stehen und kiffen. Ich hatte das Gefühl, in seiner Schuld zu stehen, weil er mich nach Hause begleitet hatte, als mich die Freundinnen seiner Schwester belästigt hatten. Danach ließen sie mich in Ruhe. Nach diesem Spaziergang trennte sich Anthony von Giselle. Dann sah ich ihn aber mit anderen Mädchen, vielen anderen Mädchen. Zwischen uns schien alles Mögliche im Raum zu stehen, aber es passierte nie etwas.

«In zwei Tagen geht er nach Vietnam. Irgendwas im Süden. Ich weiß, wo er ist, falls du ihn sehen willst.»

«Ja. Und ob.»

«Ich hol dich gleich ab», sagte sie.

*18. Kapitel*

## Gooseneck Lake

Ich verließ die Apotheke und ging zurück nach Hause. Vater hatte sich wieder in sein muffiges kleines Arbeitszimmer verzogen, in dem er hockte wie in einem Aquarium, um Seminararbeiten seiner Studenten zu korrigieren. Garantiert würde schon bald seine wahre Liebe Sherry vorbeikommen, um ihn aufzuheitern. Während ich darauf wartete, dass Margaret mich abholte, ging ich in Peters Zimmer oder das, was es ohne ihn noch war, seit er nach Kalifornien geflohen war, um dort sein Glück zu machen, und holte seine alte Gitarre aus dem Schrank.

Kaum hielt ich das Instrument meines Bruders in den Händen, tat sich nur für mich eine Wand auf und führte mich durch einen Berg. So leicht zu singen. Ich fing mit dem vertrauten Folksong der Weavers an. *If I had a hammer.* Ich griff mit der linken Hand die Akkorde, wie Peter es mir gezeigt hatte. Als ich die Finger auf die Seiten legte, spürte ich wieder diesen starken Sog. Die Musik trug mich fast aus dem Haus, führte mich weg von der neuen Liebschaft meines Vaters, weg vom Verlust meiner Mutter, dieser Dunkelheit in mir. Ich sang alte Lieder mit neuen Texten.

*If i had a car, I'd drive across the country. I'd visit my brother, far far from this land.*

Ein Auto hupte zweimal. Ich lief nach unten und durch unseren großen Vorgarten zu Margarets Wagen.

Sie sah anders aus, als sie jetzt im Dodge Dart ihres Onkels am Lenkrad saß. Ihre Beine waren blass und die dunklen italienischen Augen mascaraverschmiert. Den ganzen Sommer hatte sie im Haus verbracht und im Schönheitssalon ihrer Kusine gejobbt. Aber sie rauchte in ihrem gelben Minirock so elegant wie eh und je.

«Er kommt bei Sonnenuntergang», sagte Margaret. Sie strich sich die dunklen Fransen aus der schweißglänzenden Stirn.

«Es ist doch schon dunkel.»

«Das mein ich ja.»

Sie gab mir eine Zigarette, und ich zündete sie fachmännisch an. Ich hatte den ganzen Sommer über geraucht, es war mir richtig zur Gewohnheit geworden. Überrascht von meiner Lässigkeit, warf sie mir einen Blick zu, dabei hatte ich anfangs sie damit nachgeahmt.

Es war herrlich, draußen zu sein: Mein Ellbogen lag im Fenster, und der Fahrtwind strich über meine Haut. Ich trug ein hautenges Baumwoll-Top, einen langen geblümten Rock und meinen kleinen jüdischen Stern um den Hals. Er schimmerte hübsch auf meiner Haut, die noch gebräunt war von den Malen, an denen ich mit Gregory auf der Wiese gelegen hatte. Aber Gregory begann schon, Vergangenheit zu werden.

Margaret fuhr langsam durch meine Nachbarschaft, an großen Backsteinbauten vorbei und dann den Hügel hinab, wo kleinere Häuser den in der Ebene gelegenen Teil der Stadt bildeten, bis zum Eiscafé.

«Siehst du ihn?»

Ich hatte ihn am Gang erkannt, die gebeugten Schultern, als er auf eine kleine Clique von Jungs zuging, die auf dem angrenzenden Parkplatz rauchte. Margaret fuhr suchend über den Parkplatz, stellte dann den Wagen ab, und wir stiegen aus. Ich warf die Haare zurück. Es war ein bisschen peinlich, so auf eine Gruppe von Jungen zuzuschlendern, die ich bis auf Anthony nicht kannte, der mich schon gesehen hatte und mir zunickte. Ich winkte freundlich, und er verließ die Gruppe und kam auf mich zu. Margaret steuerte auf ihren neuen Beau zu, der drinnen auf sie wartete. «Du bist erwachsen geworden», sagte Anthony und musterte mich von Kopf bis Fuß. Er lächelte verträumt, aber sein Lächeln wirkte leblos. «Gehst du mit wem?», fragte er.

«Nicht mehr.»

«Und wie weit bist du gegangen?»

«So weit ich wollte.»

Ich sah ihm in die blauen Augen, aber sein Blick wirkte verschleiert, war glasig vom Marihuana oder einfach einer Gleichgültigkeit allem und jedem gegenüber. Er hatte sich verändert.

«Du bist anders geworden», sagte ich.

«Du auch.»

Er stand vor mir, legte mir einen Finger ans Kinn und beugte sich dann vor, um mich zu küssen. Ich erlaubte ihm, mir seine Lippen auf den Mund zu drücken.

«Du bist keine Jungfrau mehr», sagte er.

«Und du?»

Lächelnd schüttelte er den Kopf.

«Komm. Ich lad dich zu 'ner Cola ein.»

Wir gingen in das hell erleuchtete Eiscafé. Ein paar langhaarige Jugendliche saßen auf den Hockern an der Bar, rauchten und warteten auf Cola und Pommes frites.

Haarsträhnen fielen ihnen in die Augen. Ein Junge hing über dem Tresen und stieß einen Strohhalm in seine Cola, stocherte nach verborgenen Antworten. Margaret saß weiter hinten in einer Nische und knutschte mit einem blonden Jungen, den ich nicht kannte. Vielleicht war es ein Fehler gewesen, sie anzurufen und diese Show mit ihr abzuziehen.

Eine auf vollen Touren laufende Klimaanlage verlieh dem Café ein frostiges und kristallines Licht. Mir war kalt. Anthony saß neben mir und zündete sich eine Zigarette an. Er trug ein blaues T-Shirt und schwarze Jeans. Er betrachtete meine Bluse und strich mit dem Finger an meinem Halsausschnitt entlang. Er berührte meinen Stern.

«Daran erinnere ich mich noch.»

«Ich werde nie vergessen, wie du mir geholfen hast.»

«Kinder sind blöd.»

Ich nahm seine Zigarette, sog am Filter und blies den Rauch dann von uns beiden fort. Er drehte sich auf dem Hocker zu mir und legte mir die Hand auf den Oberschenkel. Ich zog mein Bein nicht weg. Ich wusste, dass er mich testete.

«Trinken wir draußen?»

Die Kellnerin gab uns Cola in Plastikbechern. Sie ging zur Highschool, genau wie ich. Die Haare hatte sie unter ein Haarnetz gestopft, und auf ihrer pinkroten Dienstkleidung waren lauter Schokoladeneis- und Hamburgersaucenspritzer. Anthony gab ihr ein dickes Trinkgeld. «Komm. Wir reden im Auto», sagte er.

Ich sah zu Margaret hinüber, aber die war noch mit ihrem Jungen zugange. Der Geschäftsführer des Cafés, ein mittelgroßer Mann mit dünnen dunklen Haaren und einer Brille mit braunem Gestell, stand an ihrer Nische. Ihr neuer Freund drehte sich zu ihm und fragte, was er wolle.

«Möchten Sie etwas bestellen?», fragte der Geschäftsführer.

«Wir haben alles», sagte der Junge.

«Möchten Sie dann zahlen?»

«Ich hab noch nicht ausgetrunken.»

Margaret zündete sich eine Zigarette an und lächelte den Geschäftsführer an.

«Wir sind gleich soweit», sagte sie. Dann sah sie zu mir herüber und verabschiedete sich mit einem Wink der Zigarette.

An der Eistheke reichte eine Mutter in blau gestreiften Shorts und einer dunkelblauen Bluse ihrer kleinen Tochter gerade vorsichtig eine Eiswaffel.

«Pass auf, dass du nicht tropfst, Spatz», sagte die Mutter.

Das kleine Mädchen mit den bronzefarbenen Haaren hielt die Eiswaffel hoch; die ganze Welt sollte seine Liebesfackel sehen.

«Was ist?», fragte Anthony und strich mir übers Kinn.

Ich schüttelte den Kopf. Es tat weh, das Kind mit seiner Mutter zu sehen, aber das wollte ich ihm nicht sagen.

Im Wagen setzte er zurück, fuhr vom Parkplatz, wobei er über den Bordstein auf die Hauptstraße holperte. Ich musste daran denken, wie Mutter an einem Sommerabend allein zum Gooseneck Lake gefahren war. Zu viel getrunken hatte. Zu viele Schmerztabletten geschluckt hatte. Ihr schmächtiger Oberkörper stieß gegen das Armaturenbrett, als der Wagen die Uferböschung hinunterrollte. Ob sie sich genauso gefühlt hatte wie ich jetzt? Wollte sie ebenso ausbrechen, wusste aber auch nicht wie?

«Fahren wir zum Gooseneck», sagte ich.

Er lächelte. Der See gab uns ein gemeinsames Ziel, einen Bestimmungsort, das Gefühl, dass wir eine Absicht verfolgten, und meine Laune besserte sich. Ich klappte den Autoaschenbecher auf und zündete den halben Joint an, der noch darin lag. Er schmeckte schal und modrig.

«Und ich hab dich die ganze Zeit für ziemlich brav gehalten. Du hast mich reingelegt», sagte Anthony. Er legte mir wieder die Hand aufs Bein.

«Die Menschen ändern sich.» Ich rauchte genüsslich, als hätten wir alle Zeit der Welt.

Er hielt sich gerade noch ans Tempolimit. Musterte meine Knöchel und die Füße in den Sandalen, warf einen Seitenblick auf meine Brust und Taille. Ich beobachtete, wie er Stück für Stück das ganze Bild in sich aufnahm.

Ganz gleich, was jetzt geschehen sollte, ich würde es zulassen.

«Schade, dass wir nicht zusammen waren», sagte er und nahm mir den Joint ab.

«Ja, find ich auch. Und jetzt gehst du weg.»

«Übermorgen.»

Er erwähnte den Musterungsbescheid nicht, aber diese Nachricht schwebte wie eine unsichtbare Drohung über uns.

«Gehst du gern schwimmen?», fragte ich.

«Ich kann nicht schwimmen.»

Ich hustete mir die letzten Marihuanareste aus der Lunge und richtete mich auf.

«Wieso denn das nicht?»

«Weil's mir keiner beigebracht hat.»

«Na, du kannst dich ja an den Strand setzen und mir zusehen.» Ich streifte die Sandalen ab und legte die Füße aufs Armaturenbrett. Eine Weile fuhren wir schweigend weiter. Das Marihuana machte sich langsam bemerkbar. Ich spürte, dass er nicht wusste, was er sagen sollte. Vielleicht ging ihm nach und nach auf, dass ich ihm fremd geworden war, denn er wurde förmlicher und rutschte unruhig hin und her.

«Wo ist dein Bruder, der Sänger?»

«Der ist jetzt in Kalifornien.»

«Ihr singt beide. Liegt in der Familie, was?»

«Nehm ich mal an, ja.» Ich erzählte ihm nicht, dass Mutter Geige gespielt hatte, bis die Arthritis einsetzte und ihr die Lust an der Musik verdarb. Ich erwähnte nicht, dass meine Urgroßmutter von der Oper geträumt hatte.

«Weißt du, was bei mir in der Familie liegt?», fragte er.

«Sport?»

Er lachte. «Der ist gut. Lastwagenfahren. Mein Vater und mein Onkel fahren beide LKWs.»

«Willst du das auch?»

«Warum nicht? Verdient man ganz gut bei.»

Wir parkten in einer ländlichen Gegend mit Blockhäusern unter großen, geraden Kiefern. Diesmal erwiderte ich seinen Kuss, als er mich küsste, und seine Zunge schmeckte nach Zigarettenrauch und Erde. Ich küsste ihn leidenschaftlich, dann riss ich mich los und rannte durch den Wald zum Seeufer. Er lief neben mir, kam ohne Weiteres mit, konnte den Sportler eben doch nicht verhehlen. Ich war aber schnell außer Atem und musste pausieren. Dann versuchte ich wieder zu rennen. So liefen wir über den weichen Boden und blieben zwischendurch immer wieder stehen, bis wir endlich ans Wasser kamen. Es war nicht die Stelle, an der Mutters Wagen über die hohe Böschung gekippt war, woraufhin sie ins Krankenhaus gekommen war. Das war auf der anderen Seeseite gewesen, am Highway. Ich zog mein Hemd aus und ließ es fallen. Es war dunkel unter dem Viertelmond. Zu dunkel, als dass jemand außer Anthony meine Brüste hätte sehen können. Die Wellen schlugen sacht auf den Sand und das hohe Gras. An der Oberfläche bildeten sich Schaumkronen.

«Wunderschön», sagte er.

Ich streifte den Rock ab und behielt nur mein Höschen an. Dann watete ich ins Wasser und spürte seine verschiedenen Schichten: die warme Oberfläche und den dichteren, kühleren Grund. Meine Zehen kitzelte die Kälte; meine Brüste wurden hart, und die Brustwarzen standen vor, als grüßten sie die Luft. Anthony kam mit bis an den Rand des Sees, ging aber keinen Schritt weiter.

«Herrgott noch mal.»

Ich lachte, aber mir wurde kalt, und ehe ich mich's versah, hechtete ich ins Wasser. Ich tauchte unter, streckte den Hintern aus dem Wasser, machte ein paar Schwimmstöße unter Wasser und durchbrach wieder die Wasserfläche.

«Komm rein, Anthony.»

«Nein. Komm du raus.»

Aber ich drehte mich um und schwamm hinaus, planschte durchs Wasser, das meine Haut betäubte. Ich tauchte wieder, und das kältere Wasser umspielte meine Beine. Ein Fisch stubste mich am Knöchel.

«He, komm wieder her, damit ich dich sehen kann.»

Ich schwamm Richtung Ufer, richtete mich im seichten Wasser auf und schlang die Arme um die Brust.

«Suchst du das hier?» Er hatte sich meinen Rock und das Hemd geangelt. Ich griff danach, aber er zog sie spielerisch weg und ging los.

«Sehr witzig», rief ich ihm nach.

«Wenn du sie wiederhaben willst, musst du mir dafür was geben.»

«Und das wäre?»

Er blieb stehen, kam wieder zu mir, hielt meine Sachen aber hinter sich. Ich blieb, wo ich war, das Wasser lief mir an den Beinen hinab, sammelte sich im Höschen, auf den Lippen, am Schlüsselbein und in den Ellbogenbeugen meiner verschränkten Arme.

«Ich hätte dich an dem Tag, an dem ich dich nach Hause gebracht habe, küssen sollen.»

«Warum hast du's nicht gemacht?»

«Ich dachte, ich wär nicht gut genug für dich.»

«Und ich dachte, ich wär nicht schön genug für dich.»

Ich mochte es, wie er mich jetzt ansah, absolut aufmerksam, und der glasige Blick verschwand, so dass ich tiefer in ihn hineinsehen konnte. Er zog wieder lange an seiner Zigarette und schnippte die Kippe in den See. Beide sahen wir dem roten Bogen nach, der plötzlich verlöschte. Verschwunden war.

«Küss mich jetzt.»

Er kam näher und zog mir vorsichtig die Arme von der Brust. Kam noch einen Schritt näher und drückte seine Hüfte gegen mein nasses Höschen. Seine Erektion machte seine Hose schnell überflüssig. Wir zogen einander aus, und ich nahm ihn rasch und glatt in mich auf.

~~~~~~~~~~~

Lange nach Mitternacht setzte Anthony mich am Ende meiner Straße ab. Ich wollte es so. Ich wollte unbemerkt ins Haus schlüpfen. Ich ging barfuß unsere Auffahrt hoch zur Hintertür, sah aber, dass in Vaters Arbeitszimmer noch Licht war. Ich schlich ans Fenster und spähte hinein. Da stand sie in seinem Arbeitszimmer, viel größer und breiter als Mutter, und schlang ihm die Arme um die Brust. Ich lief in Mutters Rosengarten, der inzwischen so zugewuchert war, als wären nur die Dornen gediehen. Mutter wäre außer sich gewesen, wenn sie gesehen hätte, was für ein Dickicht hier entstanden war, weil wir die Büsche sich selbst überlassen hatten. Ich hockte mich hin, betrachtete den lehmigen Weg und war wütend auf Vater. Am liebsten wäre ich wieder über die Auffahrt zu Anthony zurückgelaufen.

Zu spät.

Vielleicht hatte er etwas gehört, das Licht im Arbeitszimmer ging jedenfalls aus, wieder an, wieder aus. Das ganze Haus lag im Dunkeln. Ich ging in die Küche und schaltete das Deckenlicht ein. Ich holte einen Topf aus dem Geschirrschrank, stellte ihn laut auf den Herd und füllte ihn mit Wasser, um mir Nudeln zu kochen. Ich
~~~~~~~~~~~

hatte Hunger. Ich hatte vergessen, etwas zu essen. Aber alles, was ich hörte, war eine Stille voller Kummer und dann ein Rascheln aus Doras Zimmer. Plötzlich kam sie heraus, pinkrote Lockenwickler im Haar, und schlurfte in ihrem blauen Baumwollbademantel, der ihre Haut noch dunkler machte, in die hell erleuchtete Küche.

«Was machst du denn da?»

«Ich hab Hunger.»

«Du bist ja ganz nass. Wo warst du denn?»

«Schwimmen.»

«Meine Güte.» Sie wollte schon in ihr Zimmer zurückgehen, kam dann aber noch einmal zu mir.

«Wann ist sie gekommen?», fragte ich und meinte Sherry.

«Nach dem Abendessen. Sie waren noch im Kino.»

Wir sahen uns an, Dora war etwas besänftigt, lächelte noch nicht, räumte aber ein, was wir beide wussten: dass mein Vater zu weit gegangen war, gewisse Grenzen überschritten und meine Regeln verletzt hatte, Regeln, von denen ich nichts gewusst hatte, Regeln in Bezug auf Zeit und Rücksichten. Zeit, mich an das Leben ohne Mutter zu gewöhnen. Rücksicht darauf, wann eine jüngere Frau – überhaupt eine Frau – Mutters Platz einnehmen durfte.

«Es ist ihm egal, oder?»

Sie seufzte und seufzte gleich noch einmal, als brächte heftiges Atmen passendere Wörter hervor oder könnte die verqueren klarer machen, mit denen ich zu kämpfen hatte. Ich roch ihre Handcreme und den Schweiß auf ihren Schläfen. Ich rührte in den Nudeln und wartete ungeduldig darauf, dass sie gar wurden.

«Hör mal, Sarah», sagte sie und drehte die Herdflamme runter. «Dein Vater hat seine Bedürfnisse. Wenn du älter bist, wirst du das verstehen.»

Ich schnaubte. Meine Brüste wackelten unter der feuchten Bluse. Ich fühlte mich in meinen Sachen klebrig und eingeklemmt. «Ich bin aber nicht älter. Okay?» Ich erstarrte, richtete mich auf und rührte noch zweimal durch die Pasta, die jetzt zu weich geworden war. Ich riss den Topf vom Herd und goss das heiße Wasser mitsamt den Nudeln in die Spüle.

«Kann ich helfen?» Sherry tauchte plötzlich in der Küchentür auf. Sie trug ein langes gelbes Unterhemd, das ihr bis zu den Knien reichte. Sie hatte breite Knie und stämmige Beine. Kein Vergleich mit Mutters schlanken Waden. «Heißhunger um Mitternacht?» Sie lächelte; ihr Lippenstift verblasste schon.

«Ich hatte kein Abendessen.»

Ich hasste ihre Versuche, sich bei mir anzubiedern, als würde sie alles verstehen.

«Brennt da was an?», fragte Vater und stand plötzlich hinter ihr, die Haare in der warmen Sommernacht verstrubbelt. Er sah mich nicht an. Er fragte Dora.

«Fragen Sie Ihre Tochter. Sie hat gekocht.»

Das überhörte er aber, kam herein und ließ sich ein Glas Wasser einlaufen.

«Ich hab Sherry eingeladen, heute Nacht hierzubleiben. Ich schlaf auf dem Sofa und sie bei mir im Büro auf der Schlafcouch.»

«Ja, klar.»

Ich verließ die Küche, ließ Pasta und die Töpfe stehen und ging nach oben, um zu duschen. Ich war empört, fuchsteufelswild. Wäre ich doch bloß die ganze Nacht weggeblieben.

In der Dusche hielt ich das Gesicht direkt unter die Brause. Warum hatte Mutter den Wagen im Gooseneck Lake versenkt, traumhaft schön mit ihrer Kurzhaarfrisur und dem Partykleid? Wollte sie aus ihrer Ehe ausbrechen? Uns verlassen? Weglaufen, wie ich hatte weglaufen wollen, bis Anthony mich dann zurückgebracht hatte? Sechs Monate später hatte ihr neuer Cadillac sie nicht mehr schützen können. Der Februarschnee und ein Laster oder die Erinnerung an die Symphony Hall hatten sich zusammengetan und sie umgebracht. Ich konnte es einfach nicht akzeptieren, dass sie nicht mehr zurückkam.

Als Anthony und ich zu seinem Wagen zurückgekommen waren, hatte ich ihn mit der Hand wieder hart gemacht. Mir gefielen die Kontrolle und die Macht, die ich auf diese Weise erhielt. Er lag im Hemd und mit offenem Hosenschlitz auf dem Rücksitz. Aber danach, nach seinem Stöhnen und Aufbäumen, wirkte er verwirrt, als hätte ich ohne Erlaubnis seinen privaten Schutzschirm durchbrochen.

Auf der Fahrt nach Hause lehnte ich mich an seine Schulter und rauchte. Eine Zärtlichkeit lag in der Luft, die sich einstellt, wenn zwei Liebende keine Zukunft haben. Keine Hoffnung.

Ich kam aus der Dusche und trat, in ein Handtuch gewickelt, oben an die Treppe. Unten hörte ich Vaters brummende Stimme, das Seufzen einer Frau, und im Wohnzimmer wurde etwas umgestoßen. Dann ging auch das letzte Licht im Haus aus.

*19. Kapitel*

## *Reine Mechanik*

Gleich nach dem Unterricht nahm ich den Zug nach Boston und folgte den Wegweisern zu einer Familienplanungsklinik in Beacon Hill. Meine Periode war ausgeblieben, was nicht geplant gewesen war und worüber ich nicht nachdenken wollte. Morgens beim Aufwachen war mir übel, und ich fühlte mich komisch. Aber ich zwang mich, dem Unterrichtseinerlei zu folgen: In Biologie der Aufbau des menschlichen Körpers, dann Englisch. In Mathe Logarithmen. Amerikanische Geschichte. Ich schluckte Aspirin und redete mir ein, an Symptomen von Unzufriedenheit zu leiden.

In den Pausen ignorierte ich die Cliquen und Grüppchen auf dem Gang, die sich seit Schulbeginn neu gebildet hatten. Nach meinem Sommer mit Gregory und der Nacht mit Anthony kamen mir die Jungen in der Schule alle jung vor, zu kindlich und bübchenhaft.

Dafür hatten Sophie und ich immer noch viele Kurse zusammen. Nachmittags ging sie zum Ballettunterricht und hatte Stepp- und Jazztanz. Sie war mit einem Schüler aus dem Abschlussjahrgang namens Benny Weiss zusammen. Benny hatte blasse Haut und seine wulstigen Lippen hatten die Farbe von Apfelwein. Er gab sich alle Mühe, alt und runzlig auszusehen; las französische Philosophen und redete über Existenzialismus. Er wollte mit ihr schlafen, sie aber wollte noch warten, obwohl sie sonst überall wie ein

Ehepaar auftraten. Am Wochenende ging er mit ihr ins Kino und fuhr sie zum Ballett. Anfangs war ich überrascht, aber dann gewöhnte ich mich daran, sie Arm in Arm herumlaufen und in seinem Auto knutschen zu sehen.

Margaret tauchte meist gar nicht erst auf und war vom Rektor schon zweimal wegen der Schwänzerei verwarnt worden. Wir wurden verschiedenen Klassen zugeteilt. Ich gehörte zu denen, die aufs College zusteuerten, aber abgesehen davon, dass ich meine Aufgaben machte und keine einzige Chorprobe ausfallen ließ, fühlte ich mich nicht gerade auf der Überholspur.

Mr Edwards hatte mich gebeten, beim Thanksgiving-Konzert noch ein Solo zu singen, «One Hand» aus Leonard Bernsteins *West Side Story.* Das Thema war dieses Jahr Amerika. Wir studierten die amerikanische Nationalhymne ein. Das ist gar nicht so einfach zu singen. Das Lied wechselt zwischen hohen und tiefen Tonlagen. Er meinte, ich sollte unbedingt auch für das Schultheaterstück *Guys and Dolls* vorsprechen, aber ich wollte nicht schauspielern. Im Alltag schauspielerte ich schon genug. Ich spielte die Tochter, der alles egal ist – dabei war mir gar nichts egal.

Es war mir nicht egal, als Mrs Brenwald schließlich starb. Ich kam an einem Oktobernachmittag vom Chor nach Hause, bog in unsere Straße ein, sah einen großen Pritschenwagen vor ihrem Haus parken, und einen Mann in braunem Overall, der in der Auffahrt stand. Dora, Robert und Elliot drängten sich wie Schaulustige auf dem Bürgersteig.

Der Mann trug ein kariertes Flanellhemd. Er hielt eine brennende Zigarette in der Hand, und sein Gesicht war schmutzig. Mrs Brenwalds hohes braunes Unkraut war gemäht worden; die elektrische Heckenschere lag neben ihm. Ich sah, dass er dafür mehrere Stunden gebraucht haben musste. Am auffälligsten war aber der Wagen, jetzt ohne Plane. Da stand er nun, das Mahnmal eines prähistorischen Lebens, das in seiner posthumen Existenz wieder in Bewegung gesetzt und zu einem Autosammler gekarrt würde, das sagte jedenfalls der Mann.

«Ich kümmer mich nur um die Abholung», sagte er. «Mehr weiß ich auch nicht. Die meisten Leuten kümmern sich besser um ihre Autos als um ihre Angehörigen, das kann ich euch sagen.» Er sprach, als wäre er solche seltsamen Spektakel und Umstände gewohnt. Das war sein Geschäft. Er deutete mit dem Kinn Richtung Haus und schüttelte dann den Kopf.

«Schon echt traurig.»

Seit Jahren kursierende Gerüchte hatten sich bestätigt. Brenwalds Haus war ein Durcheinander aus alten Zeitungen, braunen Papiertüten und einer toten Katze.

Die Augenbrauen des Mannes warfen Schatten auf seine Wangen.

Ich wandte mich an Dora. «Wann ist es passiert?»

«Heute Morgen. Sie ist nicht mehr da», sagte Dora. «Sie haben sie mitgenommen. Ein Mann von den Stadtwerken hat die Polizei gerufen. Eine Angehörige ist gekommen, als du in der Schule warst. Eine Nichte.» Sie schüttelte den Kopf.

Ein Streifenwagen und ein Krankenwagen ohne Blaulicht kamen die Straße lang und hielten. Wir zogen uns auf unseren Rasen zurück. Der Polizist öffnete Mrs Brenwalds Haustür, so dass wir einen Blick auf den

Papiermüll dahinter werfen konnten, das Anzeichen massiver Verwahrlosung. Es war, als hätte mir jemand einen Schlag gegen die Brust versetzt. So wollte ich mir Mrs Brenwald nicht vorstellen, genauso wenig wie sie auf einer Bahre heraus getragen worden war. Ich sah Mutters Sarg vor mir. Überwältigt drehte ich mich um, rannte ins Haus und brach in Tränen aus.

Ich konnte gar nicht mehr aufhören. Oben hockte ich mich in Peters Zimmer ans Fenster, seine Gitarre auf dem Schoß. Unten in der Küche hörte ich meine Brüder herumschlurfen. Dora rief nach mir. Ich schlug einen Akkord an, antwortete ihr aber nicht, deshalb kam sie herauf. Ich spielte «The Crystal Ship» von den Doors. Trotzdem kam sie weiter die Treppe hoch.

«Alles in Ordnung?», fragte sie. Sie stand schnaufend an Peters Tür.

Ich zuckte mit den Schultern und hoffte, das würde reichen. Aber mir brannten die Augen. Ich konnte die Rötung nicht verbergen.

«Weine ruhig», sagte sie. «Das befreit.»

«Nein, tut es nicht.»

Ich widmete mich wieder der Gitarre und hoffte, sie würde endlich gehen, aber stattdessen kam sie näher. Ich beugte mich über die Saiten und spürte ihre Hand auf meiner Schulter.

«Lass dich nicht zu tief hineinfallen», sagte sie. «Nicht in deinem Alter.»

Sie fuhr mir mit der Hand sanft über den Rücken und sagte, sie würde nach unten gehen und das Abendessen vorbereiten. Als sie wieder in der Küche war, schrieb ich einen Song.

*Verlorene Lady*
*Starrt auf Kreise*
*Starrt auf Quadrate*
*Liest Bücher, spielt einsame Spiele*
*Sucht Trost,*
*Sucht Frieden*
*Springt durch die Wellen*
*Läuft weg*

Auf der Zugfahrt nach Boston schnürte mir die Angst eine Dreiviertelstunde lang die Kehle zu. Sophie hatte etwas gemerkt und mehrmals gefragt, ob alles in Ordnung sei. Ich sagte, ich fühlte mich nicht wohl, was auch stimmte. Etwas war aus dem Lot geraten, in Schräglage, aus der Umlaufbahn. Mit sechzehn sollte ich den Führerschein machen und nicht das hier.

Ich sah aus dem Fenster, um mich abzulenken, aber ich sah immer nur die hässliche Miss Holloway, wie sie im Sexualkundeunterricht vor unserer Klasse stand.

«Es kann schon bei einem einzigen Mal passieren, Mädchen», sagte sie und hielt ihren Wurstfinger hoch. Weiß und fleischig wie ein schlaffer Penis zeigte er lahm an die Decke. Mit angespannten Gesichtsmuskeln rollte sie ein Kondom über einem Plastikpenis ab, der zu Anschauungszwecken auf einem Tisch stand.

Die Jungen saßen in einem anderen Klassenzimmer und verfolgten wahrscheinlich eine ähnliche Demonstration des Football-Trainers.

«Wie eklig», rief ein Mädchen aus den hinteren Reihen.

Miss Holloways Kopf schnellte hoch, ignorierte den

Kommentar aber. Als das Kondom vollständig über den Plastikpenis gestülpt war, gab sie ihn einem Mädchen, das ganz vorne saß, mit der Bitte, ihn herumzureichen.

«Da ist nichts Geheimnisvolles dran. Das ist reine Mechanik.»

Wenn das bloß stimmen würde – wenn ich bloß gewusst hätte, was ich tat, wenn ich bloß dieses Risiko nicht eingegangen wäre.

Im Zug saßen vereinzelte Highschool-Schüler und schwarze Haushälterinnen. Die Teenager fuhren bestimmt zum Musikunterricht oder zu ihren Nebenjobs in die Stadt, vielleicht wollten sie sich auch einfach nur amüsieren und die Langeweile der Klassenzimmer und des Vorstadtlebens hinter sich lassen.

Von Liebe, Sorgen oder Hoffnung sagte Miss Holloway kein Wort. Sie hielt Päckchen mit Antibabypillen hoch, runde Plastikscheiben, die man an jedem Tag des Monats weiterdrehen musste. Sie reichte die kleinen gelben Tabletten herum. Von dem Gefühl, verschlungen zu werden, dem Kitzel, begehrt zu werden, sprach sie nicht. Sie führte Latex-Diaphragmen vor, eine gotterbärmliche Vorrichtung, die an einen Gummistöpsel für die Küchenspüle erinnerte. Sie hatte auch Tuben mit zahnpastafarbener Spermizidcreme dabei.

Der Zug sauste an Vorstädten vorbei, an Bäumen, die schon ihr Herbstkleid übergestreift hatten. Ich sah Gärten mit noch grünen und gemähten Rasenflächen und näher an der Stadt dann verwahrloste und vollgemüllte Hinterhöfe: Kinderspielzeug, Plastikbälle, alte Turnschuhe.

*Ein Mann führt seinen Penis in die Vagina ein, hatte*

*Mutter bei unserem Mutter-Tochter-Gespräch über Sex gesagt. Da war ich elf gewesen.* Wir saßen in ihrem Zimmer auf dem Sofa, den Nähkasten zu ihren Füßen. Die frühe Nachmittagssonne schien uns auf die Knie.

«Das weiß ich.»

«Hast du irgendwelche Fragen?»

«Nein.»

Sie schlug die Informationsbroschüre auf und blätterte zaghaft darin. Auf meiner Seite zeigte sie mir eine nackte Frau, auf ihrer Seite einen nackten Mann. Die Vagina der Frau war ein gleichschenkliges Dreieck; der Penis des Manns erinnerte an eine Essiggurke. Der Mann und die Frau sahen aus, als würden sie beim Arzt auf eine Untersuchung warten.

*Am wichtigsten ist es, immer daran zu denken, dass der Geschlechtsverkehr ein Ausdruck der Liebe zwischen Mann und Frau ist.*

Ich nickte.

*Hier,* sagte sie und gab mir die Broschüre. *Du kannst sie behalten.* Ich versteckte die Broschüre unter dem Läufer in meinem Zimmer. *Ein Ausdruck der Liebe.* Ein Ausdruck der Liebe. Was sollte das heißen?

Ich öffnete mein Biologiebuch und las das Kapitel über Hormone. Mir gefiel die Vorstellung, dass verschiedene Organe in unserem Körper wirkmächtige Flüssigkeiten absonderten, als bestünden wir aus vielen ineinander mündenden Strömen, aus einem Gebilde von Kanälen, die strudeln, sich leeren und wieder füllen. Vielleicht hatte Mr Bingham recht. Alles war miteinander verbunden. Ich dachte daran, wie das Singen alle losen Enden verknüpfte. Wenn ich sang, kam mein Inneres in

Einklang, widerstreitende Gefühle vereinigten sich zu einem Strom, der Berge bezwang, sich mit Flüssen vermischte und ins Meer mündete. Dann ließ sich der höchste Berggipfel bezwingen.

Der Zug raste an vielen kleinen Städten vorbei und linderte meinen Kummer. Ich schöpfte wieder Hoffnung. Ich hoffte, die Dunkelheit, die ich seit Mutters Tod wie ein Schwamm in mich aufgesogen hatte, würde sich lichten. Wenn ich Glück hatte – und zum ersten Mal seit Mutters Tod dachte ich an Gott –, würden mir diese Übelkeit und die Angst deswegen eine Lehre sein. Lieber Gott. Bitte hilf mir, nicht so schamlos zu sein.

Ich war ein kluger Kopf. Mädchen mit guten Noten wurden nicht schwanger. Ich würde die Pille nehmen. Bald hätte ich alles hinter mir. Aber wenn ich schwanger war, musste ich nach New York fahren. In Massachusetts war Abtreibung verboten.

Margaret kannte da so eine Klinik in Boston. Im Vorjahr war sie selbst dort gewesen. Seit der Fehlgeburt auf der Schultoilette nahm sie die Pille. Für sie war das die beste Erfindung des Jahrhunderts. Sogar besser als das Frauenwahlrecht. Und wenn ich nun schwanger war?

Nachdem ich an der South Station aus dem Zug gestiegen war, ging ich durch die Einkaufszone in der City, über die Kreuzung, die von Filialen von Filene's und Jordan Marsh beherrscht wurde, an Juwelierläden – von denen gab es viele – und am Antiquariat vorbei. Die Gehwege wellten sich unter den immer neuen Asphaltschichten, angehoben von Kälte, Nässe und Eis.

Ich knöpfte den Mantel zu und zog den Kragen am

Hals zusammen. Die Sonne sah aus wie ein Fötus, ein Klümpchen, das sich kaum an eines der Dächer klammern konnte, als hätte die Erde sie abgetrieben, und als würden jetzt die Lichtspuren am Himmel ineinander verlaufen, Überbleibsel einer uneingelösten Zukunft. Ich lief durch Scharen schwarzer Jugendlicher, die sich vor einem Plattenladen drängten. Musik plärrte auf die Straße hinaus. Der Wind pfiff. Trockene Blätter flogen mir um die Füße und ins Gesicht.

Die Frau, die in der Klinik ans Telefon ging, erklärte mir, ich solle die Tremont Street überqueren und Richtung State House gehen, auf dessen goldene Kuppel fahl die späte Nachmittagssonne schien. Ich fühlte mich schrecklich allein. Sie sagte: «Biegen Sie nach rechts in die Joy Street ein.»

Die Joy Street – welche Ironie – lag nördlich der Commons, an der Ecke von Beacon Hill. In dem geschichtsträchtigen Viertel fanden sich Gehwege mit Kopfsteinpflaster, Gaslaternen und elegante dreistöckige Stadthäuser. «Die saphirblaue Tür können Sie nicht übersehen», sagte sie. Und da war sie auch schon, ganz wie sie sie mir beschrieben hatte. Diese Tür, ohne Schild, einfach nur blau, öffnete sich für junge Frauen, die zu jung waren, um Kinder zu bekommen.

Vor der Tür blieb ich stehen und nahm all meinen Mut zusammen. Die grauenhafte Vorstellung, dass ich ein Kind loswerden musste, den Keim von jemandes Zukunft, den Gregorys stürmische Explosion salziger Flüssigkeit mir eines nachts in einem nebelverhangenen Wald eingepflanzt hatte – oder war es Anthonys? Leichtfertiges Abspritzen, während meine Lippen seine küssten, als würde uns dieses Säftevermischen, dieser Zeugungsakt verwandeln. Nur eine Nacht. Ein Tag. Zwei idiotische Augenblicke hatten alles verändert. Wo war ich in ihnen zu finden? Meine Mutter fehlte mir. Mom. Mommy.

An der Schwelle vor der saphirblauen Tür zögerte ich.

Auch mir selbst gegenüber brachte ich diese Worte kaum über die Lippen. Mutter, sagte ich langsam. Ich hatte eine Mutter, eine verschwindende Mutter, eine Mutter, die nicht hier war. Das sagte ich mir immer wieder. Nicht hier. Irgendwo. Da draußen. Als ob man in einem Ozean schwimmen würde. Wo die Strömungen einen davontragen, ohne dass man es merkt. Erst wenn man zum Ufer zurückblickt, begreift man, dass man stromabwärts getrieben worden ist, Hunderte von Metern weit weg. Vielleicht Tausende.

Ich erinnerte mich daran, dass ich einst diesen Trost gehabt hatte, eine Mutter zu haben, sie zu besitzen. Sie war zu Hause gewesen, oben in ihrem Schlafzimmer, hatte Zeitschriften gelesen und an einem Drink genippt. Sie war da gewesen, ob ich sie da haben wollte oder nicht. Das Bild, wie sie in ihrem Zimmer auf dem Zweiersofa mit dem plissierten Lampenschirm daneben gesessen hatte, blendete mich einen Augenblick. Mir wurde schwindelig. Ich wollte, dass sie mich sah. Bleib bei mir, Mutter, bitte. Es war wichtig. Wer war es, Gregory oder Anthony? Ich wollte, dass es vorbei war. Von vorn anfangen. Neu anfangen.

Im Empfangsbereich der Klinik ging ich über schwarze und weiße Marmorplatten. Ich hängte meinen

Mantel an einen Kleiderständer und folgte einem Schild nach rechts eine kleine Treppe hoch. Oben angekommen, nannte ich einer Frau mit kurzen roten Haaren meinen Namen. Sie trug einen schwarzen Pullover. Am Daumen hatte sie Tintenflecke.

«Das hier müssen Sie durchlesen.» Sie schob mir einige Papiere über den Tisch und warf mir einen strengen, aber mitfühlenden Blick zu. Ich war einem privaten Club beigetreten, dem niemand angehören wollte. Sie zeigte auf ein Zimmer am Ende des Korridors. Ich kam an einem alten Serviertisch vorbei. Ob sein ursprünglicher Besitzer wohl je gedacht hätte, dass darauf einmal Blutampullen statt Teetassen stehen würden?

Eine andere Frau im weißen Kittel legte mir in dem Zimmer eine Druckmanschette um den Arm und nahm mir Blut ab. Dabei sah sie mich nicht an. Sie löste die Manschette und beschriftete die Ampulle. Sie fragte mich nach meinem Nachnamen und teilte mir eine Nummer zu. 302. Aus Datenschutzgründen.

302. Und wenn ich die vergaß?

Sie sagte, meine Telefonnummer würde ausreichen.

Als ich zurück zum Bahnhof lief, war es bereits dunkel geworden, es war eine kalte und braune Dunkelheit, wie ein leeres Ölfass. Auf der Straße hupten Autos. Der Berufsverkehr mit seiner nervösen Hektik hatte begonnen. Ich zündete mir eine Zigarette an und verbarg sie in der hohlen Hand, inzwischen war ich eine Rauchexpertin. Ich stieß den Rauch aus, holte tief Luft, stieß weißen Kondensatem aus, schnippte den Stummel auf den Gehweg und zertrat ihn.

Im Zug übte ich die Ausrede ein, warum ich zu spät nach Hause kam. Ich würde behaupten, ich wäre länger beim Chor geblieben. Da würde nicht mal Dora nachfragen.

Der Zug füllte sich mit Männern in Mänteln und schweren Regenjacken, Männern mit Aktentaschen aus Leder und säuberlich gefalteten Zeitungen. Männern in Budapestern, Anzughosen mit Aufschlägen und blau und rot getüpfelten Krawatten. Sie hatten kurze Haare mit kastenartigen, geometrischen Scheiteln.

Mein Nachbar entschuldigte sich, als seine prallvolle Aktentasche gegen meine Schuhe stieß.

«Meine Frau meint schon lange, ich soll mir eine neue kaufen», sagte er gutmütig. «Auf dem Nachhauseweg von der Schule?»

«Zahnarzttermin», sagte ich.

Ich rollte die Broschüre ein. Da standen lauter Fragen drin. *Bist du wirklich bereit für Sex? Was bedeutet dir Sex? Unterscheidet sich deine Einstellung von der deiner Eltern? Welche Verhütung ist für dich die beste? Kennst du die möglichen Nebenwirkungen der Pille?* In einer anderen Broschüre stand: *Kein Platz für Fehler: Wann ein Diaphragma schützt und wann nicht.*

Der Zug leerte sich, je weiter wir nach Norden kamen, hielt in Schlafstädten, und auch mein Nachbar stand auf und verabschiedete sich mit einem Nicken. Als ich aussteigen musste, schob ich die eingerollten Broschüren unter meinen Sitz. Ich ging die Bahnhofstreppe hinauf Richtung Stadtzentrum und nahm den vertrauten Weg durch die Dunkelheit, unter Straßenlaternen entlang, um die sich im kalten Abendnebel Lichthöfe bildeten. Ich ging an geharkten Vorgärten vorbei und bog schließlich zu dem Haus ein, das es seit dem Anfang meines Lebens immer gegeben hatte.

Auf dem ZU-VERKAUFEN-Schild auf dem Rasen stand VORBEHALTLICH VERKAUFT.

Schnell ging ich die Auffahrt hoch.

~~~~~~~~~~~

In der Küche stieß ich auf Dora, die Süßkartoffeln umrührte und Stücke gegrillten Heilbutts auf einer Servierplatte anrichtete. Sie sah zur Wanduhr hoch.

Es war 18 Uhr 12.

Ich zog den Mantel aus und hängte ihn an die Garderobe im Flur. Sherrys Mantel aus beigem Mohair wärmte sich an Vaters Mantel. Robert und Vater sahen mich erwartungsvoll an.

«Mr Edwards wollte, dass ich noch ein Solo singe.» Ich setzte mich neben Elliott an den Tisch und füllte mir vorsichtig Fisch und Salat auf den Teller.

Sherry lächelte freundlich. «Gratuliere.»

Vater nickte. «Sehr gut.» Er schob sich eine Gabel Kartoffeln in den Mund und wartete darauf, dass Sherry weiterredete. Sie kam inzwischen regelmäßig zum Abendessen.

«Ich kann dich gerne mal vom Chor abholen», sagte sie.

«Nicht nötig. – Ich hab das Schild draußen gesehen», sagte ich zu Vater.

«Hat's verkauft», platzte Robert heraus.

«Noch nicht ganz», verbesserte Vater ihn.
~~~~~~~~~~~

Vater legte die Gabel auf den Teller und erklärte uns mit einer ruhigen Stimme, die ich bei ihm lange nicht gehört hatte, einer Stimme, die besagte, er habe alles unter Kontrolle und die Dinge würden sich, allem Anschein zum Trotz, mit der Zeit positiv entwickeln, dass eine Familie aus Pennsylvania ihm ein Angebot gemacht hätte. Sich in das Haus verliebt hätte. Den Garten. Sein Potenzial sah.

«Wenn alles glatt geht, können wir im Dezember umziehen, in den Ferien, damit es nicht in die Schulzeit fällt.»

«Ich will nicht umziehen», sagte Elliott.

«Ach, Elliott», sagte ich liebevoll. Ich streichelte ihm den Arm. Ich fand es schön, dass er aussprach, was wir alle dachten. Und zwar ohne zu brüllen oder besserwisserisch zu klingen.

Ich betrachtete das dunkle Esszimmerfenster, in dem sich die runde Kronleuchterkugel spiegelte.

«Haben sie sich auch in dieses Licht verliebt?»

Vater fuhr sich übers Haar und überhörte die Bemerkung. Er lehnte sich zurück.

«Der Markt ist schwierig. Wir können von Glück reden, dass wir ein Angebot bekommen haben.»

«Da ist Onkel Max aber anderer Meinung», sagte ich.

«Wisst ihr was», sagte Sherry, und wieder erstaunte es uns sehr, wie sie sich in unsere Angelegenheiten einmischte. «Ich bin umgezogen, als ich zwölf war. Und das könnt ihr mir glauben: Ich wollte das genauso wenig wie du, Elliot. War absolut dagegen. Ich habe meinen Eltern gesagt, ich würde in einem Zelt im Garten schlafen. Und wisst ihr was? Wir sind umgezogen, und das neue Haus hat mir besser gefallen als das alte. Manchmal geht es komisch zu im Leben.»

«So wie Dad sich jetzt mit dir trifft, weil Mom gestorben ist?», fragte Elliot.

Dora kam ins Esszimmer gerauscht, und hinter ihr sah man die Tür zurück schwingen.

«Wer hat noch Hunger?», fragte sie laut. Sie sah zielstrebig und wachsam aus, als sie durch den Raum ging, eine Schüssel mit weißem Reis und Pilzsuppe in der Hand. Als Mutter erwähnt wurde, änderte sich die Stimmung im Raum. Vater seufzte. Dora huschte um den Tisch herum, mit ihren roten Kardinalsflügeln versuchte sie, die Raubtiere von Vater fernzuhalten, der sich über den Tisch beugte, nach seinem Weinglas griff und es mit einer galanten Drehung des Handgelenks austrank.

Dora stand mit der Reisschüssel neben mir und wartete darauf, dass ich mir auftat, aber ich schüttelte dankend den Kopf. Mir war schlecht. Die Übelkeit war wieder da. Dora sah, wie ich das Gesicht verzog, nickte und ging weiter zu Elliot, der sich eine Kelle matschigen Reis auf den Teller klatschte. Seine unbeantwortete Frage waberte wie unsichtbarer Rauch um den Kronleuchter und verflüchtigte sich, als ob ihn niemand gehört hätte. Vater schob sich eine Gabel Reis in den Mund und unterdrückte die Frage seines Sohns, seine reinen, ungefilterten Versuche, der Wahrheit auf die Spur zu kommen. Sherry tat sich höflich ebenfalls eine Kelle Reis auf den Teller. Ich verstand sie nicht. Sie war bodenständig und abgedreht, einsichtig und übergriffig.

«Ich verstehe einfach nicht, warum wir umziehen müssen», sagte Robert.

Vater erwachte aus seiner Abwesenheit und sah uns mit finsteren Augen an.

«Wenn du älter bist, erkläre ich es dir noch mal. Ich erwarte nicht, dass du es verstehst. Das gilt für euch alle.»

Zwei Tage später rief ich vom Münztelefon in der Drogerie aus in der Klinik an und hörte das befürchtete Wort: positiv. Ich war schwanger. Ich konnte nicht denken, wusste aber, dass ich eine Entscheidung treffen musste. Der Hausverkauf drohte. Meine Brüste waren empfindlich geworden. Ich wollte jemanden in den Arm nehmen. Ich lehnte mich ans Telefon und rief meinen Bruder an. Ich brauchte ein Gegenüber.

Peter nahm ab, und ich brach in Tränen aus.

«Sarah. Pass auf. Das ist zu schaffen. Das ist natürlich beschissen, aber es ist zu schaffen. Ruf Sophie an. Sie ist eine gute Freundin.»

Er redete weiter, argumentierte, während ich weinte, schluchzte, mich nicht beruhigen konnte. Ich warf weitere Münzen in den Schlitz, bestimmt einen Dollar. Drogeriekunden gingen vor der Glaskabine hin und her, aber niemand beachtete mich. Kinder und langhaarige Trolle kamen rein und wollten Kaugummi kaufen. Hausfrauen suchten Kosmetikartikel, Nagellack und Lippenstift. Eine ältere Dame ging mit einer weißen Medikamententüte aus Papier hinaus, genau wie Mutters Papiertüten. Diese Pillen. Warum war das nötig gewesen? Was war schiefgelaufen?

«Alles wird gut», versicherte Peter mir wieder. «Versprochen.»

~~~~~~~~~~~
~~~~~~~~~~~

Sophie übernahm auf eine Weise die Regie, die mich total überraschte, und beharrte darauf, ich solle mich nach vorn setzen, als Benny uns zum Flughafen fuhr. Unseren Familien sagten wir, wir würden aufs Land fahren und durch die Herbstwälder streifen. Alle machten das.

Ich war Benny so dankbar, dass er mir keine Vorwürfe machte, als ich mich in seinen Datsun setzte. Er sah freundlich und geduldig aus. Ich stieg ein und hatte meine Handtasche mit dem Geburtstagsgeld in der Hand, das ich im Lauf der Jahre gespart hatte. Die Sonne schien an einem von wenigen Wolken getüpfelten blauen Himmel. Die Luft war kalt und klar. Nach diesem Tag würde ich von vorn anfangen, schwor ich mir. Ich würde einen Freund haben, wie Sophie. Ich würde lernen, glücklich zu sein.

Das Flugzeug war voller gutgekleideter Frauen in Wollkostümen mit Hahnentrittmuster, die Ausflüge nach New York machten, um sich einen Tag lang die neue Herbstmode anzuschauen. Lord & Taylor, Bonwit Teller's, Saks. Mutter hatte das auch gemacht. Morgens hin, nachts zurück.

Am Flughafen LaGuardia fasste Sophie mich am Ellenbogen und entdeckte den Mann in einer dünnen braunen Hose und Lederjacke, der ein Pappschild mit der Aufschrift Ranch River Estates hochhielt. Das war das verabredete Codewort. Sophie gab ihm die Hand. Wir kommen aus Beacon Hill, sagte sie. Die Klinik hatte uns aufgetragen, ihm das zu sagen. Die Verbindung steht, sagte er. Ich schwieg. Sophie übernahm das Reden. Sie redete über alles Mögliche. Den Flug. Das Wetter. Den Flughafen. Er nickte und brachte uns zum Wagen vor dem Terminal.

Sophie setzte sich zu mir nach hinten. Der Mann ließ eine Radio-Talkshow laufen, eine Sportsendung, deren Sprecher sachkundig von den New York Giants, dem Quarterback und dem Wide Receiver, dem Fänger, sprach. Die Worte dröhnten mir in den Ohren. Ich sah aus dem Fenster und folgte mit den Augen den vorbeiziehenden weißen Linien auf dem Highway. Ich lehnte mich zurück. Ich mahnte mich zur Ruhe. Ich hatte es fast geschafft. Bald war es vorbei. Vorbei.

Der Wagen scherte zur Seite aus, verlangsamte und hielt dann auf dem Randstreifen.

«Verdammt!», sagte der Mann. «Verflucht noch mal. So eine Scheiße.»

«Was ist denn los?» fragte Sophie mit ihrer Flötenstimme. Sie beugte sich über die Lehne vom Fahrersitz.

«Reifenpanne. Wir haben eine Reifenpanne. Keine Angst. Damit kenn ich mich aus.»

«Wie lange dauert das?», fragte Sophie nach.

Er zog die Handbremse an und öffnete die Fahrertür.

«Nur die Ruhe, die Damen. Das kann ich im Schlaf.»

Ich schloss die Augen, weil mir von den Abgasen schlecht wurde. Hunderte von Autos schossen vorbei, Tausenden von Menschen konnte meine dunkle Welt gestohlen bleiben.

Sophie öffnete ihre Tür und rief hinaus:

«Und? Wie sieht's aus?»

«Ein platter Reifen eben. Gib mir noch drei Minuten.»

In New York war es milder und wärmer als in Boston. Über uns zogen dünne Wolken vorbei. Die Bäume hatten noch nicht all ihr Laub verloren wie zu Hause. Ich fragte mich, wie weit Gregory wohl von diesem Highway entfernt wohnte. Ich hatte ihn nicht angerufen. Ich würde ihn auch nicht anrufen.

Das Auto wurde einmal aufgebockt und federte dann zurück.

«Sollen wir aussteigen?», rief Sophie ihm zu.

«Nee. Bin fast fertig.»

Nach wenigen Minuten saß er wieder am Steuer, fuhr jetzt schneller, er roch nach Öl und Rost. Als er den Highway verlassen hatte, bog er in eine Seitenstraße ein und parkte vor einem kleinen, unscheinbaren Gebäude mit der Aufschrift Long Island Medical Center Association. Er tat so, als hätte er das schon tausendmal gemacht. Hatte er ja auch.

Drinnen kam ich in einen sauberen, hell erleuchteten Empfangsbereich, in dem es vor Frauen nur so wimmelte. Sie saßen auf Stühlen und schliefen in den im Gang aufgereihten La-Z-Boy-Liegesesseln. An der Rezeption gab mir eine Frau ein Klemmbrett mit weiteren Formularen, die ich ausfüllen sollte. Als ich sie ihr zurückgab, sagte sie, ich könne in den Behandlungsraum gehen.

«Der Arzt kommt gleich.»

Sophie begleitete mich noch bis zur Tür und umarmte mich. Ihre dünnen Arme hielten mich fest. «Gleich hast du's hinter dir. Ich warte hier auf dich.»

Das Zimmer war klein. An der Decke hing eine große rechteckige Leuchtröhre und verströmte Licht. Ich verkapselte mich und sagte mir, bring's einfach hinter dich. Du bist hier. Vergiss das nicht.

Ich zog mich aus und befolgte die Anweisungen der Krankenschwester. Zog den Kittel an. Die Unterwäsche aus. Konnte die Socken anbehalten. Ich legte mich hin, und der Arzt kam herein. Ein Mann mit einem ernsten, aber freundlichen Gesicht. Ich war hier, eine Fastmutter, und lag auf dem Rücken. Ich würde das hinter mich bringen. Es war fast vorbei. Er stach mir die Kanüle in die Handgelenksvene und sagte, ich solle bis drei zählen. Ich kann mich nicht erinnern, gezählt zu haben.

Und dann wachte ich auf.

Eine Krankenschwester half mir von der Liege und führte mich durch die Eingangshalle zu den Liegesesseln, die ich nach unserer Ankunft gesehen hatte. Ich schlief wieder ein. Ich wachte auf, weinte, schluchzte hysterisch, sog die Einsamkeit auf, Reue überkam mich, der Schmerz in der Scheide, Krämpfe, dann Erleichterung.

«Schau mal, Sarah, ich hab dir einen Teddybär mitgebracht», sagte Sophie. Sie legte mir ein kleines Pelzwesen in die Armbeuge.

«Jetzt können wir nach Hause.»

*20. Kapitel*

## *Juwelen*

Am Sonntag blieb ich mit Kopfschmerzen und Krämpfen im Bett. Vater akzeptierte das und ließ mich in Ruhe. Am Montag rief er von unten herauf.

«Sarah! Es ist Viertel vor acht. Wir wollen doch nicht zu spät kommen!» Er kam die Treppe zu meinem Zimmer hoch. Schnell zog ich mir die Decke bis zu den Schultern.

Er klopfte.

«Ich fühl mich immer noch krank.»

Er öffnete die Tür, blieb im Flur stehen und sah herein. Ich hatte die Jalousien herabgelassen, und im Raum herrschte ein kränkliches Braun.

«Frauensachen.»

Das schreckte ihn ab und er zog die Tür wieder zu.

«Ich sag Dora, sie soll im Schulsekretariat anrufen. Bis heute Abend. Ruf mich an, wenn du was brauchst. Okay?»

Erwartungsvoll zog er die Augenbrauen hoch.

Ich nickte und glitt tiefer unter die Bettdecke. «Mach die Tür bitte ganz zu.»

Ich hörte, wie er unten mit Dora sprach. Die Hintertür fiel ins Schloss, und er ging zur Auffahrt hinunter. Ich sah auf die Uhr. Er war zu seinem alten präzisen Tagesablauf zurückgekehrt und verließ morgens um 7 Uhr 45 das Haus, als könne penetrante Pünktlichkeit wieder Ordnung in unser Leben bringen. Der Bogen der Zeit waltete über seinen Stimmungsschwankungen, Roberts Gemeinheiten, Peters Flucht an die Westküste, Elliots sanften emotionalen Sondierungen und der Leichtfertigkeit seiner Tochter. Sherry hatte etwas damit zu tun. Sie war da und stupste ihn zurück ins Leben.

Ich wartete ab, ob er das Auto nahm, aber an diesem Morgen scharrten seine Schuhe über die kieselnarbige Auffahrt, unsere kurze Straße hinab, rechts den längeren Hügel hinunter, wieder rechts einen flacheren Abschnitt, dann links auf die Hauptstraße Richtung Stadt und schließlich zum Bahnhof in der Nähe der Tierhandlung. Seine aus allen Nähten platzende Aktentasche voll mit dem literarischen Geifer des Tages, den Fälschungen eines Autors der Vergangenheit.

Als Nächstes gingen Elliot und Robert. Robert schwatzte unter meinem Fenster, Elliot pfiff vor sich hin. In der Luft dieses frühen Oktobertages lag etwas, das ihre Stimmen klar und hell klingen ließ. Vielleicht waren es die ausdünnenden Bäume. Weniger Blätter, die den Schall schlucken konnten. Robert sagte, Elliot solle die Klappe halten und zuhören. Das war ihre übliche Morgenroutine. Elliot reagierte sofort, sprach aber ganz ruhig. Ich bewunderte ihn für seine Fähigkeit, Roberts Bissigkeit zu überhören, und ich glaube, dass Robert das wider Willen auch zu schätzen wusste. Auch wenn er sich meist nicht darum scherte, was andere von ihm dachten, ahnte Robert wohl, dass seine Gemeinheiten andere Menschen beunruhigten und aufrieben. Deswegen hatte er so wenige Freunde. Gleichzeitig härtete Elliot unter Roberts ständigen Wiederholungen ab. Er wurde stärker. Er öffnete sich der Welt und lernte, sie zu ertragen.

Als sich die Geräusche im Haus gelegt und die Frühstücksdüfte sich verzogen hatten, kam Dora hoch und klopfte. Sie stellte mir einen Becher heißen Tee mit Milch und Zucker auf den Nachttisch. Das hatte ich nicht erwartet. Sie stellte auch ein Tellerchen mit gebuttertem Toast daneben und wartete, bis sie mich knabbern und trinken sah. Sie zog die Jalousien hoch, um die Morgensonne hereinzulassen, und als sie zurückkam, um das leere Geschirr zu holen, ließ sie sie wieder herab, damit mich die Nachmittagssonne nicht so blendete. Sie prüfte mit der Hand an meiner Stirn, ob ich Fieber hätte, und maß dann meine Temperatur. Alles normal.

«Was das wohl für ein Virus ist.»

«Ich hab's nur im Bauch, weißt du. Mens und so», sagte ich und hoffte, das würde ihr etwas sagen, ohne dass ich wirklich etwas sagte. Sie presste die Lippen zusammen, suchte in der Zimmermitte etwas, das sie aufräumen konnte, und spürte, dass etwas nicht stimmte, weil ich selten zu Hause blieb. Ich war viel lieber draußen. Aber mein Zimmer war wie immer sauber und aufgeräumt, also ging sie.

Meine Binde war blutgetränkt. Ich stand auf, um sie zu wechseln. In der New Yorker Klinik hatte man gesagt, damit müsse ich rechnen. Ich hatte ein Infoblatt zu den möglichen Symptomen sowie Antibiotika für zehn Tage bekommen. Die Krankenschwester hatte gesagt, in der ersten Woche sollte ich es ruhig angehen lassen. Gesteigerte Aktivitäten könnten neue Blutungen auslösen. Sie hatte mir auch ein Rezept für die Antibabypille gegeben. Jeden Tag eine. Auch dazu hatte ich ein Infoblatt bekommen. Wie grundlegend es war, daran zu denken, wie gefährlich, es zu vergessen. Ich war ein kluger Kopf. Früher. Dachte ich jedenfalls.

Ich bewahrte das alles in einer Schachtel in der Nachttischschublade auf. Auf einem dritten Blatt standen Notfallnummern und ein Nachsorgetermin beim Krankenhauspsychologen in Beacon Hill. Ich hatte eine Handvoll kodeinversetzte Aspirin – das sollte die leichten Krämpfe lindern, die Gebärmutterspasmen. Die Tabletten beruhigten auch meinen Kopf. Ich fühlte mich dadurch warm und geborgen. Ich lag auf dem Rücken und sah ins Leere, vor meinem Fenster flirrten kleine gelbe Birkenblätter, ein Eichhörnchen flitzte über einen Ast und nahm dann eine Gebetshaltung ein. Ich lauschte meinem reibungslos surrenden Körper, unbekümmert wie ein Kind, so einfach wie an jenen Tagen, an denen schräg einfallender Sonnenschein oder der Tupfer Blau in einer Wolke genug Wissen war, mehr als genug, um durch den Tag zu kommen.

Ich schlief.

Die Monatsbinden wickelte ich in Toilettenpapier ein. Der kleine Mülleimer im Badezimmer verströmte den säuerlich stechenden Geruch von altem Blut und getrockneten Körperflüssigkeiten. Genauso roch auch mein Nachthemd. Ich stand auf, duschte, um den Geruch loszuwerden, und schob die Fahrt nach New York in der Schublade ganz nach hinten. Ich beugte mich aus dem Badezimmerfenster und rauchte zwei Zigaretten. Sog den Rauch tief in die Lungen.

Diese Symptome hatte ich nicht: übermäßige Blutungen, Gerinnsel *größer* als Fünfzig-Cent-Münzen.

Als die Wirkung des Aspirins nachließ und das Ziehen im Unterbauch, ein mahlendes Zerren, wieder einsetzte, nahm ich noch ein paar Tabletten. Auf dem Infoblatt stand, das sei im Rahmen des Üblichen. Übelkeit schnürte mir die Kehle zu. Ich keuchte. Ich warf mich im Bett hin und her. Ich wendete das Kissen und legte mich auf die kühle Seite. Ich schaltete das Radio ein.

Die Fahrt hätte gestern oder letztes Jahr gewesen sein können. Die Fahrt nach New York, wo Gregory wohnte, hätte auch eine Atlantiküberquerung nach Europa sein können, ein Albtraum, der sich mit Strömungen des Unglaubens kreuzte. Und Gregory. Der schien nur noch ein Strichmännchen zu sein. Eine Idee, aus der nichts geworden war.

Das war nicht ich.

Nur war ich das.

Ich wehrte mich dagegen. Ich wollte mich zusammenfalten, mich in eine Schublade legen, die so aufgeräumt wäre wie mein Zimmer, gesaugt, frei von Staub – frei von Leben. Ich war ein intelligentes und begabtes Mädchen, das die richtigen Entscheidungen traf. Ich hatte einen schrecklichen Fehler gemacht.

Aber ich hatte auch mal eine Mutter gehabt.

*«Oooh», sagte sie mit mädchenhafter und freudiger Stimme. «Wollen wir uns zusammensetzen?» Die Popcorn-Schachtel stellte sie zwischen uns. Immer wieder trafen sich unsere Finger, wenn wir Händevoll aus der Schachtel herausschaufelten. Ich folgte ihr in die Mitte des Kinosaals, ungefähr zwanzig Reihen von der Leinwand entfernt, und setzte mich neben sie.* Bei einer unserer seltenen gemeinsamen Unternehmungen hatten wir einen James-Bond-Film gesehen. Allein. Zusammen. Kurz nach Grandpa's Beerdigung. Kurz vor dem ersten Unfall.

In Soquasets Kino lief *Diamantenfieber*. Mutter besorgte eine große Schachtel gebuttertes Popcorn und zwei Colas. Das Kino war halbvoll. Wir entdeckten keine bekannten Gesichter.

Vorne wurde der rote Vorhang beiseite gezogen, und die Trailer fingen an. In ihrer dunkelblauen Hose und einem dazu passenden Pullover verschmolz Mutter mit dem dunklen Kinosaal, nur ihre freien Arme und das Gesicht wurden vom Licht von der Leinwand erhellt. In der Mitte des Films legte sie mir die Hand auf den Arm. Wir lachten, gackerten und keuchten, als unser Held, James Bond, durch eine Papierwand sprang, dem britischen Feind Pfeile in die Brust schoss und sich mit den Fäusten den Weg aus einem Fahrstuhl freikämpfte. Wir durchstreiften die Prärien von Südafrika und besuchten die Nobel-Casinos von Las Vegas. Ich sog ihren Butteratem ein, als James Bond in Lebensgefahr am Dach eines Wolkenkratzerhotels hing. Für kurze Zeit waren Mutter und ich actionsüchtige Gefährtinnen in einer unsichtbaren Achterbahn, versanken in unseren Sitzen und wünschten uns, die Fahrt würde niemals enden.

~~~~~~~~~~~

Ich wollte ihre Abwesenheit berühren. Ich hob den Arm und schwenkte ihn durch die stehende Luft meines Zimmers. Ich spreizte die Finger und ballte sie dann wieder zur Faust. Sie war greifbar. Sie war unerreichbar. Ich wollte sie jetzt, hier in meinem Zimmer, am Fenster, in der Nacht, wollte, dass sie meinen dunklen Hunger sah, den leeren Keil zwischen meinen Rippen. Je weiter sie
~~~~~~~~~~~

sich von mir zurückzog, jenseits meines Fensters, hinter die Birke und das Dach der Fineburgs, in das schlichte Himmelsgewölbe, desto tiefer durchdrang mich ihre Abwesenheit. Ich sah sie dasitzen. Sie war da. Ich stand auf, stellte mich ans Fensterbrett und versuchte, mich in die unsichtbare Umhüllung ihres Körpers zu schmiegen. Die Zeit machte die Dinge schlimmer statt besser. Ihr Weggang grub sich ein, bohrte und schmerzte. Ich legte mich wieder ins Bett und sah sie vor mir, wie sie im Garten das Beet umgegraben und die Erde gelockert hatte, um die Winterzwiebeln einzupflanzen. Ihre Finger gruben sich unter die Wurzeln in die Kälte. Ihre rosaroten Fingernägel schützte sie mit Gartenhandschuhen aus dickem Wildleder. Der Kirschbaum hatte die meisten Blätter schon abgeworfen. Das knollige Wurzelwerk erstreckte sich über den braun werdenden Grasfleck und schützte so den Ort bis zum Frühling.

Ich würde nicht hier sein und sehen, wie er wieder blühte. Das ärgerte mich. Es fachte meine Trauer wieder an. Ich wollte schreien. Mich zusammenreißen. Meine Hirnlappen vibrierten. Ich drehte das Radio lauter. The 5th Dimension.

*Up, up and away*
*My beautiful,*
*My beautiful balloon!*

Beunruhigende Gedanken. Auf dem Rückweg von New York, das Auto, das Flugzeug, Benny, der uns abholte. Lieber Himmel. Mutter. Wo bist du? Ich hatte den kleinen Teddy im Schoß und schlief ein, bevor das

Flugzeug zum Landeanflug ansetzte. Und dann war es irgendwie vorbei. Alles vorbei. Fing aber wieder von vorne an. Das Zerlegen war vorbei. Alles tat mir weh. Ich hatte irgendein Ende erreicht. Ich hatte nichts erreicht. Ich lag auf dem Rücksitz von Bennys Wagen, und wir einigten uns darauf, dass Sophie mitkommen würde, um von mir abzulenken. Sophie hatte Peter vom Münztelefon in der Klinik aus angerufen. Ich schlief, hatte einen schweren Kopf von den Medikamenten und der fürchterlichen Reue, die mein Leben in ein Davor und ein Danach teilte.

Das Leben war voller Davor und Danach. Vor und nach Mutters Tod. Vor und nach Sherrys Eintritt in unser Leben. Vor und nach Peters Weggang. Vor und nach Gregorys Penis zwischen meinen Beinen. Vor und nach Anthony, der mich auf seinen Schoß hob. Vor und nach der Abtreibung.

Bis auf die Musik. Beim Singen gab es kein Davor und Danach. Es blieb …

~~~~~~~~~~~

Ich ging in die Küche und hörte den Fernseher im Herrenzimmer. Robert und Elliot sahen wie jede Woche einen Film von Walt Disney, und Vater war bei ihnen. Ich roch seinen Zigarettenrauch. Nicht ihren. Sherrys Mantel hing nicht in der Flurgarderobe. Die Samstagabende verbrachte sie in ihrer Wohnung. In der Küche war nur noch die Nachtbeleuchtung an; die Arbeitsflächen waren so blitzblank, dass ein Besucher nie im Leben das Chaos geahnt hätte, das in unserem bunt-
~~~~~~~~~~~

scheckigen Leben herrschte. Ich hörte, dass Dora in ihrem Zimmer fernsah.

«Ich bin wieder da», rief ich, um keinen Anlass zur Sorge zu geben.

Das war besser, als sich nach oben zu schleichen. Meine Heimlichtuerei würde sonst nur an Vaters Nerven zerren, und ihn bloß neugierig machen, was ich wohl zu verbergen hätte, und Einzelheiten verlangen, die beweisen konnten, wo ich gewesen war.

Ich ging in mein Zimmer hoch, zog ein Nachthemd an und ging ins Bett. Falls jemand fragte, würde ich sagen, ich fühlte mich nicht wohl. Die Schule würde ich am nächsten Tag schwänzen. Ich wollte allein sein, mein Leben ändern, den Fehler wiedergutmachen.

Sophie ging und rief Vater noch etwas zu, bevor sie zur Hintertür hinausschlüpfte.

«Wiedersehen, Mr Kunitz. Bis bald», rief sie fröhlich.

Ich hörte, wie Benny den Wagen aus der Auffahrt steuerte. Sophie hatte eine gute Wahl getroffen, die bessere Liebe gefunden.

Die Nacht glitt dahin wie ein langsam zum Stillstand kommendes Karussell, wenn die Musik verklungen ist. Die Schwerkraft übt ihren Sog auf einen aus, wenn man auf dem Karussellpferdchen reitet, auf und ab, bis die Menschen auf dem Jahrmarkt keine verschwommene Farbpalette mehr sind, sondern wieder einzelne Gesichter, die darauf warten, dass man absteigt und in ihre Welt zurückkehrt, aber man will weder die Stange noch die Höhe aufgeben, weil das Leben von hier oben auf dem Karussellpferd besser aussieht. Ich umarmte mein Kissen und hörte Robert und Elliot, die nach oben kamen und an meiner geschlossenen Zimmertür vorbei ins Bett gingen. Eigentlich hatte ich Peters Zimmer übernehmen wollen, und Elliot sollte meines bekommen, aber seit dem Hausverkauf spielte das alles keine Rolle mehr. Ich musste weinen, und die Tränen liefen mir über die Wangen. Ich drückte die Tropfen ins Kissen. Ich schluchzte. Die letzten Tränen hustete ich heraus.

~~~~~~~~~~~

Am Dienstag lag ich im Bett und hörte mir im Radio die Top 40 an. Die Leere streckte mich nieder, als läge ich teilweise unter einer Matratze, und ein anderer Teil von mir läge auf mir drauf. Am frühen Nachmittag putzte Dora das Badezimmer im ersten Stock und leerte die Mülleimer. Ich roch das Clorox und hörte, wie sie ihr Fensterputzmittel auf die Scheiben sprühte. Vertraute Gerüche putzten die Geschichte weg, putzten dieses Haus weg.

Ich schlief wieder ein, hörte sie aber hereinkommen, als sie mir einen Becher Hühnersuppe brachte. Bevor meine Brüder aus der Schule zurückkehrten, kam sie später am Nachmittag noch einmal zu mir und setzte sich ans Fußende vom Bett.

«Schlimme Krämpfe?»

Ich nickte. Ich gab mir Mühe, ruhig zu wirken, spürte aber, wie sich meine Gesichtszüge verspannten. Sie musste die vielen, viel zu vielen Monatsbinden gesehen haben.

«Du musst es mir nicht verraten», sagte sie, und so wie sie mich ansah, konnte sie Gedanken lesen. «Meine zweite Tochter hat das auch durchgemacht.»
~~~~~~~~~~~

Ich drückte den Kopf aufs Kissen. Ich wollte nicht, dass sie meine Tränen sah, aber sie liefen an der Seite hinab, schmelzende Eiszapfen.

«Das Wichtigste ist jetzt, dass du ins Leben zurückfindest», sagte sie und legte mir die Hand auf den zugedeckten Fuß. «Du bist zu jung dafür.»

«Ich fühl mich alt», musste ich zugeben. Ich sah, dass sie mir keine Vorwürfe machen wollte. Dafür war es zu spät.

«Sophie ist eine gute Freundin», sagte sie. «Und du solltest dir selbst auch eine gute Freundin sein.»

Da musste ich wieder weinen, und als sie mir mitleidig den Knöchel drückte, erschauerte ich wegen all dem, was ich aufgegeben hatte. Schämte mich.

«Das ist die Last der Frauen, diese Sache. Nimmst du jetzt die Pille?»

Ich nickte.

Sie tätschelte mir noch einmal den Knöchel und ging.

Langsam richtete ich mich auf. Zwischen den Beinen tat es wieder weh. Ich erinnerte mich an etwas. Als ich mit acht Jahren auf dem Schulhof eine Aluminiumrutsche runtergerutscht war, knallte ich unten in den Fuß eines Jungen rein, der abrupt angehalten hatte, nur aus Spaß, um mich beim Rutschen abzufangen. Ich lief über den Schulhof und drückte mir die Hand in den Schoß, konnte aber gar nicht genau sagen, wo es da unten wehtat. Der Schmerz strahlte bis in die Hüften und in den Bauch. Muskeln und Haut pochten unter dem Abdruck des harten Jungenfußes. Das war das erste Mal, dass meine Scheide protestierte, das erste Mal, dass ich über den durch mich hindurch verlaufenden Tunnel nachdenken musste, eine Höhle unbekannten Lebens, ein Gefäß, in dem es eine zu große und zu dunkle Welt gab, abstrakt und für meinen Geist unerreichbar.

Ich drehte am Sendersuchknopf, hatte Auto- und Waschmittelwerbung satt. Dora kam mit einem warmen Waschlappen zurück, mit dem sie mir sanft die Stirn abtupfte. Und sie legte mir eine Wärmflasche auf den Bauch.

«Das wird dich beruhigen. Wenn dein Vater nach Hause kommt, lenk ich ihn ab. Der wäre dir jetzt keine große Hilfe.»

«Nimm die wieder mit. Das ist unangenehm.»

Sie nickte, ihr ernstes Gesicht ein Maßstab von etwas Konkretem, ein Zollstock des Mitleids.

«Mutter hätte ich es nicht sagen können.»

«Sag ihr jetzt, was sie wissen muss.»

«Wie meinst du das?»

«Sprich jetzt mit ihr. Sie hört dich.»

Als Dora gegangen war, dachte ich darüber nach, was sie gesagt hatte, aber es machte mir Angst. Ich war verwirrt. Ich stieg aus dem Bett, ging zu meiner Kommode und suchte das gerahmte Bild meiner Mutter, das ich dort versteckt hatte. Ein professioneller Fotograf hatte sie beim Geigenspiel aufgenommen. Ich putzte das Glas mit meinem Nachthemd. Damals hatte sie die Haare noch nicht gefärbt. Schulterlang glänzten sie wie Zitronenpolitur auf Holz. Sie war jung, noch am Konservatorium. Und dann dieser Gesichtsausdruck – ein verträumter, glücklicher Zug um die Lippen und der leicht geneigte Kopf auf der Kinnstütze der Geige, als würde sie in einem warmen Pool Seitenschwimmen üben.

Ich konnte nicht mit einem Foto sprechen. Das war schwer. Spielte es denn eine Rolle, wer sie *damals* war? Ihre Jugendlichkeit war schon lange verflogen. *Heute,* ohne sie, tat es weh. Vielleicht hörte sie mich. *Mutter, hörst du mir zu?* Der Radiosprecher schwatzte weiter und beachtete mich nicht. Ich legte das Foto in die Kommode zurück und ging wieder ins Bett.

~~~~~~~~~~~

Ich blieb drei Tage zu Hause, schlief tagsüber immer wieder stundenlang und machte nachts meine Hausaufgaben: Algebraprobleme, im Biologiebuch die Kapitel über Zellen, ein Referat über Hawthorne für Amerikanische Geschichte. Sophie kam jeden Nachmittag vorbei, brachte mir neue Hausaufgaben und benotete Essays vorbei und verschwand dann zu ihren Tanzkursen. Benny parkte immer an genau derselben Stelle in der Auffahrt und wartete im Wagen, bis meine beste Freundin die Küchentreppe wieder runtergehüpft kam. Er mochte den Rocksender auf FM. Ich hörte, wie sein Autoradio die tiefe, gepflegte Stimme eines DJ von sich gab, Wortkaskaden, die sexy und wütend klangen; fermentiert in Schlafmangel und Drogen.

Ich stapelte meine Schulbücher am Kopfende des Bettes auf den Fußboden. Nachmittags klopfte Sophie dann ein paarmal leise an meine Tür, bevor sie hereinkam. Sie brachte die Frische des Schulalltags mit sich, wie das Leben vor Mutters Tod gewesen sein mochte, vor Vaters Zerfall und bevor sich Sherry an mein Leben gebunden hatte wie ein Seil aus zusammengeknoteten Bettlaken,
~~~~~~~~~~~

das man an einer Mauer herablässt; als wartete sie nur darauf, dass ich mich abseilte oder über eingebildete Flammen hinweg in ihre rettenden Arme sprang.

Ich verachtete Sherry nicht mehr. Sie meinte es nur gut, aber Dora meinte es besser. Und Mutter hätte es nicht gutgeheißen. Ich weiß noch, wie sie auf der Party reagiert hatte, als Sherry im Garten um Vater herumscharwenzelt war und verzweifelt versucht hatte, in ihrem Partykleidchen und dem Umhängetuch nicht derangiert auszusehen. Mit ihrem draufgeklatschten Lippenstift. Ihren Nippeln. Aber Vater und Shell mochten irgendwas an ihr. Sie war nicht unberührbar. Sherry konnte Kartoffelchips aus einer Kuhle in ihrer Hand futtern. Sie war nicht zimperlich. Sie lachte über ihre dämlichen Witze.

Mutter hielt sich zurück. Sie bewegte sich in einer geheimnisumwobenen Umlaufbahn und umkreiste uns zu schnell, als dass wir hätten mithalten können. Am Abend jener Party ging Mutter in den Garten und suchte etwas Besseres, Höheres, so hoch, dass weder sie noch Vater es berühren konnten. Ihren Kern hat er nie zu fassen bekommen.

Wo war sie? Warum konnte ich sie nicht spüren? Warum konnte ich mich nicht daran erinnern, wie sie gewesen war? Wo ich doch ihre Kleider sah, ihre Faltenmode aus Chiffon, ihre Schuhe mit den Seidenspitzen, die goldenen Knöpfe an ihrem Mantel. Bitte, Mutter.

Wenn das das Erwachsenwerden war, wäre ich gern Kind geblieben, aber ich sah keinen anderen Weg, als mich weiter zu entwickeln und etwas Besseres zu suchen. Ich griff nach den Noten unter dem Nachttisch. Mr Edwards wollte, dass ich sang. Ich nahm die Noten in die Hand; hielt sie fest. Ich brauchte diese Noten, diese Musik.

~~~~~~~~~~~

Dora war mit dem Staubsaugen fertig. Sie hatte saubere Handtücher in den Wäscheschrank im ersten Stock geschichtet. Danach ging sie in Mutters Zimmer. Seit Unterzeichnung des Kaufvertrags war aus Mutters Zimmer ein Packzimmer geworden.

Ich fühlte mich soweit wohlauf, dass ich hinübergehen und zusehen konnte, wie sie Mutters Schrank ausräumte. Sorgfältig legte sie Chiffonkleider, Wollkostüme und Leinenhosen zusammen. Schuhe in verschiedenen Farben packte sie in Kisten, die sie dann beschriftete. Der Geigenkoffer war schon nach unten gebracht worden und lag bei den Sachen, die wir mitnehmen würden.

«Du solltest dich noch ausruhen», sagte sie und musterte mich streng.

«Es geht mir heute besser. Was machen wir denn mit denen?», fragte ich und bog die Klappe eines Kartons mit lauter Pullovern beiseite.

«Die kommen mit ins neue Haus.»

Vater hatte ein Zweifamilienhaus an einer Straße gefunden, die fast im Stadtzentrum lag. Zur Schule würden wir es nicht mehr so weit haben. Wir würden ohne Dora im ersten Stock wohnen. Ein älteres Paar, das dort schon zweiundzwanzig Jahre lang wohnte, würde bleiben. Vielleicht waren sie ja ganz nett. Dora würde viermal die Woche vom Haus ihrer Tochter in Roxbury pendeln.
~~~~~~~~~~~

«Nimm doch ein paar für deine Töchter mit. Mir passen sie eh nicht.» Ich hatte breitere Schultern und war größer als Mutter mit ihrer zarten Statur. Sie hatte auch schmalere Schuhe getragen.

Dora legte weitere Kleidungsstücke zusammen und überhörte meinen Vorschlag. «Meine Mädchen sind alle versorgt. Schau dir lieber mal den Schmuck deiner Mutter an; der passt bei jeder Größe. Bring ihn in dein Zimmer. Schau ihn dir mal an.»

In Mutters Ankleidekammer öffnete ich die Schubladen der Einbaukommode. Sie hatte ihren Schmuck in verschiedenen Schachteln aufbewahrt: goldene Deckel auf fest zugeklemmten blauen Samtschachteln. Ich öffnete und schloss jede Schachtel einzeln, nahm vorsichtig eine lange, vertraute Perlenkette heraus wie fertige Spaghetti aus dem kochenden Wasser. Die Kette hatte sie zu all ihren Clubpartys getragen. Die Halskette wand sich zweimal um ihr Schlüsselbein. Tag und Nacht. Vater fand, sie sähe aus wie ein Hundehalsband. Aber sie trug sie trotzdem, als wollte sie ihn herausfordern, ihr eine Leine anzulegen und in das bessere Leben zu führen, das sie suchte.

Das hat er wohl nie getan.

Ich wollte mich auf den Boden setzen, aber die Schmerzen zwischen den Beinen hielten mich davon ab. Ich stapelte die Schachteln übereinander, brachte sie in mein Zimmer und breitete sie auf der Tagesdecke aus. Der Saphirring, eine weitere Perlenkette mit dazu passenden Ohrringen. Ein Tennis-Armband mit aneinandergereihten Diamanten, das sie im Garten getragen hatte. Sie hatte nie Angst gehabt, ihren Schmuck zu verlieren. Das meiste waren Familienerbstücke. Grandmas Rubinring war matt geworden. Ich polierte ihn am Nachthemd und spähte hinein, wie ich das als Kind immer gemacht hatte. Ich beobachtete zu gern, wie sich die Welt in Facetten und Winkel brach, wie Räume im Spiegelbild kopfstanden und sich in eine Richtung wanden, die ich nicht erwartet hatte.

Ich hielt mir den Ring wieder ganz nah vors Auge und sah, wie sich die Welt drehte. Ich fand das tröstlich, als ob der Edelstein die ganze Zeit gewusst hätte, dass ich mich genau zehn Jahre später an diesen Moment erinnern würde, nur um zu sehen, dass sich eigentlich nichts verändert hatte, dass die Welt das nun mal so machte. Sie rotierte und verbog sich, sie hüpfte und verschob sich in einem stummen, glänzenden Lichtschnitz.

Möglicherweise war Mutter da irgendwo drin. Vielleicht. Vielleicht konnte ich sie finden. Aber nicht so, wie ich gedacht oder gehofft hatte.

Vor langer Zeit hatte ich einen geheimen Ort unter den Bäumen im Garten gehabt. Ich hatte einen Ort im Sommer, wenn es noch lange nach dem Essen hell blieb und Mutter mich in dem Wäldchen spielen ließ, während sie rauchte und telefonierte. Ich summte, verfolgte, wie das Himmelsblau dunkler wurde, sich über die Wolken ergoss, eine Farbenflut wurde, bis Mutter mich ins Haus rief. Ich wartete, bis sie mich rief. Ich verließ mich darauf.

*Heute rufe ich dich, Mommy. Bitte komm nach Hause. Komm. Sei bei mir.*

~~~~~~~~~~~
~~~~~~~~~~~

Auf dem Schulweg raschelte ich durch die Laubkaskaden im Rinnstein. Alles wieder normal, voller Stundenplan, inklusive Chor am Spätnachmittag. In der Schule kam ich an der Wand vorbei und grüßte Anthonys Schwester herzlich. Wir hatten Waffenstillstand geschlossen.

«Er ist nach Vietnam gegangen», sagte sie.

«Ich weiß», sagte ich und wollte noch etwas hinzufügen, merkte aber, dass ich genauso gut nach einem Flugzeug hätte greifen können, das schon abgehoben hatte. Ich nickte. Alles daran war traurig.

Ihr Freund, ein muskelbepackter Footballspieler, drückte sie an sich, während sie ihre Morgenzigarette rauchte. Sie lächelte nicht. Für sie gab es im Leben genauso wenig zu lachen wie für mich. Deswegen mochte ich sie. Sie schminkte sich die Augen mit schwarzem Kajal, zog schmale Striche über Ober- und Unterlid, zeichnete sich eine Landkarte ins Gesicht, als wollte sie ein Revier markieren: Augen sind tabu. Schau sie dir von ferne an, aber komm nicht rein.

Als ich durch den Tag ging, mit Sophie unsere Kurse besuchte und auch in der Mittagspause mit ihr zusammen saß, hatte ich das Gefühl, mich zu beobachten, eine Zeugin der Gegenwart zu sein, als wäre ich schon irgendwo in der Zukunft und wartete darauf, dass ich mich einholte. Ich würde noch ein Jahr lang hierbleiben, und wenn ich sorgfältig plante und gewissenhaft arbeitete, würde ich meinen Abschluss machen und mit Karacho in ein Musical-Leben durchstarten. Nach Kalifornien ziehen, mit einem Studioproduzenten rummachen, mit Peter in Kaffeehäusern singen. Er hatte schon jetzt eine kleine Anhängerschaft.

Mr Edwards sagte, ich solle mein Talent pflegen.

Ich konnte aufbrechen, hier weggehen, wo wir unser Haus nicht mehr hatten, die Spuren von Verlusten und Schmerzen hinter mir lassen, wenn das je möglich war. Diesen halbdunklen Dauerzustand hinter mir lassen, diesen nie enden wollenden Tunnel. Ich musste mich dafür entscheiden, meinen Ausweg zu finden.

Beim Chor sah Mr Edwards von seinem Dirigentenpult auf und lächelte mir zu.

«Schön, dass du wieder da bist, Sarah.»

*Koda*

Ich stand gemeinsam mit Sophie und den anderen Sopranistinnen auf dem Podium; und als der Augenblick für mein Solo gekommen war, ließ ich mein Innerstes in den leeren Zuschauerraum strömen. Und wenn ich jetzt diese Pseudobühne betrete, die Fotografie eines Elefanten als Kulisse im Hintergrund, habe ich all diese Töne in meinem Kopf, und der Ballsaal ist schon voller besorgter Erwachsener; alle zusammengekommen für eine gute Sache und halten Martinis in den Händen, in einem Dickicht aus Parfüm- und Aftershave-Düften. Ich stelle das Mikrofon ein und schlage die Saiten an, um den Klang zu überprüfen, und das hippe California-Publikum verstummt. Der Scheinwerfer ist auf mich gerichtet, der helle Lichtkegel lockt die Menge an. Ich fange an; ein Knoten platzt, mein Hals ist frei. Das bewirkt die eigentümliche Mischung aus Verstärker-Effekt, Scheinwerferlicht und dem mahnenden Zischen aus dem Publikum, auf einmal bin ich stärker als der Schatten, in dem ich lebe. Alan ist unterwegs hierher, er hatte noch angerufen.

Ich singe von Berghängen und Himmelsblau, und weiter die Tonleiter hinauf vibriert meine Schädeldecke bei den hohen Tönen, wenn ich jenseits von Zeit und Raum meiner Mutter begegne, ihr makelloses, von der Melodie verzücktes Gesicht spornt mich an. Beim Singen streift mein Blick Mr Edwards, der mir zaghaft zuwinkt, um mich zu bestärken, dabei Viertelnoten im Takt schlägt und mit einem ehrfurchtsvollen Lächeln auf den Lippen zustimmend nickt. Ich singe, bis die Mauern verschwinden, singe für meine über das ganze Land verstreuten Brüder; singe für Dora, die längst nicht mehr da ist, für Vater in Florida und für Sherry, die mit ihm mitgegangen ist, für Anthony Parelli, der nie aus Vietnam zurückgekehrt ist; für Mickey und andere, die im Internet aus meiner Vergangenheit aufblinken, ich singe für alle Menschen da draußen, die ich noch nicht kennengelernt habe – ich wusste, dass sie da sein würden –, trotz des unerbittlichen Lochs in meinem Herzen, als ein Kind ohne Mutter, wusste ich, dass sie da draußen waren, um mich zu heilen und in die Arme zu schließen. Um mir zuzuhören und zu applaudieren.

Ja, ich werde singen.

## *Danksagung*

Es gibt so viele Menschen, deren wertvolle Unterstützung mir in all den Jahren viel bedeutet hat, und in Augenblicken wie diesem – wo ein Dank längst überfällig ist –, bin ich versucht, jeden Menschen namentlich zu nennen, der mir je begegnet ist. Was *Night Swim* betrifft, so stehen mir diese Menschen klar vor Augen. Dann sehe ich Bill Emerson, dessen dröhnende Stimme am Seeufer von Tate Mountain, Georgia, mir fehlt, und der eine erste Fassung von *Night Swim* gelesen und sehr gemocht hat. Danke, Cis Corman von Barwood Films, dass du dich für all meine Arbeiten, auch für *Night Swim*, eingesetzt und jahrzehntelang nie geschwankt hast. In Bezug auf die jüngste Vergangenheit möchte ich Karen Dionne und Chris Graham danken, den Gründern von Backspace, die mich in eine unglaublich tolle Gruppe von Schriftstellern eingeführt haben. Danke an Susan Henderson, Robin Slick und Tish Cohen von meiner Regenjacke-und-Stiefel-Truppe; ich bin jeden Tag dankbar für eure Gedanken, eure Ehrlichkeit, gelegentliche Tritte in den Hintern und eure ungewöhnlichen literarischen Begabungen. Dir, Caroline Leavitt, danke ich für deinen glühenden Enthusiasmus, deinen Scharfsinn und deine Herzlichkeit. Patry Francis, deine Anmut, dein Talent und deine Freundschaft sind ein Segen. Risa Miller, unsere Verbindung ist nicht mit Worten zu beschreiben. Du bist für mich in jederlei Hinsicht von unschätzbarem Wert. Ich danke Suzanne Beecher für ihre Hilfe, emotional den Stecker zu ziehen. Meinen Freunden für Spaziergänge und das Schreiben; Daphne Kalotay, Deb Riemer und Randy Susan Meyers für klugen und großzügigen Rat. Tiefen Dank an Eve Bridburg, Executive Director bei Grub Street, die mehrere Fassungen mit mir durchgearbeitet und diese Geschichte schon sehr früh in ihr Herz geschlossen hat. Lauren Baratz-Logstedt, deine scharfen Augen und dein scharfsinniger Verstand sind eine Freude für jeden Schriftsteller – ich danke dir. An Joyce Walsh, herzlichen Dank für dein Einfühlungsvermögen und deine Unterstützung. Ein großes Dankeschön an die erfahrene Designerin Barb Aronica-Buck und an die erfahrenen Leser Leora Skolkin-Smith, Billie Hinton, Linda K. Wertheimer und Elissa Yanover. MJ Rose danke ich tausendfach dafür, dass sie da war, wenn ich mich unendlich verloren fühlte, für ihre Freundschaft und dafür, dass sie mich zu Lou Aronica geführt, und mir damit den Weg zu einer neuen Schreibphase voller Freude geebnet hat. Ich danke Lou vom Verlag Fiction Studio Books, dass sie ihre große Erfahrung mit mir geteilt hat, und mir ihre beruhigende und zuverlässige Hand gereicht hat, um diesen Traum wahr werden zu lassen. Ich danke Carrie Howland von Donadio & Olson Inc. dafür, wie sie alles vorangetrieben hat.

Ich danke Anne Fischell für ihre Kraft und Inspiration.

Danke Dad, dass du mein Schreiben vom ersten Gedicht an über alles, was danach kam, ernst genommen hast. Deine Liebe und Wertschätzung lebt in all den Wörtern weiter. Und zu guter Letzt danke ich Mom, Anne, Lynne, Wanda, Frank und Lolly!

An meine kleine und einzigartige Familie: Sam, deine Künstlerseele berührt mich jeden Tag; und Barr, Ehemann und bester Freund im Leben und in der Liebe: Danke, dass du an mich glaubst, dass du bei mir bist und mit mir über die Wellen springst. Für mich bist du der Inbegriff von Vertrauen.

*Für Abdruckgenehmigungen danken Autorin und Verlag folgenden Institutionen:*

Liedzitate aus «A Case of you» von Joni Mitchell mit freundlicher Genehmigung von Alfred Music Publishing Co. Inc.

Liedzitate aus «The Circle Game» von Joni Mitchell mit freundlicher Genehmigung von Siquomb Publishing Corporation.

Liedzitate aus «Both Sides Now» von Joni Mitchell mit freundlicher Genehmigung von Siquomb Publishing Corporation.

Liedzitate aus «Aquarius» von James Rado und Gerome Ragni mit freundlicher Genehmigung von Alfred Music Publishing Co. Inc.

Liedzitate aus «Corinna, Corinna» von Bob Dylan mit freundlicher Genehmigung der Music Sales Corporation.

Liedzitate aus «Time and Love» von Laura Nyro mit freundlicher Genehmigung von Hal Leonard Corporation.

Liedzitate aus «Up, Up and Away» von The 5th Dimension mit freundlicher Genehmigung von Hal Leonard Corporation.

Es wurde alles daran gesetzt, die Rechteinhaber der zitierten Texte ausfindig zu machen und die erforderlichen Genehmigungen zur Verwendung des urheberrechtlich geschützten Materials einzuholen. Die Autorin bedauert eventuell aufgetretene Irrtümer oder Auslassungen, die nach entsprechender Mitteilung an den Verlag in der Folgeauflage korrigiert werden.